Nora Roberts

Die Stanislaskis 6
Tanz der Liebenden

Roman

Aus dem Amerikanischen von
Sonja Sajlo-Lucich

MIRA®

MIRA® TASCHENBUCH
Band 25160
1. Auflage: Dezember 2005

MIRA® TASCHENBÜCHER
erscheinen in der Cora Verlag GmbH & Co. KG,
Axel-Springer-Platz 1, 20350 Hamburg
Deutsche Erstveröffentlichung

Titel der nordamerikanischen Originalausgabe:
Considering Kate

erschienen bei: Silhouette Books, Toronto
Published by arrangement with
Harlequin Enterprises II B.V., Amsterdam

Konzeption/Reihengestaltung: fredeboldpartner.network, Köln
Umschlaggestaltung: pecher und soiron, Köln
Redaktion: Sarah Sporer
Titelabbildung: Getty Images, München
Autorenfoto: © by Harlequin Enterprise S.A., Schweiz
Satz: Buch-Werkstatt GmbH, Bad Aibling
Druck und Bindearbeiten: Ebner & Spiegel, Ulm
Printed in Germany
ISBN 3-89941-199-4

www.mira-taschenbuch.de

MIRA®

Der Preis dieses Bandes versteht sich einschließlich
der gesetzlichen Mehrwertsteuer.

Umwelthinweis:
Dieses Buch wurde auf chlor- und säurefreiem Papier gedruckt.

1. KAPITEL

Es würde perfekt werden. Sie würde es miterleben können. Jeder Schritt, jede Szene, jedes einzelne Detail würde genau so sein, wie sie es sich vorgestellt hatte. Ihr Traum würde Wirklichkeit werden.

Sich mit weniger als dem Perfekten zufrieden zu geben war Zeitverschwendung. Und Verschwendung war etwas, das für Kate Kimball nicht in Frage kam.

Mit fünfundzwanzig hatte sie mehr gesehen und erlebt, als die meisten Menschen in ihrem ganzen Leben erlebten. Als die anderen jungen Mädchen kichernd Jungen angehimmelt oder sich über die neueste Mode unterhalten hatten, war sie nach Paris und Rom gereist, hatte glitzernde Kostüme getragen und außergewöhnliche Dinge vollbracht.

Sie hatte für Könige getanzt und mit Fürsten diniert. Sie hatte Champagner im Weißen Haus getrunken und im Bolschoitheater Triumphe gefeiert.

Sie würde ihrer Familie ewig dankbar sein, ihrer großen und weit verstreuten Familie, die ihr all das ermöglicht hatte. Alles, was sie war und hatte, verdankte sie ihr.

Jetzt war es an der Zeit, dass sie es sich selbst verdiente und ihr Leben eigenständig meisterte.

Das Tanzen war ihr Traum gewesen, seit sie denken konnte. Ihre fixe Idee, wie ihr Bruder Brandon es immer genannt hatte. Ganz Unrecht hatte er damit nicht. Aber an einer fixen Idee war nichts Schlechtes, solange es die richtige Idee war und man auch bereit war, hart dafür zu arbeiten.

Der Himmel wusste, wie hart sie gearbeitet hatte.

Zwanzig Jahre Training, Studium, Tortur und Erfüllung. Zwanzig Jahre Schweiß und Spitzenschuhe. Zwanzig Jahre Opfer, für sie und ihre Eltern. Sie wusste, wie schwer es für ihre Eltern gewesen war, die Jüngste, das Nesthäkchen, mit siebzehn nach New York gehen zu lassen. Trotzdem hatten sie sie immer unterstützt und ermutigt.

Zwar war klar, dass die Familie über Kate wachen würde, als sie die hübsche kleine Stadt in West Virginia verließ. Aber Kate wusste, dass ihre Eltern ihr vertrauten, sie liebten und an sie glaubten und sie auch so hätten gehen lassen.

Kate hatte trainiert und gearbeitet, und sie hatte getanzt. Für sich und für ihre Familie. Als sie in die Company aufgenommen worden war und zum ersten Mal auf der Bühne gestanden hatte, war ihre Familie dabei gewesen. Als sie zum ersten Mal als Primaballerina aufgetreten war, hatten ihre Eltern es miterlebt.

Sechs Jahre lang hatte sie im Rampenlicht gestanden,

hatte die Euphorie verspürt, wenn die Musik durch ihren Körper floss, wenn sie die Klänge fühlte, eins wurde mit der Musik. Sie war durch die ganze Welt gereist, hatte die Giselle getanzt, die Aurora verkörpert, war die Julia gewesen. Dutzende von Rollen, und sie wollte keinen Moment missen.

Eigentlich war niemand überraschter gewesen als Kate selbst, als sie den Entschluss gefasst hatte, der Bühne den Rücken zu kehren. Für diese Entscheidung gab es nur einen plausiblen Grund.

Sie wollte nach Hause.

Sie wollte endlich anfangen zu leben. So sehr sie das Tanzen auch liebte – ihr war klar geworden, dass das Ballett begonnen hatte, sie zu verschlingen, jeden anderen Teil ihres Lebens gierig auffraß. Unterricht, Proben, Training, Tourneen, Medienrummel. Die Karriere einer Tänzerin brachte wesentlich mehr mit sich als nur Spitzenschuhe und Rampenlicht. Zumindest war das bei Kate der Fall gewesen.

Sie sehnte sich nach einem richtigen Leben – und nach einem Zuhause. Und sie wollte etwas von dem, was sie hatte erfahren dürfen, an andere weitergeben. Mit ihrer Ballettschule würde sie dieses Ziel erreichen können.

Sie würden kommen, sagte sie sich immer wieder. Sie würden allein schon deshalb kommen, weil sie Kate

Kimball hieß. Dieser Name war ein Begriff in der Welt des Balletts. Und dann würden sie kommen, weil die Schule selbst sich einen Namen gemacht haben würde.

Zeit für einen neuen Traum, dachte sie, als sie sich in dem großen leeren Raum um die eigene Achse drehte. Die „Kimball School of Dance“ war ihre neue Leidenschaft. Ihre fixe Idee. Es würde genauso erfüllend und perfekt werden wie ihr alter Traum.

Und es würde ebenso viel harte Arbeit, Anstrengung und Entschlossenheit verlangen, um in die Tat umgesetzt werden zu können.

Die Hände in die Hüften gestützt, betrachtete sie die schmutzig grauen Wände, die einst weiß gewesen waren. Sie würden wieder weiß sein, um den Konterfeis der Großen den passenden Hintergrund zu bieten. Nurejew, Barischnikow, Fonteyn, Davidov, Bannion.

Die beiden Längswände mit den Ballettstangen würden mit Spiegeln verkleidet werden. Die professionelle Eitelkeit war unerlässlich, so wie das richtige Atmen. Ein Tänzer musste sich zu jeder Zeit sehen können – jede kleine Bewegung, jedes Beugen, jede Drehung. Nur so erreichte man Perfektion.

Eigentlich sind es eher Fenster als Spiegel, dachte Kate. Der Tänzer sieht dem Tanz zu, wie durch eine Glasscheibe.

Die alte Decke musste repariert oder ersetzt werden,

je nachdem, was erforderlich war. Und das alte Heizungssystem … Sie rieb sich fröstelnd die Arme. Da musste auf jeden Fall ein neues her. Die Böden würden abgeschliffen und neu versiegelt werden, bis sie glatt und schimmernd den perfekten Untergrund böten. Blieben noch Elektro- und Sanitärinstallationen.

Ihr Großvater hatte als Tischler gearbeitet, bis er sich zur Ruhe gesetzt hatte. Na ja, fast zur Ruhe gesetzt, dachte sie liebevoll. Er würde die kleineren Arbeiten wohl nie aufgeben können. Aber sie würde ihn fragen, sich informieren, bis sie alles verstand und der Firma, die sie beauftragen würde, genau erklären konnte, was sie sich vorstellte.

Sie schloss die Augen. Sie konnte alles ganz genau vor sich sehen. Ihr hoch gewachsener, gertenschlanker Körper sank fließend in ein tiefes *plié,* bis sie auf den Fersen zu sitzen kam. Sie richtete sich auf, sank wieder hinunter.

Sie hatte ihr Haar heute Morgen nur ungeduldig hochgesteckt, um schnell aus dem Haus zu kommen und sich das anzusehen, was bald das Ihre sein würde. Durch die Bewegung lockerten sich die Haarnadeln, ein paar Strähnen des seidigen schwarzen Haares lösten sich und fielen ihr bis auf die Hüften – ein wildromantisches Bild, das ihrem Image auf der Bühne gerecht wurde.

Ein verträumtes Lächeln zauberte einen warmen

Schimmer auf ihr Gesicht. Die dunkle Haut und die hohen Wangenknochen hatte sie von ihrer Mutter geerbt, von ihrem Vater die grauen Augen und das energische Kinn.

Eine sehr interessante Kombination, sehr romantisch. Die Zigeunerin, die Meerjungfrau, die Elfenkönigin. Es hatte Männer gegeben, die nur auf ihr Äußeres geachtet hatten und sie für romantisch und zerbrechlich hielten. Mit der Stärke, die sich darunter verbarg, hatten sie nicht gerechnet.

Was ein Fehler war. Ein kapitaler Fehler.

„Irgendwann einmal wirst du aus dieser Stellung nicht mehr hochkommen, und dann wirst du deine restlichen Tage als herumhüpfender Frosch fristen müssen."

Kate riss die Augen auf und sprang hoch. „Brandon!" Sie rannte durch den Raum und warf sich ihrem Bruder mit einem Aufschrei in die Arme. „Was machst du hier? Wann bist du angekommen? Ich dachte, du wärst in Puerto Rico, um Baseball zu spielen? Wie lange bleibst du?"

Er war kaum zwei Jahre älter als sie. Früher, als sie noch Kinder gewesen waren, hatte er seinen Geburtsvorteil immer ausgenutzt und sie gequält. Nicht wie ihre gemeinsame Halbschwester Frederica, die älter war als sie beide. Sie hatte ihr Alter nie wie eine Keule über den Häuptern der jüngeren Geschwister geschwungen.

Trotzdem – Kate liebte Brandon mit jeder Faser ihres Seins.

„Welche von den Fragen soll ich zuerst beantworten?“ Lachend hielt er sie ein Stückchen von sich ab, um sie mit dunklen, amüsiert funkelnden Augen zu betrachten. „Immer noch dünn wie ein Strohhalm.“

„Und in deinem Kopf gibt es immer noch nichts anderes als Stroh. Hi.“ Sie drückte einen herzhaften Kuss auf seine Lippen. „Mom und Dad haben nichts davon gesagt, dass du kommst.“

„Sie wussten es nicht. Ich habe gehört, dass du dich hier niederlassen willst. Da dachte ich mir, ich sollte besser mal nachsehen, damit du keinen Unsinn machst.“ Er sah sich in dem heruntergekommenen Raum um und rollte mit den Augen. „Mir scheint, ich bin zu spät gekommen.“

„Es wird wunderbar werden.“

„Vielleicht. Aber im Moment ist es eine Bruchbude.“ Er legte den Arm um ihre Schultern. „So, die Königin des Balletts wird also Lehrerin.“

„Ich werde eine gute Lehrerin sein. Wieso bist du nicht in Puerto Rico?“

„Bin ausgerutscht. Sehnenzerrung.“

„Oh Gott! Wie schlimm ist es? Warst du beim Arzt? Musst du …“

„Liebe Güte, Katie! So schlimm ist es auch wieder

nicht. Ich muss zwei Monate aussetzen und mich schonen. Wenn die Frühjahrssaison beginnt, bin ich wieder dabei. Außerdem habe ich so ausreichend Zeit, hier herumzuhängen und dir das Leben zur Hölle zu machen."

„Das ist wenigstens etwas. Komm, ich zeig dir alles." Dann konnte sie auch gleich herausfinden, wie er mit der Verletzung lief. „Meine Wohnung liegt direkt hier drüber."

„So, wie die Decke aussieht, wohnst du vielleicht schon bald ein Stockwerk tiefer."

„Die Decke hält, keine Angst", beruhigte sie ihn. „Im Moment sieht alles noch schlimm aus, aber ich habe schon Pläne."

„Du hast immer Pläne."

Aber er begleitete sie, wobei er sein rechtes Bein leicht nachzog, um es nicht zu belasten. Er ging mit ihr durch einen engen Korridor mit abbröckelndem Putz und vorbei an bloßgelegten Ziegelsteinen. Er folgte ihr eine knarrende Treppe hinauf, die zu einem Biotop für Mäuse, Spinnen und anderes Kriechgetier geworden war, über das er lieber nicht weiter nachdenken wollte.

„Kate, dieses Haus …"

„Hat Potenzial", unterbrach sie ihn entschlossen. „Und ist geschichtsträchtig. Es stammt noch aus der Zeit vor dem Bürgerkrieg."

„Sieht mehr danach aus, als stamme es aus der Steinzeit." Er war ein Mensch, der die Dinge in einer gewissen Ordnung liebte. Klar aufgeteilt, verständlich. Wie ein Spielfeld. „Hast du überhaupt eine Ahnung, wie viel du hier reinstecken musst, bevor es einigermaßen bewohnbar wird?"

„Ja, habe ich. Wenn ich einen Bauunternehmer beauftrage, werde ich eine genaue Kostenvorstellung haben. Brand, es gehört mir. Weißt du noch, wie wir als Kinder, du und Freddie und ich, hier vorbeigegangen sind? Ich habe mir immer gewünscht, dass es einmal mir gehören würde."

„Sicher weiß ich das noch. Es war mal eine Bar oder so was, nicht wahr? Und dann irgendein Handwerksladen, und dann ..."

„Dieses Haus war schon vieles", warf Kate ein. „Es hat um 1800 als Schenke angefangen. Aber noch niemand hat hier etwas Erfolgreiches aufgezogen. Oh, wie habe ich mir als Kind gewünscht, hier zu leben, durch all die Räume zu toben und aus den hohen Fenstern zu schauen."

Ein leichter Hauch zog über ihre Wangen, ihre Augen wurden groß und dunkel. Ein sicheres Zeichen, dachte Brandon, dass sie sich festgebissen hat.

„Weißt du, es ist etwas anderes, wenn man sich solche Dinge als Achtjährige wünscht, als wenn man diese Schutthalde dann als Erwachsener kauft."

„Ja, natürlich ist es anders. Als ich letzten Frühling zu Hause war, stand es zum Verkauf. Seither musste ich immer wieder daran denken." Sie konnte es genau vor sich sehen, das schimmernde Holz, die sauberen, soliden Wände … „Selbst als ich nach New York zurückgekehrt war, ging es mir nicht mehr aus dem Kopf."

„Dir wirbeln doch ständig die verrücktesten Sachen im Kopf herum."

Sie tat diese Bemerkung mit einem Schulterzucken ab. „Es gehört mir. In dem Augenblick, als ich es betrat, wusste ich, dass es meins ist. Hast du so ein Gefühl schon mal gehabt?"

Hatte er. Als er zum ersten Mal auf ein Spielfeld gelaufen war. Wenn er es recht bedachte – die meisten vernünftigen Leute würden ihm gesagt haben, dass die Vorstellung, sich mit Ballspielen den Lebensunterhalt zu verdienen, ein Kindertraum sei. Seine Familie hatte das nicht getan. So wie sie auch Kates Traum vom Ballett nie belächelt hatten.

„Ja, ich glaube schon", gab er zu. „Aber es ist alles irgendwie so schnell. Ich bin von dir gewöhnt, dass du alles sehr wohl überlegt angehst."

„Glaub mir, das hat sich nicht geändert", erwiderte sie fröhlich. „Als ich mich von der Bühne zurückzog, wusste ich, dass ich unterrichten würde. Ich wusste, dass ich dieses Haus als Schule aufziehen will. Meine

Schule. Und vor allem wollte ich wieder zu Hause sein." Kate lächelte ihrem Bruder zu.

„Na schön." Er zog sie zu sich heran und küsste sie auf die Schläfe. „Dann werden wir es auch schaffen. Aber jetzt lass uns verschwinden. Es ist eiskalt hier drinnen."

„Die neue Heizung steht ganz oben auf meiner Liste."

Ein letztes Mal ließ er argwöhnisch den Blick durch den Raum schweifen. „Das wird eine ziemlich lange Liste werden."

Gemeinsam spazierten sie durch die frostige Dezemberluft, wie sie es schon früher als Kinder getan hatten. Über unebene Bürgersteige und geplatzte Gehwegplatten, unter den großen alten Bäumen, die ihre kahlen Äste in den bleigrauen Himmel streckten. Kate schnupperte. Schnee lag in der Luft.

Die Schaufenster der Geschäfte waren weihnachtlich dekoriert, mit rotbackigen Weihnachtsmännern, fliegenden Rentieren, kugelrunden Schneemännern und bunten Lichterketten. Aber das schönste Schaufenster war das des Spielzeugladens – Miniaturschlitten, große Teddybären, wunderschöne Puppen, rote Feuerwehrautos, Schlösser – gebaut aus Holzklötzen …

Die Türglocke ertönte sanft, als die beiden den Laden betraten.

Kunden wanderten umher, besahen die Waren. In einer Ecke hämmerte ein Zweijähriger wild mit dem Klöppel auf ein Xylofon, und hinter dem Tresen packte Annie Maynard gerade einen Stoffhund mit langen Schlappohren in eine Geschenkschachtel ein.

„Eines meiner Lieblingstiere“, sagte sie zu der wartenden Kundin. „Ihre Nichte wird sich gar nicht mehr von ihm trennen wollen.“

Als sie die rote Schleife um die Schachtel band, rutschte ihre Brille ein wenig auf der Nase herunter. Blinzelnd sah sie über den Brillenrand …

„Brandon!“ rief sie aus. Dann, über die Schulter: „Tash, komm und sieh, wer hier ist! Oh, komm her und gib mir einen Kuss, du umwerfender Kerl, du!“

Als er gehorsam hinter den Tresen trat und sie auf die Wange küsste, wedelte sie sich mit der Hand Luft zu. „Seit fünfundzwanzig Jahren bin ich jetzt schon verheiratet, und bei diesem Jungen komme ich mir glatt wieder wie ein Backfisch vor. Aber jetzt lass mich deine Mutter holen.“

„Das übernehme ich“, schmunzelte Kate. „Nutz du die Zeit und flirte noch ein bisschen mit Brandon.“

„Ja dann …“ Annie blinzelte Kate zu. „Beeil dich nicht zu sehr.“

Ihrem Bruder hatten die Frauen schon zu Füßen gelegen, da war er höchstens fünf gewesen. Nein, das stimmte nicht. Schon als Baby waren ihm alle verfallen gewesen, korrigierte sie sich, während sie durch die Regale nach hinten ging. Das hatte nicht unbedingt etwas mit seinem Aussehen zu tun, auch wenn er wirklich traumhaft aussah. Es war auch nicht nur sein Charme, denn Brandon konnte ganz schön muffelig sein, wenn ihm danach war. Kate hatte schon vor langer Zeit entschieden, dass es einfach an den Pheromonen lag. Manche Männer betraten eben einen Raum, und alle Frauen schmolzen dahin. Natürlich nur Frauen, die für so etwas empfänglich waren. Sie hatte nie zu diesen Frauen gehört. Ein Mann musste schon mehr zu bieten haben als Aussehen, Charme und Sex-Appeal, um ihr Interesse zu erregen. Sie hatte zu viele aufwendig verpackte Geschenke gesehen, die, sobald man sie öffnete, keinen Inhalt vorzuweisen hatten.

Dann bog sie um die Ecke mit den Spielzeugautos. Und ihr passierte genau das, worüber sie gerade in Gedanken noch so hämisch gelästert hatte: Sie schmolz dahin.

Er war umwerfend. Nein, der Ausdruck war zu platt, zu weiblich. „Attraktiv“ traf es auch nicht, war außerdem zu typisch männlich. Er war einfach …

Mann.

Knapp ein Meter neunzig und einzigartig verpackt. Als Tänzerin schätzte sie einen gut modellierten Körper.

Dieser Vertreter der Spezies Mann, der im Moment konzentriert die Modellautos studierte, hatte seinen Körper in enge, ausgewaschene Jeans, ein Flanellhemd und eine Jeansjacke verpackt. Seine Stiefel sahen derb und viel getragen aus. Wer hätte ahnen können, dass Arbeitsschuhe so sexy sein konnten?

Dann war da noch dieses Haar – dunkelblond, mit helleren Strähnen, Massen davon, die um ein glatt rasiertes, markantes, klassisches Gesicht fielen. Ein voller Mund, das Einzige, was sanft und weich an ihm war. Eine gerade Nase, ein klar geschnittenes Kinn, wie von Meisterhand gemeißelt. Und seine Augen …

Nun, seine Augen konnte sie nicht sehen, zumindest nicht die Farbe. Aber die langen dichten Wimpern. Irgendwie hatte sie das Gefühl, diese Augen müssten blau sein. Ein dunkles, intensives Blau.

Als er die Hand nach einem Spielzeugauto ausstreckte, starrte sie auf seine Finger. Lange, schlanke, kräftige Finger …

Du lieber Himmel!

Und während sie es sich noch einen Moment lang gestattete, sich ihrer Fantasie zu ergeben – einer wirklich harmlosen kleinen Fantasie ohne Konsequenzen! –, lehnte sie sich leicht zurück und warf prompt eine Ansammlung von Spielzeugautos aus dem Regal.

„Hoppla!“ Immerhin holte das Klappern sie aus ihrer Fantasiewelt zurück in die Wirklichkeit. Lachend ging sie in die Hocke, um die Autos aufzuheben. „Ich hoffe, es gab keine Verletzten."

„Hier ist ein Notarztwagen, falls es nötig werden sollte." Er tippte auf ein rot-weiß gestreiftes Modellauto und ging neben ihr in die Knie, um ihr beim Aufheben zu helfen.

„Danke. Wenn wir schnell genug aufräumen, bevor die Cops hier sind, komme ich vielleicht mit einer Verwarnung davon." Er roch genauso gut, wie er aussah. Herb und würzig. Männlich eben. Sie rutschte ein wenig herum, ihre Knie berührten sich. „Kommen Sie öfter hierher?"

„Ja, schon." Er sah in ihr Gesicht. Lange, gründlich. Kate bemerkte das Aufflackern von Interesse. „Männer entwachsen dem Spielzeug eigentlich nie."

„Das habe ich mir sagen lassen. Womit spielen Sie denn am liebsten?"

Er zog die Augenbrauen hoch. Einem Mann passierte es nicht oft, dass er an einem Mittwochnachmittag in einem Spielzeugladen einer schönen – und provozierenden – Frau begegnete. Fast hätte er gestottert, dann tat er etwas, das er seit Jahren nicht mehr getan hatte: Er sprach, ohne vorher nachzudenken.

„Kommt ganz auf das Spiel an. Und Sie?"

Sie lachte und steckte die Haarsträhne hinters Ohr,

die sie an der Wange kitzelte. „Ich spiele alle Spiele gern – solange ich gewinne."

Sie wollte sich aufrichten, aber er war schneller. Er drückte diese ellenlangen Beine durch und hielt ihr die Hand hin. Sie nahm sie, und zu ihrem Entzücken war diese Hand genauso fest und stark, wie sie sie sich vorgestellt hatte.

„Nochmals danke. Ich heiße Kate."

„Brody." Er hielt ihr ein winziges blaues Auto hin. „An einem neuen Wagen interessiert?"

„Nein, heute nicht. Ich schaue mich nur mal um, bis ich gefunden habe, was ich suche …" Sie verzog die Lippen zu einem Lächeln, amüsiert, aufreizend.

Brody musste sich zusammennehmen, um keinen Pfiff auszustoßen. Natürlich hatten schon andere Frauen versucht, sich an ihn heranzumachen, aber noch nicht so eindeutig. Und da war ja auch noch diese selbst auferlegte Enthaltsamkeit. Wie lange dauerte die eigentlich schon an? Viel zu lange, auf jeden Fall.

„Kate." Er lehnte sich an ein Regal, ihr zugewandt. Schon seltsam, wie schnell die Gesten zurückkamen, wie der Körper sich an die Bewegungen erinnerte, als hätte es nie eine Unterbrechung gegeben. „Warum gehen wir nicht …"

„Katie! Ich wusste ja nicht, dass du herkommen wolltest." Natasha Kimball eilte durch den Laden auf sie zu und schob dabei einen großen Spielzeugbetonmischer vor sich her.

„Ich habe dir eine Überraschung mitgebracht."

„Ich liebe Überraschungen. Aber erst einmal ... Hier, Brody, der ist Montag reingekommen, ich habe ihn direkt für Sie zurückgestellt."

„Großartig." Der provozierende Ausdruck in seinen Augen verschwand und machte einem herzlichen Lächeln Platz. „Der ist perfekt. Jack wird aus dem Häuschen sein."

„Davon wird er auch lange etwas haben, nicht nur bis eine Woche nach Weihnachten. Der Hersteller achtet auf Qualität. Haben Sie sich schon mit meiner Tochter bekannt gemacht?"

Brodys Blick glitt von dem Betonmischer zu Kate. „Tochter?" wiederholte er. Das war also die Ballerina. Das passte.

„Ja, wir hatten einen Unfall mit den Spielzeugautos." Kate hielt ihr Lächeln aufrecht. Sicher hatte sie sich diese plötzliche Distanz nur eingebildet. „Jack ... ist das Ihr Neffe?"

„Mein Sohn."

„Oh." Das durfte wohl nicht wahr sein! Der Mann hatte vielleicht Nerven. Dieser verheiratete Mann! Er hatte mit ihr geflirtet. Wer damit angefangen hatte, war egal. Schließlich war sie nicht verheiratet! „Das Geschenk wird ihm ganz sicher gefallen", sagte sie kühl und wandte sich zu ihrer Mutter um. „Mama ..."

„Kate, ich habe Brody von deinen Plänen erzählt. Ich dachte mir, er könnte sich mal das Haus ansehen."

„Aber warum denn, um alles in der Welt?!"

„Brody ist Bauunternehmer. Und ein wunderbarer Tischler. Er hat das Studio deines Vaters letztes Jahr ausgestattet. Außerdem hat er mir versprochen, sich meiner Küche anzunehmen." Sie lachte ihn an, ihre Augen tanzten wie dunkles Gold. „Meine Tochter will immer nur das Beste. Deshalb habe ich automatisch an Sie gedacht."

„Danke."

„Nein, wirklich. Ich weiß, Sie liefern beste Arbeit zu einem fairen Preis." Sie drückte leicht seinen Arm. „Spence und ich wären dankbar, wenn Sie sich das Gebäude ansehen könnten."

„Ich bin doch noch gar nicht richtig angekommen, Mama. Lass uns nichts überstürzen. Allerdings bin ich in dem Gebäude auf etwas sehr Beunruhigendes gestoßen. Das steht jetzt vorn bei Annie und macht ihr schöne Augen."

„Wie ...? Brandon! Warum hast du das denn nicht gleich gesagt!"

Als Natasha aufgeregt davoneilte, wandte Kate sich an Brody.

„Nett, Sie kennen gelernt zu haben."

„Ganz meinerseits. Rufen Sie mich an, wenn ich vorbeikommen soll."

„Ja, sicher." Sie stellte das kleine blaue Auto zurück ins Regal. „Ihr Sohn wird über diesen Wagen begeistert sein. Ist er Ihr einziges Kind?"

„Ja, es gibt nur Jack."

„Sicher hält er Sie und Ihre Frau genügend auf Trab. Also, wenn Sie mich dann entschuldigen wollen …"

„Jacks Mutter ist vor vier Jahren gestorben. Aber ja, es stimmt, mich hält er auf jeden Fall in Atem. Und lassen Sie in Zukunft Vorsicht walten, wenn Sie an eine Kreuzung kommen, Kate." Damit klemmte er sich den Betonmischer unter den Arm und ließ Kate stehen.

„Na, toll", zischelte Kate mit angehaltenem Atem. „Das kann ja heiter werden."

Der Nachmittag war ihr gründlich verdorben.

Das Beste an einem eigenen Geschäft, nach Brodys Meinung, war die Tatsache, dass man seine Prioritäten selbst setzen konnte. Sicher, es gab da genügend Dinge, die einem Kopfschmerzen bereiteten – die Verantwortung, der Papierkram, die Organisation und Planung der einzelnen Jobs und nicht zuletzt die Tatsache, dass man sicherstellen musste, dass es überhaupt Jobs zu organisieren gab –, aber dieser eine Faktor machte alles wieder wett.

Denn in den letzten sechs Jahren hatte es für ihn nur eine Priorität gegeben. Und die hieß Jack.

Nachdem Brody den Betonmischer unter einer schwarzen Plane auf seinem Pick-up verstaut hatte, bei einer Baustelle vorbeigefahren war, um zu kontrollieren, dass seine Arbeiter weiterkamen, bei einem Lieferanten telefonisch gut Wetter gemacht hatte, um eine Materiallieferung vorzuziehen, und dann bei einem potentiellen Kunden einen Kostenvoranschlag für eine Badezimmerrenovierung abgegeben hatte, machte er sich auf den Weg nach Hause.

Montags, mittwochs und freitags ließ er es sich nicht nehmen, zu Hause zu sein, bevor der klapprige Schulbus sich die Straße hinaufquälte. An den anderen beiden Schultagen – und falls es sich nicht vermeiden ließ – ging Jack zu seinem besten Freund Rod Skully nach Hause und verbrachte dort eine oder zwei Stunden, bis Brody ihn abholte.

Brody schuldete Beth und Jerry Skully viel. Die freundlichen Nachbarn passten auf Jack auf, wenn zu Hause niemand war. In den zehn Monaten, seit Brody wieder nach Shepherdstown zurückgekehrt war, wurde ihm jeden Tag wieder bewusst, welche Vorteile es hatte, in einer Kleinstadt zu leben.

Heute, mit dreißig, fragte er sich, warum der junge Mann, der er vor zehn Jahren gewesen war, diese Stadt nicht schnell genug hatte verlassen können. Wie wäre sein Leben wohl verlaufen, wenn er geblieben wäre?

Aber es war gut so gewesen, entschied er in Gedanken. Wenn er nicht von hier weggegangen wäre, hätte er Connie nicht kennen gelernt. Und dann gäbe es Jack nicht.

Der Kreis war fast geschlossen. Wenn die Kluft zwischen ihm und seinen Eltern auch noch nicht überbrückt war – er machte eindeutig Fortschritte. Besser gesagt, Jack war verantwortlich für die Fortschritte. Sein Vater trug dem Sohn vielleicht etwas nach, aber dem Enkel konnte er nicht widerstehen.

Er hatte gut daran getan, nach Hause zu kommen. Brody sah auf den dichten Wald, durch den sich die Straße wand. Die ersten Schneeflocken rieselten vom grauen Himmel. Hügel – felsig und zerklüftet – erhoben sich in der Landschaft, so wie es ihnen gefiel.

Es war eine gute Gegend, um einen Jungen großzuziehen. Viel besser als die Stadt. Es tat ihnen beiden gut, an einem Ort neu anzufangen, wo Jack Familie hatte.

Brody bog in die Seitenstraße ab und stellte den Motor ab. Der Schulbus würde gleich kommen, Jack würde herausspringen, zum Pick-up herübergerannt kommen und die Fahrerkabine mit überschäumender Energie und aufgeregten Erzählungen füllen, was an diesem Tag alles passiert war.

Schade, dachte Brody, dass er mit einem Sechsjährigen nicht teilen konnte, was an seinem Tag so passiert war.

Schließlich konnte er seinem Sohn schlecht sagen, dass sich zum ersten Mal seit langem wieder Interesse an einer Frau in ihm regte. Es war auch kein leichtes Regen gewesen, eher so etwas wie ein Schlag mit voller Wucht. Er konnte Jack nicht sagen, dass er nahe – sehr nahe – daran gewesen war, sich darauf einzulassen.

Schließlich war es so verdammt lange her.

Und mal ehrlich, was hätte es geschadet? Eine attraktive Frau, die ganz offensichtlich kein Problem damit hatte, den ersten Schritt zu tun. Ein bisschen flirten, ein paar zivilisierte Verabredungen, danach ein wenig nicht ganz so zivilisierter Sex. Jeder bekam, was er wollte, niemand wurde verletzt.

Er fluchte mit zusammengebissenen Zähnen und rieb sich den verspannten Nacken.

Irgendjemand wurde immer verletzt.

Trotzdem, vielleicht wäre es das Risiko wert gewesen ... wenn es sich bei der Frau nicht um Natasha und Spencer Kimballs ach so perfekte und wohl behütete Tochter gehandelt hätte.

Diesen Weg war er schon einmal gegangen. Er hatte nicht vor, sich noch einmal auf so etwas einzulassen.

Er wusste viel über Kate Kimball. Primaballerina,

Liebling der High Society und gefeierter Star der Kunstszene. Mal ganz abgesehen von der Tatsache, dass er sich lieber jeden Zahn einzeln ziehen lassen würde, als sich in eine Ballettvorstellung zu setzen. Während seiner viel zu kurzen Ehe mit Connie hatte er ausreichend Erfahrung mit der so genannten kultivierten Gesellschaftsschicht sammeln können.

Connie war die Ausnahme gewesen. Einzigartig. Völlig natürlich und offen in einer Welt von Pomp und Prunk, wo Schein mehr galt als Sein. Trotzdem war es schwer gewesen. Er war nicht sicher, ob sie es geschafft hätten, aber er wollte es glauben.

So sehr er sie auch geliebt hatte, eine Lektion hatte er gelernt: Es war einfacher, wenn der Schuster bei seinen Leisten blieb. Noch einfacher war es allerdings, wenn ein Mann sich gar nicht erst auf eine ernste Beziehung mit einer Frau einließ.

Nur gut, dass er noch rechtzeitig unterbrochen worden war, bevor er seinem Impuls nachgegeben und Kate Kimball um eine Verabredung gebeten hatte. Dass er herausgefunden hatte, wer sie war, bevor dieser erste kleine Flirt zu mehr geführt hatte.

Noch besser war es, dass er sich rechtzeitig an seine Prioritäten erinnert hatte. Durch die Vaterschaft war der arrogante und oft rücksichtslose Junge zum Mann gereift, war endlich erwachsen geworden.

Er hörte das Tuckern des alten Busses und setzte sich grinsend auf. Es gab keinen Ort auf der Welt, wo Brody O'Connell jetzt lieber sein würde.

Der gelbe Bus hielt an, der Fahrer winkte freundlich, Brody winkte zurück. Und dann schoss sein Junge wie der Blitz aus der Tür.

Jack war ein kompakter kleiner Kerl, nur seine Füße … Es würde ein paar Jahre dauern, bis er in diese Füße hineingewachsen war. Er legte den Kopf zurück und fing eine Schneeflocke mit der Zunge auf. Sein fröhliches Gesicht war rund, seine Augen so grün wie die seines Vaters, sein Mund, weich und voll, zeigte noch die Unschuld der Jugend.

Brody wusste, sobald Jack seine rote Skimütze abziehen würde – was er immer bei der ersten Gelegenheit tat –, würden die wirren blonden Haare wie ein Sonnenblumenfeld aufleuchten.

Während er seinen Sohn betrachtete, fühlte Brody, wie sein Herz vor Liebe überschäumte und diese Liebe seinen Körper durchflutete. Und schon wurde die Tür des Pick-ups aufgerissen, und ein eifriger kleiner Junge mit zu großen Füßen kletterte herein.

„Hi, Dad! Es schneit. Vielleicht haben wir ja bald zwei Meter Schnee, und dann fällt die Schule aus, und dann können wir eine Million Schneemänner bauen und Schlitten fahren." Er hüpfte aufgeregt auf dem Sitz auf und ab.

„Können wir, Dad?“ Die Augen des Jungen glänzten, während er die weiße Landschaft betrachete.

„Sobald der Schnee zwei Meter hoch liegt, fangen wir mit dem ersten der Million Schneemänner an.“

„Versprochen?“

Ein Versprechen, das wusste Brody, war eine ernste Angelegenheit. „Versprochen.“

„Toll! Rate mal, was!“

Brody ließ den Motor an und fuhr die Straße hinauf. „Was, denn?“

„Bis Weihnachten sind es nur noch fünfzehn Tage. Miss Hawkins hat gesagt, morgen sind es nur noch vierzehn, und das sind nur noch zwei Wochen.“

„Das bedeutet wohl, dass fünfzehn weniger eins vierzehn macht.“

„Wirklich?“ Jack dachte darüber nach. „Na schön. Also, Weihnachten ist in zwei Wochen, und Großmutter sagt doch immer, dass die Zeit so schnell vergeht. Also eigentlich ist dann doch jetzt schon fast Weihnachten.“

„Fast.“ Brody hielt den Wagen vor dem alten zweistöckigen Bauernhaus an. Irgendwann würde er das ganze Haus wieder bewohnbar gemacht haben. Auch wenn es noch etwas dauern mochte.

„Siehst du, das sage ich doch. Also, wenn praktisch schon Weihnachten ist, kann ich dann jetzt mein Geschenk haben?“

„Hmm." Brody schürzte die Lippen, runzelte die Stirn und schien über den Vorschlag nachzudenken. „Weißt du, das war gut. Doch, wirklich gut, Jack. Nein."

„Ooch."

Brody musste über das enttäuschte Gesicht lachen. Er zog seinen Sohn zu sich. „Aber wenn du mich ganz feste drückst, mache ich dir O'Connells Spezial-Pizza zum Abendessen."

„Einverstanden!" Jack schlang seinem Vater die Arme um den Nacken.

Brody war endgültig nach Hause gekommen.

2. KAPITEL

„Nervös?“ Spencer Kimball beobachtete seine Tochter, wie sie Kaffee in eine Tasse einschenkte. Sie sah makellos aus, die Lockenfülle zu einem Pferdeschwanz gebändigt, der ihr über den Rücken fiel. Der graue Hosenanzug verlieh ihr eine Eleganz, die ihr scheinbar angeboren war. Ihr Gesicht – Gott, sie war das Ebenbild ihrer Mutter! – wirkte gefasst.

Ja, sie sah makellos aus und wunderschön. Und erwachsen. Warum nur tat es so weh, seine Babys erwachsen werden zu sehen?

„Sollte ich nervös sein? Noch Kaffee?“

„Ja, bitte. Immerhin ist heute Stichtag“, fügte er hinzu, während sie seine Tasse voll schenkte. „Kaufvertragstag. In ein paar Stunden wirst du Hausbesitzerin sein, mit allen Freuden und Kopfschmerzen, die so etwas mit sich bringt.“

Sie setzte sich und knabberte lustlos an ihrem Frühstückstoast. „Ich freue mich darauf. Ich habe mir alles sehr genau überlegt. Ich bin mir bewusst, dass es ein Risiko ist, so viel von meinen Rücklagen zu investieren. Aber finanziell bin ich abgesichert, für die nächsten fünf Jahre sind die Kosten für mich tragbar.“

Er nickte und musterte sie genau. „Du hast den

Geschäftssinn deiner Mutter geerbt." Kate strich sich eine widerspenstige Haarlocke aus dem Gesicht.

„Hoffentlich. Ich hoffe auch, dass ich dein Talent zum Unterrichten geerbt habe. Ich bin Künstlerin, das Kind zweier Menschen, die ebenfalls Künstler sind. In New York habe ich manchmal unterrichtet, das hat mich auf den Geschmack gebracht." Sie schenkte Milch in ihren Kaffee. „Ich baue mein Geschäft in meiner Heimatstadt auf, wo ich ausreichend Kontakte habe."

„Richtig."

Sie legte den Toast beiseite und nahm die Kaffeetasse. „Der Name Kimball wird hier respektiert, und mein Name ist in Künstlerkreisen hoch angesehen. Ich habe zwanzig Jahre lang Tanz studiert, habe mich durch Tausende von Trainingsstunden gequält und geschwitzt. Ich sollte eigentlich in der Lage sein, selbst Anleitungen zu geben."

„Zweifellos."

Sie seufzte. Es hatte keinen Zweck. Ihren Vater würde sie nie täuschen können, er kannte sie in- und auswendig. „Na schön. Du weißt doch, wie es ist, wenn man Schmetterlinge im Bauch hat?"

„Allerdings."

„Nun, bei mir sind es im Moment Frösche. Dicke fette Frösche, die ständig auf und ab hüpfen. So nervös war ich nicht einmal bei meinem ersten Solo-Auftritt."

„Weil du nie an deinem Talent gezweifelt hast. Hier wagst du dich auf neues Gebiet." Er nahm ihre Hand und drückte sie ermutigend. „Du hast das Recht auf Frösche, Liebling. Ehrlich gesagt, ich würde mir mehr Sorgen machen, wenn du nicht nervös wärst."

„Aber du machst dir Sorgen, nicht wahr? Dass ich einen Riesenfehler begehe."

„Nein, keinen Fehler. Ich denke nur daran, dass das Heimweh nach der Bühne in ein paar Monaten vielleicht zu stark wird. Dass dir die Company und das Leben, das du bisher geführt hast, fehlen werden. Übrigens, ein Vater hat auch ein Recht auf Frösche. Ein Teil von mir wünscht sich, du hättest dir mehr Zeit für diesen Entschluss gelassen, ein anderer ist einfach nur glücklich, dich wieder zu Hause zu haben."

„Sag deinen Fröschen, sie können sich beruhigen. Wenn ich mich einmal entschieden habe, dann bleibe ich auch dabei."

„Ich weiß." Das war ja auch genau das, worüber er sich Sorgen machte. Aber das sagte er nicht laut.

Sie biss in ihren Toast und lächelte leicht. Sie wusste genau, wie sie ihn ablenken konnte. „Also, erzähl mir von den Renovierungsplänen für die Küche."

Er verzog das Gesicht. „Damit habe ich nichts zu tun." Er fuhr sich mit der Hand durch das volle ergraute Haar. „Deine Mutter hat sich in den Kopf gesetzt, alles zu ändern. Das muss neu und das muss neu ... Und Brody macht alles mit. Sag mir, was stimmt nicht an dieser Küche?"

„Vielleicht hat es etwas damit zu tun, dass hier alles schon über zwanzig Jahren alt ist?"

„Na und?" Spencer hob seine Kaffeetasse in ihre Richtung. „Diese Küche ist perfekt, so wie sie ist. Gemütlich, alles funktioniert ... Aber er musste ihr ja diese Musterkataloge zeigen."

Kate grinste in sich hinein. Ihr Vater fühlte sich hintergangen, das war eindeutig. Aber sie verstand ihn. „Dieser hinterlistige Kerl."

„Und dann reden sie über Rundbögen und Erkerfenster. Wir haben ein Fenster." Er zeigte empört auf das Fenster über der Spüle. „Damit ist nichts verkehrt. Man kann doch hinaussehen, oder nicht? Und dieser Junge setzt ihr Flausen in den Kopf über Granitarbeitsplatten und Eichenverkleidung."

„Eichenverkleidung, sehr sexy." Lachend stützte sie die Ellbogen auf den Tisch. „Erzähl mir was über diesen O'Connell."

„Er macht gute Arbeit. Aber das heißt nicht, dass er meine Küche auseinander nehmen muss."

„Lebt er schon lange hier?"

„Er ist hier aufgewachsen. Seinem Vater gehört ‚Ace Plumbing'. Brody ging nach Washington, als er ungefähr zwanzig war. Hat dort erfolgreich ein Bauunternehmen aufgezogen."

Okay, dachte Kate. Wenn ich mehr wissen will, muss ich die Sprache schon selbst drauf bringen. „Ich habe gehört, er hat einen kleinen Sohn."

„Ja, Jack. Ein hübscher kleiner Bengel. Brodys Frau ist vor ein paar Jahren gestorben. An Krebs, glaube ich. Ich denke, er will den Jungen in der Nähe der Familie großziehen, deshalb ist er vor ungefähr einem Jahr zurückgekommen. Hat hier seine Firma eröffnet und sich mittlerweile einen guten Namen erarbeitet. Er wird gute Arbeit bei dir leisten."

„Falls ich mich für ihn entscheiden sollte."

Sie fragte sich, wie Brody wohl mit einem Werkzeuggürtel aussehen mochte, aber dann ermahnte sie sich, dass diese Frage nicht dazu beitrug, eine Geschäftsbeziehung mit einem Bauunternehmer zu etablieren.

Trotzdem … sie wettete, er würde großartig damit aussehen.

Es war vollbracht. Die Frösche in ihrem Magen hüpften zwar noch immer recht aufgebracht, aber sie war die stolze Besitzerin eines großen, wunderbaren, heruntergekommenen Gebäudes in der hübschen College-Stadt Shepherdstown, West Virginia.

Ein Gebäude, das nur wenige Minuten zu Fuß von

dem Haus entfernt lag, in dem sie aufgewachsen war. In wenigen Minuten konnte sie sowohl im Spielzeugladen ihrer Mutter, als auch im College, an dem ihr Vater lehrte sein.

Sie war von Familie, Freunden und Nachbarn umgeben.

Oh Gott!

Jeder hier kannte sie, jeder würde ihr über die Schulter schauen, ob sie auch schaffte, was sie sich vorgenommen hatte, oder mit ihren Plänen auf die Nase fallen würde. Oh, warum nur hatte sie sich nicht eine Stadt in Utah oder New Mexico ausgesucht, um ihre Schule zu eröffnen? Irgendeinen Ort, wo niemand sie kannte und wo niemand etwas von ihr erwartete?

Weil sie ihre Schule hier eröffnen wollte. Weil dies hier ihr Zuhause war. Und weil sie nirgendwo anders sein wollte. Deshalb.

Ich werde nicht auf die Nase fallen, schwor Kate sich, als sie den Wagen parkte. Sie würde es schaffen, weil sie persönlich jedes Detail überwachen würde. Sie würde alles Schritt für Schritt angehen, so hatte sie auch ihren bisherigen Weg zurückgelegt, der sie hierher geführt hatte. Vorsichtig, mit Bedacht und Sorgfalt. Dafür würde sie wie ein Tier schuften.

Sie durfte ihre Eltern nicht enttäuschen.

Wichtig war jetzt, dass dieses Gebäude ihr gehörte –

und der Bank – und dass sie den nächsten Schritt machte.

Sie ging die Treppe hinauf – ihre Treppe! –, trat auf den leicht durchhängenden Absatz und schloss die Tür zu ihrer Zukunft auf.

Es roch nach Staub und Spinnweben.

Nun, das würde sich bald ändern. Oh ja, sehr bald sogar, sagte sie sich, als sie ihre Handtasche abstellte. Es würde nach Sägespänen und frischer Farbe und dem Schweiß der Bauarbeiter riechen.

Jetzt musste sie nur noch die Mannschaft anheuern.

Sie ging durch den großen Raum und hörte den Widerhall ihrer Schritte. Dann sah sie die kleine Stereoanlage in der Mitte des Zimmers stehen. Verdutzt nahm sie die Grußkarte mit der Ballerina hoch, die obenauf lag, und lächelte, als sie die Handschrift ihrer Mutter erkannte.

Herzlichen Glückwunsch, Katie!
Ein kleines Einweihungsgeschenk, damit du immer Musik um dich hast.
In Liebe, Mom, Dad und Brandon

„Ach, ihr!" Kate schossen vor Rührung die Tränen in die Augen. Sie ging in die Hocke und schaltete die Stereoanlage ein.

Es war eine der Kompositionen ihres Vaters, eine

ihrer Lieblingsmelodien. Sie erinnerte sich daran, wie stolz sie gewesen war, als sie zum ersten Mal zu dieser Melodie in New York auf der Bühne getanzt hatte.

Kimball tanzt, zu einer Komposition von Kimball, dachte sie und schleuderte die Schuhe von den Füßen.

Zuerst langsam, behutsam, eine lange Ausführung. Die Muskeln zitterten, aber sie hielten durch. Dann ein Knie einknicken, Richtungsänderung, langsam, im Takt. Jetzt tiefer, eine Serie leichter Pirouetten, fließend, nicht ruckartig.

Kate bewegte sich durch den Raum. Die einstudierten Schritte kamen ihr ohne Anstrengung ins Gedächtnis. Die Musik erfüllte den Raum, ihren Geist, ihren Körper.

Jetzt schneller, sich steigern von selbstvergessener Romantik zu Leidenschaft. *Arabesque,* schnell, leichte Drehung, dreifache Pirouette, *ballottes.*

Euphorie floss durch ihre Adern. Das Band, das ihr Haar zusammengehalten hatte, rutschte herab und landete auf dem Boden. *Grande jeté.* Noch mal. Und noch mal. Ein Gefühl wie Fliegen. Für immer in der Schwerelosigkeit verharren.

Dann wieder auf dem Boden, eine schnelle Folge von Drehungen. *Fouetté.* Stand! Wie eine Statue, einen Arm in die Luft, den anderen nach hinten.

„Wahrscheinlich müsste ich jetzt Rosen werfen, aber ich habe leider keine mitgebracht."

Ihr Atem kam schnell, doch jetzt wäre er ihr fast gestockt, als die Worte sie aus ihrer eigenen Welt herausrissen. Unwillkürlich drückte sie sich die Hand aufs Herz und starrte Brody an.

Er stand in der Tür, die Hände in den Taschen, einen Werkzeugkasten zu seinen Füßen.

„Das können Sie später noch machen. Rote Rosen, die liebe ich besonders", brachte sie heraus. „Himmel, Sie haben mich zu Tode erschreckt."

„Tut mir Leid. Die Tür war nicht verschlossen, und Sie haben mein Klopfen nicht gehört." Oder hätte es nicht gehört, wenn er denn daran gedacht hätte zu klopfen.

Aber als er sie von der Straße aus durch das Fenster gesehen hatte, hatte er an gar nichts mehr gedacht. Er war einfach hereingekommen, verblüfft, fasziniert. Eine Frau, die sich so bewegen konnte, musste einen Mann faszinieren. Er war sicher, sie wusste das.

Jetzt ging sie zur Anlage und stellte die Musik ab. „Ich wollte dieses Haus einweihen. Allerdings sieht es besser aus, wenn Kostüme und Licht stimmen. Also", sie warf sich das lange Haar über die Schulter zurück, „was kann ich für Sie tun, Mr. O'Connell?"

Er kam in den Raum hinein und hob das Haarband auf. „Das haben Sie verloren."

„Danke." Sie steckte es sich in die Tasche.

Er wünschte, sie würde ihr Haar wieder zusammenbinden. Seine Reaktion auf ihr Aussehen behagte ihm ganz und gar nicht. Sie sah so erhitzt und lebendig und ... erreichbar aus. „Mir scheint, Sie haben mich nicht erwartet."

„Nein, aber ich habe nichts gegen das Unerwartete." Vor allem nicht, wenn es mit umwerfenden grünen Augen und diesem kleinen sexy Stirnrunzeln ausgestattet war.

„Ihre Mutter bat mich, hier vorbeizuschauen, um das Gebäude mal unter die Lupe zu nehmen."

„Aha. Also noch ein Einweihungsgeschenk."

„Wie bitte?"

„Nichts." Sie neigte den Kopf ein wenig zur Seite. Tänzer konnten viel an der Körpersprache eines Menschen ablesen, wie ein Psychiater. Und Brodys Körper sprach eine eindeutige Sprache. Er war steif und in Verteidigungsstellung, sehr darauf bedacht, sicheren Abstand zu wahren. „Mache ich Sie nervös, O'Connell, oder mögen Sie mich einfach nur nicht?"

„Weder noch. Dazu kenne ich Sie nicht gut genug."

„Wollen Sie mich besser kennen lernen?"

Sein Magen verkrampfte sich plötzlich. „Hören Sie, Miss Kimball ..."

„Schon gut, regen Sie sich nicht gleich auf." Sie winkte ab. Zu schade aber auch, dachte sie. Sie zog es vor, offen zu sein. Er scheinbar nicht. „Ich finde Sie attraktiv, und ich hatte den Eindruck, dass Sie auch nicht uninteressiert seien. Ich habe mich wohl geirrt." Abwartend und ein wenig nervös musterte Kate ihr Gegenüber.

„Ist es eigentlich eine Angewohnheit von Ihnen, sich fremden Männern im Laden Ihrer Mutter an den Hals zu werfen?"

Sie blinzelte, ein kurzes Aufflackern von Wut und Verletztsein. Dann zuckte sie die Schultern. „Autsch, das saß."

„'tschuldigung." Angewidert von sich selbst, hob er beide Hände. „Das war unangebracht. Vielleicht ärgern Sie mich doch, aber das ist nicht Ihre Schuld. Ich bin aus der Übung, wenn es um … herausfordernde Frauen geht. Sagen wir einfach, ich bin nicht auf der Suche nach irgendwelchen Komplikationen, okay?"

„Tja, das ist wirklich ein Schlag. Schwer zu verkraften. Ich hatte nämlich schon die Ringe ausgesucht. Aber ich werde es wohl überleben."

Seine Mundwinkel zogen sich nach oben. „Autsch."

Er hat ein wunderbares Lächeln, wenn er es denn mal benutzt, dachte Kate. Schade, dass er so empfindlich war. „Nun, da wir alle Unklarheiten aus dem Weg geräumt haben … Also, was halten Sie davon?" Sie drehte sich mit ausgebreiteten Armen einmal um die eigene Achse.

Das war jetzt sein Territorium, er konnte sich entspannen. Mit fachmännischen Blick betrachtete er seine Umgebung. „Ein herrliches altes Gebäude, sehr viel

Atmosphäre und noch mehr Potenzial. Solide Fundamente, für die Ewigkeit gebaut."

Ihr Ärger verflog vollends. „Genau das habe ich auch gedacht. O'Connell, ich liebe Sie."

Jetzt war es an ihm zu blinzeln. Er trat unwillkürlich einen Schritt zurück, als Kate hell auflachte.

„Sie sind wirklich aus der Übung. Keine Panik, ich werde mich nicht in Ihre Arme stürzen, Brody, auch wenn die Vorstellung sehr reizvoll ist. Aber Sie sind der erste Mensch, der genauso denkt wie ich. Jeder andere hält mich für verrückt, weil ich so viel Zeit und Geld in dieses Haus stecken will."

Er konnte sich nicht entsinnen, dass er sich je bei einer Frau so oft in so kurzer Zeit wie ein Idiot vorgekommen war. Mürrisch steckte er die Hände wieder in die Taschen. „Es ist eine gute Investition – auf langfristige Sicht und nur, wenn Sie es richtig machen."

„Oh, das habe ich vor. Was sollte Ihrer Meinung nach als Erstes in Angriff genommen werden?"

„Das Heizungssystem. Hier drinnen friert es ja."

Sie grinste zufrieden. „Vielleicht kommen wir doch besser miteinander aus als gedacht. Der Heizkessel steht im Keller. Wollen Sie ihn sich ansehen?"

Sie ging mit ihm zusammen hinunter. Das hatte er nicht erwartet. Auch nicht, dass sie mit keiner Wimper zuckte, als Mäuse über den Boden huschten und sie auf die Hautreste einer Schlange stießen, die sich offenbar an den Nagern gütlich gehalten hatte.

Seiner Erfahrung nach stießen Frauen – nun, zumindest die sehr weiblichen Vertreter ihres Geschlechts – bei solchen Gelegenheiten schrille Schreie aus und schüttelten sich angeekelt. Kate dagegen zog nur die Nase kraus und kritzelte eilig etwas auf den Notizblock, den sie mitgenommen hatte.

Es war schummrig hier unten, die Luft abgestanden und der Heizkessel ein Fall für den Schrott.

Er setzte sie unverzüglich über die schlechten Neuigkeiten in Kenntnis, zählte Optionen auf, wägte Vor- und Nachteile der verschiedenen Alternativen wie elektrische Heizpumpen, Gas und Öl ab. Lieferte eine Auflistung von Leistungsfähigkeit, Installierungskosten und voraussichtlichen monatlichen Betriebskosten.

Er hätte genauso gut Chinesisch sprechen können, man sah es ihr an. Deshalb schlug er vor, Broschüren und Informationsmaterial an ihren Vater zu schicken.

„Mein Vater ist Komponist und Universitätsprofessor“, erinnerte sie ihn mit unterkühlter Höflichkeit. „Glauben Sie wirklich, nur weil er einen anderen Chromosomensatz hat als ich, würde er mehr verstehen?“

Brody dachte darüber nach. „Nun … ja.“

„Sie irren. Lassen Sie mir die entsprechenden Informationen zukommen. Es muss ein System sein, das die alten Radiatoren speisen kann, die Rohre liegen ja bereits. Ich will das Haus so wohnlich und attraktiv wie möglich machen, dabei aber den ursprünglichen Charakter erhalten. Außerdem will ich zusätzliche Wärmequellen installieren lassen. Das heißt, die Kamine müssen überprüft und, falls nötig, repariert werden ."

Ihr nüchterner Ton gefiel ihm nicht, auch wenn er gegen den Inhalt nichts einzuwenden hatte. „Sie sind der Boss."

„Gut, dass Sie da mit mir übereinstimmen."

„Sie haben Spinnweben im Haar, Boss."

„Sie auch. Dieser Keller muss sauber gemacht werden, und so authentisch der Lehmboden auch sein mag, ich will Estrich haben. Und ein Kammerjäger muss her. Elektroinstallationen und anständiges Licht. Das alles hier unten ist verschenkter Platz. Man kann es als Abstell- und Lagerfläche benutzen."

„Gut." Er zog Notizblock und Bleistift hervor und begann sich Notizen zu machen.

Sie stieg die Treppe hinauf und rüttelte an dem Geländer. „Die Treppe muss nicht schön sein, aber sicher."

Er schrieb auf den Block. „Sie werden eine sichere Treppe bekommen, das garantiere ich."

„Gut. Jetzt zeige ich Ihnen, was ich mir für das Erdgeschoss vorgestellt habe."

Sie wusste genau, was sie wollte. Für seinen Geschmack ein wenig zu genau. Er konnte sich hier keine Ballettschule vorstellen, sie offensichtlich schon. Sie hatte alles genauestens geplant Küche, Duschräume, Garderobe, Abstellkammer, bis hin zu der Bank, die unter dem Fenster eingebaut werden sollte.

„Ist das nicht ein bisschen übertrieben für eine Kleinstadt-Tanzschule?"

Sie zog nur eine Augenbraue in die Höhe. „Nein, sondern den Anforderungen entsprechend. Und jetzt zu den beiden Duschräumen."

„Wenn Sie das Ganze geräumiger machen wollen, kann ich die Wand herausschlagen."

„Tänzer müssen eine Menge Abstriche machen, was ihr persönliches Schamgefühl anbelangt, aber lassen Sie uns die Grenze bei Gemeinschaftsduschen ziehen."

„Gemeinschaftsduschräume." Er ließ den Notizblock sinken. „Sie wollen auch Jungen unterrichten?" Er grinste breit von einem Ohr zum anderen. „Kommen Sie, Sie glauben doch nicht, dass Sie irgendwelche Jungen hier reinkriegen, die Pirouetten drehen."

„Schon mal was von Barischnikow gehört? Davidov?" Sie war zu sehr an solche Kommentare gewöhnt, um beleidigt zu sein. „Ich gehe jede Wette ein, dass ein professioneller Tänzer jeden Sportler schlägt, wenn es um Kondition und Muskelkraft geht."

„Und wer trägt das Tutu?"

Sie seufzte. Ja, sie war sich im Klaren darüber gewesen, dass sie in dieser ländlichen Gegend gegen eine solche Sichtweise zu kämpfen haben würde. „Nur zu Ihrer Information – männliche Tänzer sind echte Männer. Mein erster Freund war ein *premier danseur*, der höher springen konnte als Michael Jordan, wenn er den Ball einlegt. Aber Jordan trägt ja keine engen Gymnastikhosen, sondern diese süßen knappen Boxershorts."

„Trainingshosen", verbesserte Brody verbissen.

„Ach so. Tja, es ist wohl alles Auslegungssache, nicht wahr? Die Duschräume bleiben getrennt. Neue Armaturen, neue Böden, alles weiß. Und jeweils ein niedriges Waschbecken, für die Kinder. Klar?"

„Klar."

„Gut, dann einen Stock höher." Sie deutete auf die Treppe am Ende des Korridors. „Meine Wohnung."

„Sie werden hier wohnen? Über der Schule?"

„Ich werde hier wohnen, leben, atmen, schlafen, essen und arbeiten. Nur so lässt sich ein Konzept erfolgreich verwirklichen. Ich habe genaue Vorstellungen, was meinen Wohnraum angeht."

Oh ja, die hat sie, dachte Brody eine Stunde später. Sehr genaue Vorstellungen, und sehr gute. Vielleicht konnte er ihre Vision nicht teilen, was das Erdgeschoss anging, aber hier oben konnte er ihr in fast allem zustimmen.

Und während er mit ihr umherging, spürte er, wie die bekannte Vorfreude sich aufbaute. Etwas, das seit Generationen bestand, den eigenen Stempel aufzudrücken und gleichzeitig zu bewahren, was bewahrt werden konnte.

Es hatte eine Zeit gegeben, da hatte er nur seine Stunden abgearbeitet. Erledige den Job, kassiere das Geld. Der Stolz und das Verantwortungsgefühl waren erst langsam gewachsen. Und die Freude, die Zufriedenheit, die ihn dazu trieben, sein Bestes zu geben, seine handwerklichen Fähigkeiten zu perfektionieren – mehr zu bauen als nur Räume und Gebäude.

Ein Leben zu errichten.

Hier konnte er das. Und er wollte es. Wollte es so sehr, dass er sogar bereit war, Kate Kimball und seine irritierende Reaktion auf sie in Kauf zu nehmen.

Er hoffte – falls er den Auftrag bekam –, dass sie nicht zu den Kunden gehörte, die ständig auf der Baustelle herumlungerten. Zumindest nicht, wenn sie dieses verdammte Parfum aufgelegt hatte.

Und dann waren sie im Badezimmer. Die alte Eisenwanne sollte bleiben, integriert werden in weiße Armaturen und weiße und blaue Fliesen. Aber sie stimmte zu, sich noch andere Muster anzusehen.

Sie hatte auch feste Vorstellungen für die Küche, aber hier widersprach er ihr.

„Haben Sie vor, hier richtig zu kochen, oder wollen Sie sich nur ein paar Fertigmahlzeiten aufwärmen?"

„Kochen. Ob Sie's glauben oder nicht, ich kann's."

„Dann brauchen Sie eine durchgehende Arbeitsfläche." Brody deutete auf das Fenster. „Das Spülbecken sollte unter dem Fenster angebracht sein, nicht da drüben an der Wand. Da steht der Kühlschrank, der Herd hier. Dann haben Sie alles in Reichweite und müssen nicht ständig durch den Raum rennen, wenn Sie etwas brauchen. Zeit- und Raumverschwendung."

„Ja, aber hier …"

„Da kommt der Vorratsschrank hin", unterbrach er sie. In seinem Kopf nahm der Raum Gestalt an. „Dann haben Sie hier die gesamte Schrankzeile. Regale hier … Wenn es richtig ausgemessen ist", er holte einen Zollstock hervor und nahm Maß, „bleibt Platz für eine Frühstücksbar und ein paar Hocker zum Sitzen. Sitz- und Arbeitsplatz anstatt ungenutzter Raum."

„Ich hatte eigentlich vor, einen Tisch …"

„Um einen Tisch müssen Sie ständig herumtanzen. Der nimmt nur Platz weg."

„Ja, vielleicht." Sie dachte an heute Morgen, als sie mit ihrem Vater am Küchentisch gesessen hatte. An die vielen anderen Gelegenheiten, bei denen sich ihre Familie um den Tisch versammelt hatte. Sentimental, entschied sie. Und in diesem Fall unpraktisch.

„Lassen Sie mich alles ausmessen, dann zeichne ich Ihnen einen Vorschlag auf. Sie können es sich ja dann überlegen."

„Na gut. Das hier hat sowieso Zeit. Das Erdgeschoss ist wichtiger."

„Es wird etwas dauern, bis ich einen Kostenvoranschlag erstellt habe. Aber von dem, was ich bisher gesehen habe, kann ich Ihnen jetzt schon sagen, dass Sie sich auf eine sechsstellige Summe einstellen sollten. Und mindestens vier Monate Arbeit."

Sie hatte sich Ähnliches ausgerechnet, aber es von jemand anderem ausgesprochen zu hören, versetzte ihr trotzdem einen kleinen Schock. „Gut. Machen Sie eine Kalkulation. Und die Zeichnungen, was auch immer. Sollte ich mich entscheiden, ihnen den Auftrag zu erteilen, wann können Sie anfangen?"

„Mit Materialbestellung und Lieferung … wahrscheinlich Anfang des Jahres."

„Das ist Musik in meinen Ohren. Okay, Mr. O'Connell, zeigen Sie mir Ihren Kostenvoranschlag, und wir sehen, ob wir ins Geschäft kommen."

Sie überließ ihn sich selbst, damit er in Ruhe ausmessen und rechnen konnte, ging nach unten und trat auf die schmale Veranda an der Hausfront. Der kleine Vorgarten war eine Schande, vermooster Rasen, erfrorenes Unkraut und ein hässlicher dicker Baumstumpf, der einmal ein großer alter Ahornbaum gewesen sein musste. Auf der anderen Straßenseite stand ein renovierter Altbau mit mehreren Apartments. Jetzt zur Mittagszeit war kein Leben in den Wohnungen zu entdecken.

Noch mal hunderttausend, dachte sie. Das war machbar. Sie hatte kein extravagantes Leben geführt. Und sie hatte tatsächlich den Geschäftssinn ihrer Mutter geerbt. Ihre Gagen waren gut angelegt, sie hatte ein angenehmes Polster im Rücken.

Sollte es für ihren Geschmack zu knapp werden, konnte sie immer noch ein paar Gastspiele mit der Company geben. Diese Tür stand ihr glücklicherweise offen.

Wenn sie es genau bedachte, wäre das sogar vernünftig, nicht nur in finanzieller Hinsicht. Sie war daran gewöhnt zu arbeiten, brauchte Beschäftigung. In den kommenden Wochen und Monaten konnte sie nichts anderes tun als warten und zusehen, wie die Renovierung Schritt für Schritt vorankam.

Der Trip nach New York war unkompliziert. Sie konnte bei ihrer Familie unterkommen. Training, Proben, Aufführung, wieder nach Hause. Ja, das war vielleicht sogar die beste Lösung.

Aber noch nicht. Erst wollte sie sehen, wie ihr Plan sich anließ.

„Kate?" Brody trat zu ihr, ihren Mantel in der Hand. „Es ist kalt hier draußen."

„Ja, ein wenig. Ich hatte gehofft, es würde zu schneien anfangen. Gestern sah es so aus."

„Solange es keine zwei Meter Schnee werden."

„Wie?"

„Nichts." Er legte ihr den Mantel um die Schultern und zog ihr automatisch die Haare unter dem Stoff hervor. Es gibt so verdammt viel davon, dachte er. Weiche, seidige, endlos lange Haare.

Seine Finger verfingen sich in dieser Pracht, als sie sich umdrehte und in seine Augen sah. Ah, also doch interessiert, dachte sie und fühlte das angenehme Flattern im Bauch.

„Warum gehen wir nicht um die Ecke in das kleine Café? Sie können mir einen Kaffee ausgeben." Sie trat näher an ihn heran, bewusst. Ein Test, für sie und für ihn. „Wir können über … Arbeitsplatten reden."

Sie hatte eine verheerende Wirkung auf ihn. Nebelte seinen Verstand ein, machte ihm das Atmen schwer, ganz zu schweigen von dem, was sich in seiner Lendengegend abspielte. „Sie machen sich schon wieder an mich heran."

Ihr Lächeln war sehr sinnlich und sehr weiblich. „Natürlich."

„Sie sind wahrscheinlich die schönste Frau, die mir je begegnet ist."

„Das ist eine Laune der Natur, aber da ich meiner

Mutter ähnlich sehe, bedanke ich mich in ihrem Namen. Wissen Sie, Ihr Mund gefällt mir besonders." Sie ließ ihren Blick darauf verweilen. „Irgendwie zieht er mich immer wieder an."

Seine Kehle war rau und staubtrocken. Verflucht, was war mit den Frauen passiert, seit er aus dem Spiel ausgeschieden war? Seit wann verführten sie Männer am helllichten Tag auf der Veranda eines baufälligen Gebäudes?

Er fühlte den schneidenden Dezemberwind im Gesicht und die Hitze, die durch seine Adern schoss. „Sehen Sie ..." Er packte sie bei den Armen. Der Mantel rutschte von ihren Schultern, Brody spürte die durchtrainierten Muskeln ihrer Arme durch den Stoff ihres Jacketts.

„Das tue ich doch die ganze Zeit." Ihr Blick hielt ihn gefangen. So männlich, dachte sie. Und so frustriert. „Mir gefällt, was ich sehe."

Ihre Augen waren grau, geheimnisvoll und undurchdringlich wie dichter Rauch. Er brauchte jetzt nur seinen Kopf zu beugen, oder besser, er würde sie hochheben, bis ihre sinnlichen weichen Lippen mit diesem selbstzufriedenen Lächeln mit seinem Mund auf einer Höhe waren ...

Er hatte die ungute Ahnung, dass er genauso gut eine Hochspannungsleitung berühren könnte. Der Effekt wäre der gleiche – tödlich.

„Ich sagte Ihnen bereits, dass ich nicht interessiert

bin." Er wollte sich abwenden, hatte jedoch nicht mit der Hartnäckigkeit einer Kate Kimball gerechnet.

„Stimmt. Aber Sie haben gelogen." Um es ihm zu beweisen, stellte sie sich auf die Zehenspitzen und biss ihn leicht in die Unterlippe. Der Griff seiner Hände an ihren Armen wurde schraubstockartig. „Sehen Sie?" flüsterte sie. „Sie sind interessiert. Sie wollen es nur nicht sein."

„Das kommt aufs Gleiche heraus." Er ließ sie los und nahm seinen Werkzeugkasten. Verdammt, seine Hände zitterten!

„Der Meinung bin ich nicht, aber ich will auch nicht drängen. Ich würde mich gern mit Ihnen treffen, wenn es Ihnen irgendwann passt. Da wir ähnliche Ansichten über das Haus haben und mir viele Ihrer Ideen gefallen, hoffe ich, dass wir in der Zwischenzeit gut zusammenarbeiten werden."

Er stieß zischend den Atem aus. Kalt und klar wie ein Januartag, dachte er. Während er gereizt, völlig überhitzt und durcheinander war.

„Sie sind ein harter Brocken, Kate."

„Ich weiß. Aber ich werde mich nicht dafür entschuldigen, dass ich so bin, wie ich bin. Ich erwarte Ihren Kostenvoranschlag und die Unterlagen, über die wir gesprochen haben. Sollten Sie noch mehr ausmessen müssen, wissen Sie ja, wo Sie mich erreichen können."

„Ja, das weiß ich."

Sie rührte sich nicht, blieb auf der Veranda und sah ihm nach, als er zu seinem Wagen ging und davonfuhr. Er wäre erstaunt gewesen, hätte er gehört, wie heftig sie den Atem ausstieß. Überrascht, wenn er gesehen hätte, wie sie sich langsam auf die Stufen setzte.

Sie war keineswegs so kalt und klar wie ein Januartag. Im Gegenteil, sie brauchte den Wind, um abzukühlen. Und um die Frösche in ihrem Bauch zur Ruhe zu bringen.

Brody O'Connell, dachte sie. War es nicht seltsam und faszinierend, dass ein Mann, den sie nur zwei Mal getroffen hatte, eine solche Wirkung auf sie ausübte? Sie war Männern gegenüber nicht schüchtern, aber sie war wählerisch. Der Freund, den sie Brody so offen ins Gesicht geschleudert hatte, war einer jener drei Männer, die sie in ihr Leben – und in ihr Bett – gelassen hatte. Männer, für die sie tiefe Gefühle gehegt hatte.

Und doch … Schon nach dem zweiten Treffen – eigentlich war es ja erst ein richtiges Treffen gewesen, gestand sie sich ein – wollte sie Brody in ihrem Bett haben.

Also würde sie jetzt ganz logisch und sachlich vorgehen. Erst einmal musste sie sich beruhigen, wieder einen klaren Kopf bekommen. Dann würde sie sich überlegen, wie sie Brody am besten dorthin bekam, wo sie ihn haben wollte.

3. KAPITEL

Jack saß an dem Doppelschreibtisch, den er und sein Dad „ihr Büro“ nannten, und schrieb eifrig in Druckbuchstaben das Alphabet auf. Das war sein Job, genau wie sein Dad auf der anderen Seite seine Arbeit erledigte.

Allerdings sahen das Millimeterpapier, die Lineale und Zirkel viel interessanter aus als dieses Alphabet. Aber Dad hatte ihm versprochen, wenn er erst alle Buchstaben aufgeschrieben hatte, würde er auch ein Blatt von dem Millimeterpapier bekommen.

Dann würde er ein riesengroßes Haus darauf malen, so wie ihr Haus, und die alte Scheune auch, die Dads Werkstatt war. Und natürlich mit viel Schnee drumherum. Zwei Meter Schnee und Millionen und Trillionen von Schneemännern.

Und einen Hund.

Grandpa und Grandma hatten einen Hund, Buddy. Buddy war schon alt, aber es machte Spaß, mit ihm zu spielen. Eines Tages, wenn Jack groß sein würde, dann würde er einen eigenen Hund bekommen. Er würde ihn Mike nennen und Ball mit ihm spielen, und abends würde Mike dann bei ihm im Bett schlafen.

Jack sah auf, um seinen Vater zu fragen, ob er nicht schon groß genug für einen Hund sei, aber sein Vater hatte eine tiefe Falte auf der Stirn. Nein, er war nicht wütend. So sah er immer aus, wenn er arbeitete. Wenn man ihn dann unterbrach, egal mit welcher Frage, kam immer die gleiche Antwort: „Nicht jetzt."

Aber das Alphabet war so langweilig. Er wollte das Haus malen oder mit seinen Autos oder am Computer spielen. Oder mal draußen nachsehen, ob es nicht schon schneite.

Er rutschte auf seinem Stuhl hin und her. Sein Fuß traf die Schreibtischwand. Er rutschte weiter. Noch ein Tritt gegen das Holz.

„Jack, lass den Schreibtisch in Ruhe."

„Muss ich denn das ganze Alphabet schreiben?"

„Ja."

„Warum?"

„Darum."

„Aber ich bin doch schon bei P."

„Wenn du die restlichen Buchstaben nicht auch noch machst, wirst du nie Wörter mit den Buchstaben lernen können, die du jetzt nicht schreibst."

„Warum?"

„‚Warum' wirst du zum Beispiel nie schreiben können. W-A-R-U-M."

Jack seufzte, ein sehr schwerer Seufzer für einen Sechsjährigen. Also schrieb er die nächsten drei Buchstaben, dann hob er wieder vorsichtig den Kopf. „Dad."

„Hm?“

„Dad, Dad, Dad. D-A-D.“

Brody sah auf. Jack grinste ihn breit an. „Ganz schön neunmalklug, mein Sohn. Woher hast du nur dein vorlautes Mundwerk?“

„Grandma sagt, das habe ich von dir geerbt. Darf ich sehen, was du da malst? Du hast gesagt, das ist für die tanzende Lady.“

„Ja, das ist für die Tänzerin, und nein, du darfst es erst sehen, wenn du deine Arbeit fertig hast.“ Wie gerne hätte er eine Pause gemacht und mit seinem Sohn gespielt, ihn sich über die Schulter geworfen und mit ihm herumgetobt. Aber wenn man einem Kind Verantwortung beibringen wollte, musste man mit gutem Beispiel vorangehen und Verantwortung zeigen.

„Was passiert, wenn du es nicht fertig machst?“

„Nichts.“ Jack zog einen Schmollmund.

„Eben.“

Jack seufzte noch mal und beugte sich wieder über sein Alphabet. Er sah nicht, dass sein Vater sich das Grinsen verkneifen musste.

Ob sein Vater ihn je so angesehen hatte? Wahrscheinlich, dachte Brody. Aber er hatte es sich nie anmerken lassen. Bob O’Connell war auch nicht der Typ Vater gewesen, der mit seinem Sohn auf dem Wohnzimmerteppich herumgerollt war oder rumgeblödelt hatte. Bob

O'Connell war zur Arbeit gegangen, nach Hause gekommen und hatte erwartet, dass jeden Abend pünktlich um sechs das Essen auf dem Tisch stand. Er hatte vorausgesetzt, dass sein Sohn die ihm aufgetragenen Pflichten erfüllte und aufs Wort folgte, ohne Fragen zu stellen. Und er hatte nie daran gezweifelt, dass sein Sohn in seine Fußstapfen trat.

Brody nahm an, dass er seinen Vater in jedem einzelnen Punkt enttäuscht hatte. So wie sein Vater ihn enttäuscht hatte. Seinem Sohn würde er das nie antun.

„Z! Z! Z!“ Jack wedelte wild mit dem Blatt umher. „Fertig!“

„He, halt still, damit ich es mir ansehen kann.“ Weit davon entfernt, sauber und ordentlich zu sein, aber immerhin, es war vollbracht. „Gut gemacht. Willst du jetzt Zeichenpapier?“

„Kann ich dir nicht bei deinem Bild helfen?“

„Sicher.“ Na, dann würde er eben heute Abend eine Stunde dranhängen, das war ihm die Zeit mit seinem Sohn wert. Er zog Jack auf seinen Schoß. „Also, hier haben wir die Wohnung über der Schule.“

„Warum tragen die eigentlich immer so komische Sachen, wenn sie tanzen?“

„Keine Ahnung. Woher weißt du eigentlich, dass sie komische Sachen tragen?“

„Ich habe ein Cartoon gesehen, da haben Elefanten

solche Röcke getragen. Und sie haben auf ihren Zehenspitzen getanzt. Haben Elefanten Zehenspitzen?"

„Sicher." Hatten sie die? „Wir können ja mal in unserem schlauen Buch nachschlagen, später. Hier, nimm den Bleistift und zieh eine gerade Linie, hier direkt am Rand."

Vater und Sohn arbeiteten zusammen, die große Hand führte die kleine über das Papier. Als Jack zu gähnen begann, drückte Brody den blonden Kopf an seine Schulter und erhob sich vorsichtig.

„Ich bin aber gar nicht müde, Dad", behauptete Jack noch, als seine Lider schon schwer wurden.

„Ich weiß. Aber wenn du aufwachst, sind es nur noch fünf Tage bis Weihnachten."

„Kann ich dann ein Geschenk haben?"

Brody lächelte still in sich hinein und sog tief den Duft seines Sohnes ein.

Nachdem er Jack zu Bett gebracht hatte, kam er wieder herunter und brühte sich eine Kanne frischen Kaffee auf. Mit Sicherheit ein Fehler. Der Kaffee würde ihn lange wach halten.

Er stand am Fenster und sah hinaus in die Dunkelheit, nippte an der schwarzen heißen Flüssigkeit. Das Haus war so still, wenn Jack schlief. Dabei gab es Zeiten, in denen der Junge so viel Krach und Chaos um sich herum verbreitete, dass man den Eindruck haben konnte, es gäbe nie wieder einen Moment voller Ruhe und Frieden.

Und wenn es dann still war, fehlte Brody der Lärm. Dieses Elterndasein war eine ziemlich vertrackte Sache.

Aber jetzt fühlte er eine innere Unruhe in sich, die er schon lange nicht mehr verspürt hatte. Als allein erziehender Vater, der sich um das Haus und den Neuaufbau des Geschäfts kümmern musste, war ihm nicht viel Zeit geblieben.

Die Zeit hatte er immer noch nicht. Allein hier am Haus gab es so viel zu tun, dass er für … ja, wahrscheinlich den Rest seines Lebens würde er damit beschäftigt sein. Er hätte etwas Kleineres kaufen sollen, etwas, das weniger Arbeit verlangte, etwas Praktischeres. Das musste er sich von seinem Vater anhören, seit der den Preis herausgefunden hatte.

Tja, aber er hatte sich eben sofort in dieses Anwesen verguckt. Jack übrigens auch. Und so weit funktioniert es ja auch, dachte er jetzt, als er sich in der renovierten Küche mit den hohen Glasschränken und der Granitarbeitsplatte umsah. Sicher, langsam müsste er sich mal um die anderen Räume kümmern, was er bis jetzt vor sich her geschoben hatte, aber dazu musste er Zeit und Muße haben.

Trotzdem, diese Unruhe hatte weder etwas mit seiner Arbeit noch mit den Plänen für das Haus zu tun.

Sondern mit Kate Kimball.

Er hatte weder Zeit noch Lust, sich mit ihr einzulassen.

Zugegeben, Lust hätte er schon ... Er fuhr sich frustriert durchs Haar. Hatte er je ein solches Verlangen nach einer Frau verspürt? Wahrscheinlich, er konnte sich nur nicht daran erinnern. Konnte sich nicht daran erinnern, sich je so nach jemandem verzehrt zu haben.

Und dieses Gefühl ärgerte ihn maßlos.

Es lag einfach nur daran, dass es schon so lange her war. Und weil sie so provozierend war. Und so schön.

Aber er war kein Kind mehr, das nach einem hübschen Spielzeug griff, ohne an die Folgen zu denken. Er konnte nicht mehr einfach das tun, was ihm gerade einfiel. Und das war auch in Ordnung so.

Erledige die Arbeit, nimm das Geld mit und halte Abstand, ermahnte er sich in Gedanken. Und hör endlich auf, ständig an ihren makellosen, durchtrainierten Körper zu denken. Er starrte noch eine Weile in die Nacht hinaus, ehe er die Schultern straffte und sich abwandte.

Er schenkte sich noch eine Tasse Kaffee ein, wohl wissend, dass der ihn die ganze Nacht wach halten würde, und ging zurück an seinen Schreibtisch.

Als Kate am nächsten Nachmittag die Tür öffnete, stand Brody auf der Schwelle. Ihr Entzücken darüber wurde abgelenkt durch den kleinen Jungen mit den lachenden Augen, der neben ihm stand.

„Oh. Hallo, du Hübscher."

„Ich bin Jack."

„Hallo, hübscher Jack. Ich heiße Kate. Kommt doch rein."

„Ich wollte nur den Kostenvoranschlag vorbeibringen, und die Zeichnungen." Brody hielt ihr die Unterlagen entgegen, eine Hand fest auf Jacks Schulter. „Meine Visitenkarte liegt bei. Wenn Sie Fragen oder Anmerkungen haben, können Sie mich anrufen."

„Warum sehen wir die Papiere nicht jetzt gleich zusammen durch? Das spart Zeit. Oder haben Sie es eilig?" Sie sah ihn gar nicht an, während sie redete, sondern strahlte Jack an. „Brrr! Es ist richtig kalt da draußen, was? Kalt genug für heiße Schokolade und Kekse."

„Und Marshmallows?"

„In diesem Haus ist es verboten, heiße Schokolade ohne Marshmallows anzubieten." Sie streckte die Hand aus, und Jack nahm sie, um sie ins Haus zu ziehen.

„Kate, hören Sie ..."

„Ach, kommen Sie, O'Connell, seien Sie kein Spielverderber. Also, hübscher Jack, in welcher Klasse bist du denn? In der fünften? Sechsten?"

„Nein." Der Junge kicherte. „In der ersten."

„Nein, so ein Zufall! Gerade heute gibt's bei uns ein

Spezialangebot für blonde Jungen in der ersten Klasse. Du hast freie Wahl – Makronen, Butterkekse oder Chocolat Chip Cookies?"

„Kann ich von jedem eins haben?"

„Jack …"

„Ah, endlich ein Mann nach meinem Geschmack." Kate ignorierte Brody völlig, reichte ihm nur Jacks Jacke, Fäustlinge und Mütze und nahm den Jungen bei der Hand.

„Sind Sie die tanzende Lady?"

Sie lachte und ging mit ihm Richtung Küche. „Ja, die bin ich." Über die Schulter schenkte sie Brody ein viel sagendes Lächeln. Erwischt, dachte sie. „Die Küche ist da hinten."

„Ich weiß, wo die verdammte Küche ist", knurrte er.

„Dad hat ‚verdammt' gesagt", verkündete Jack keck.

„Ich hab's auch gehört. Vielleicht sollte er deshalb keine Kekse bekommen."

„Erwachsene dürfen ruhig ‚verdammt' sagen, Aber sie dürfen nicht Sch…"

„Jack!"

„Trotzdem sagt er das manchmal. Und einmal", fuhr Jack verschwörerisch flüsternd fort, „da hat er sich mit dem Hammer auf die Hand gehauen, und dann hat er ganz viele Schimpfwörter gesagt, alle auf einmal."

„Wirklich?“ Kate war hingerissen von dem Jungen. „Hintereinander oder durcheinander?“ Sie zog einen Stuhl für ihn hervor.

„Alle ganz durcheinander. Und ganz oft.“ Jack grinste strahlend. „Kann ich drei Marshmallows haben?“

„Aber sicher. Hängen Sie die Jacke doch da drüben an den Haken, Brody.“ Sie schenkte ihm ein strahlendes Lächeln, dann machte sie sich daran, heiße Schokolade zuzubereiten.

Und zwar richtige, nicht dieses Fertigzeug aus der Tüte, wie Brody auffiel. Viel echte Schokolade, frische Milch. „Wir wollen Sie nicht aufhalten“, sagte er.

„Das tun Sie nicht, ich habe Zeit. Ich habe meiner Mutter heute Morgen im Laden geholfen, im Moment ist unheimlich viel los. Brandon übernimmt die Nachmittagsschicht. Das ist der Baseballhandschuh meines Bruders“, sagte sie zu Jack, der sofort hastig seine Hand zurückzog.

„Ich wollte nur mal sehen.“

„Ist schon in Ordnung. Du kannst ihn ruhig mal nehmen, Brandon hat bestimmt nichts dagegen. Magst du Baseball?“

„Ich spiele T-Ball, und nächstes Jahr, wenn ich alt genug bin, darf ich in die Bambini-Liga.“

„Brand hat auch schon als kleiner Junge mit T-Ball angefangen, und dann war er bei den Bambini. Jetzt spielt er in der Nationalliga, für die L.A. Kings." Kate lächelte dem Jungen zu.

Jacks grüne Augen wurden rund und groß. „So richtig echt?"

„So ganz richtig echt." Zu Jacks Entzücken stülpte sie ihm den Handschuh über. „Wenn deine Hand groß genug ist, spielst du ja vielleicht auch."

„Mannomann, ein echter Baseballhandschuh von einem richtigen Baseballspieler, Dad!"

„Wow, das ist echt cool." Brody gab auf. Er konnte niemanden auf Distanz halten, der seinem Sohn ein solches Erlebnis verschaffte. Er wuschelte Jack durchs Haar und lächelte Kate an. „Darf ich auch drei Marshmallows haben?"

„Aber sicher."

Der Junge ist ein Goldstück, dachte Kate, während sie heiße Schokolade zubereitete und Kekse auf einen Teller legte. Sie hatte eine Schwäche für Kinder.

Das Band zwischen Vater und Sohn war nicht zu übersehen. Unverbrüchlich, absolut reißfest und voller Liebe. Am liebsten hätte sie beide dafür umarmt.

„Lady?"

„Sag Kate zu mir." Sie stellte einen Becher dampfender Schokolade vor Jack hin. „Vorsicht, es ist heiß."

„Kate, warum tragt ihr eigentlich so komische Sachen, wenn ihr tanzt? Dad hat gesagt, er hat keine Ahnung."

Innerlich stöhnte Brody auf. Die verschiedenen Kekse auf dem Teller beanspruchten plötzlich seine ganze Aufmerksamkeit.

Kate stellte die anderen Becher auf den Tisch und setzte sich dann. „Das sind Kostüme. Sie helfen uns dabei, die Geschichte zu erzählen, die wir tanzen."

„Wie kann man denn eine Geschichte mit Tanzen erzählen? Ich kenne nur Geschichten mit Wörtern."

„Es ist genauso wie das Erzählen, nur eben mit Musik und Bewegungen. Wenn du ‚Jingle Bells' hörst, nur die Musik, woran denkst du dann?"

„An Weihnachten. Bis dahin sind es nur noch fünf Tage."

„Richtig. Und wenn du zu dem Lied tanzen würdest, dann wären die Bewegungen schnell und fröhlich. Du denkst dabei an Schlittenfahrten und Schneeballschlachten. Aber wenn du ‚Stille Nacht, Heilige Nacht' hörst, dann würdest du dich langsam und feierlich bewegen, nicht wahr?"

„Ja, wie in der Kirche."

Der Junge ist clever, dachte sie. „Genau. Irgendwann kommst du einmal bei meiner Schule vorbei, dann zeige ich dir, wie man eine Geschichte mit Tanz erzählen kann."

„Dad wird vielleicht deine Schule bauen."

„Ja, vielleicht."

Sie öffnete den Ordner, den er mitgebracht hatte. Interessant, dass sie den Kostenvoranschlag achtlos beiseite legt und direkt zu den Planzeichnungen übergeht, dachte Brody. Offene Möglichkeiten sind wichtiger als Einschränkungen. Brody rutschte mit seinem Stuhl näher heran, um mit ihr gemeinsam die Zeichnungen durchzugehen.

Sie roch besser als die Kekse und die Schokolade, und das sollte was heißen.

„Das gefällt mir." Sie wandte ihm ihr Gesicht zu. Hielt seine Augen mit ihrem Blick fest. „Es gefällt mir sogar ausgesprochen gut."

„Ich habe auch ein paar Linien gemalt", ließ sich Jack vernehmen.

„Du hast gute Arbeit geleistet", sagte sie lächelnd zu ihm, dann studierte sie wieder die Zeichnungen, während Brody versuchte, die Knoten in seinem Magen zu lösen.

Sie sah alles genau durch, machte Anmerkungen, teilte die Blätter auf in „abgelehnt", „gut" und „möglich".

Sie war beeindruckt. Beeindruckt von seinen Ideen, von seiner Gründlichkeit, seinem Können. Bessere Pläne hätte sie von einem Architekten nicht bekommen können.

Schließlich legte sie die Zeichnungen beiseite und nahm den Kostenvoranschlag auf. Ging mit dem Finger die Zahlenreihen durch. Und schluckte.

„Nun, hübscher Jack." Sie legte das Blatt auf den Tisch zurück. „Du und dein Dad, ihr habt den Auftrag."

Jack stieß ein Triumphgeheul aus, und da niemand es ihm verboten hatte, nahm er sich noch einen Keks.

Brody war sich nicht bewusst gewesen, dass er die Luft angehalten hatte. Bis seine Lungen die überschüssige Luft unbedingt ausstoßen wollten. Er riss sich zusammen und ließ den Atem langsam weichen, achtete darauf, dass er nicht nach Luft schnappte. Das hier war sein größter Auftrag, seit er nach Virginia zurückgekommen war.

Das bedeutete, dass er und seine Männer über den Winter ihr Auskommen hatten. Er brauchte niemanden saisonbedingt zu entlassen oder Kurzarbeit einzuführen. Der Gewinn würde ihm endlich Raum zum Atmen geben.

Und mal ganz abgesehen von den praktischen Erwägungen – es hatte ihn gepackt, er wollte dieses Gebäude in die Finger kriegen, es wieder herrichten und in altem Glanz erstrahlen lassen. Der einzige Haken an der Sache war, dass er dabei besagte Finger von Kate lassen musste.

„Danke, dass Sie uns anheuern."

„Ich werde Sie daran erinnern, wenn ich Sie in den Wahnsinn treibe."

„Das haben Sie von Anfang an getan. Haben Sie einen Stift?"

Sie lächelte, stand auf, um ihn zu holen. Dann stützte

sie sich auf den Tisch und setzte ihre Unterschrift auf die Auftragsbestätigung. „Sie sind dran." Sie reichte ihm den Kugelschreiber, nahm ihn wieder zurück, sah zu Jack.

„Jack?"

„Hm?" Er hatte Krümel am Kinn. Als er den strengen Blick seines Vater sah, verbesserte er sich sofort. „Ich meine, ja bitte, Ma'am?"

„Kannst du deinen Namen schreiben?"

„In Druckbuchstaben. Ich kenne das ganze Alphabet, und Dad und Jack und ein paar andere Wörter kann ich auch schon schreiben."

„Gut. Dann komm her und unterschreibe auch." Sie neigte leicht den Kopf. „Schließlich hast du mitgezeichnet. Du willst doch auch angeheuert werden, oder?"

„Klar!" Er sprang vom Stuhl, verteilte mehr Krümel. Die Zunge fest zwischen die Lippen gepresst, schrieb er mit äußerster Sorgfalt seinen Namen unter den seines Vaters.

„Sieh nur, Dad, das bin ich!"

„Ja, ich seh's." Erschüttert und bewegt sah Brody zu Kate auf. Was, zum Teufel, sollte er jetzt tun? Sie hatte ihn an seinem schwächsten Punkt getroffen.

„Jack, geh dir die Hände waschen."

„Aber die sind doch gar nicht dreckig."

„Wasch sie dir trotzdem."

„Du findest das Bad am Ende des Korridors, Jack“, sagte Kate sanft. „Zähl die Türen, auf der Seite, wo deine Hand ist, mit der du schreibst. Es ist die zweite.“

Jack murrte vor sich hin, aber er hüpfte aus dem Raum.

Brody stand auf. Sie wich nicht zurück. Nein, natürlich nicht, dachte er. Also stießen sie kurz zusammen, und sein Körper war sofort in höchster Alarmbereitschaft.

„Das war sehr nett von Ihnen. Sie haben ihm das Gefühl gegeben, dass er dazugehört.“

„Aber er gehört doch dazu, das ist so offensichtlich.“ Aber da war noch etwas, das sie loswerden musste. „Das war keine ausgeklügelte Taktik von mir, Brody.“

„Ich sagte, es war nett.“

„Schon, aber Sie haben sich auch gefragt, ob ich nicht eine Strategie verfolge. Brody, ich will mit Ihnen schlafen, und ich bin sehr zielorientiert, wenn ich etwas erreichen will. Aber ich würde nie Ihren Sohn benutzen, um das zu bekommen, was ich haben will.“

Sie nahm seinen leeren Becher und wollte sich umdrehen. Brody legte eine Hand an ihren Arm. „Na schön, vielleicht habe ich mich das gefragt. Also entschuldige ich mich dafür.“

„Fein.“

Er drehte sie zu sich herum. „Die Entschuldigung ist ernst gemeint, Kate.“

Endlich entspannte sie sich. „Okay, akzeptiert. Jack ist großartig und wunderbar. Es ist unmöglich, nicht sofort von ihm hingerissen zu sein."

„Er hat mich völlig um den Finger gewickelt."

„Ja. Und er vergöttert Sie. Das kann jeder sofort sehen. Ich mag Kinder, und ich bewundere liebevolle Eltern. Das macht Sie nur noch interessanter für mich."

„Kate, ich werde nicht mit Ihnen schlafen." Er hielt ihren Arm nicht mehr fest, sondern ließ seine Hand langsam herabgleiten.

Sie lächelte nur. „Das sagen Sie jetzt so."

„Ich werde diesen Job hier nicht verkorksen, indem ich die Dinge und mein Leben verkompliziere. Ich kann es mir nicht leisten ..."

Er wollte etwas sagen. Etwas Wichtiges. Entschiedenes. Aber da legte sie ihre Hände auf seine Brust, ließ sie bis zu seinen Schultern hochgleiten.

„Sie sind einfach nur noch nicht so weit", murmelte sie und bot ihm ihren Mund.

Er konnte nicht anders, er überbrückte den Abstand zwischen ihren Lippen. Lichter flimmerten jäh in ihm auf, als er ihre Lippen berührte, blitzartige Explosionen von Glanz und Hitze.

Er wollte sie bei den Schultern greifen und von sich fortschieben. Es wäre ein Leichtes für ihn, sie auf Armeslänge von sich abzuhalten. Er würde es tun. Später.

Aber jetzt, in diesem Moment, wollte er sich in diesem grandiosen Gefühl verlieren.

Es war wunderbar, unwiderstehlich. Er war unwiderstehlich. Und er kann küssen, dachte sie mit einem zufriedenen kleinen Seufzer. Als hätte er nie etwas anderes getan, als wäre das alles, was er je tun wollte. Sein Mund war weich und warm, seine Hände fest und stark. Gab es überhaupt etwas Faszinierenderes an einem Mann als Stärke? Stärke des Körpers und des Herzens.

Sie hatte das Gefühl, dass ihre Gedanken tausend Pirouetten drehten. Er machte das mit ihr. Und sie wollte den Puls, der hart und fest den Rhythmus schlug, schneller werden lassen. Wollte es mehr, als sie vorausgesehen hatte. Begeistert von der wunderbaren Mischung aus Erregung, Vorfreude und Verlangen, legte sie ihren Kopf in den Nacken.

„Das war schön", sagte sie leise und spielte mit ihren Fingern in seinem Haar. „Warum wiederholen wir das nicht?"

Oh, er wollte es, wollte sie gleich hier bis zum Ende des Weges führen. Aber sein Sohn war nur ein paar Schritte weiter und planschte augeregt quitschend mit Wasser. „Ich kann nicht."

„Wir haben doch gerade bewiesen, dass du es kannst."

„Ich werde es aber nicht tun." Jetzt hielt er sie tatsächlich auf Armeslänge von sich ab. Ihre Augen waren dunkel vor Verlangen, ihr Mund weich und leicht gerötet. „Verflucht, du kannst einem Mann wirklich den Verstand rauben.“

„Scheinbar nicht ganz. Aber es ist ein Anfang.“

Er ließ sie los. Das war immer noch am sichersten. Und trat einen Schritt zurück. „Es ist lange her, seit ich … dieses Spiel gespielt habe.“

„So etwas verlernt man nie. Vielleicht hast du länger auf der Bank gesessen, aber warum gehen wir nicht gemeinsam aus und beginnen mit deinem Training?“

„Ich habe mir beide Hände gewaschen“, verkündete Jack stolz von der Tür und hüpfte herein. „Darf ich noch einen Keks haben?“

„Nein.“ Er konnte den Blick nicht von ihr wenden. Schien nichts anderes tun zu können als sie anzustarren. Überrascht. Erstaunt. Fasziniert. „Wir müssen gehen, Jack. Bedanke dich bei Kate.“

„Danke, Kate.“

„Gern geschehen, Jack. Komm mich doch mal wieder besuchen, ja?“

Er grinste sie an, während sein Vater ihm die Jacke überzog. „Gibt es dann auch wieder heiße Schokolade?“

„Ganz bestimmt.“

Sie begleitete die beiden zur Tür und sah zu, wie sie in den Pick-up stiegen. Jack winkte ihr übermütig zu.

Brody sah sich nicht einmal um. Mit geschmischten Gefühlen blickte Kate dem Auto hinterher.

Ein vorsichtiger Mann, dachte sie. Sie konnte es ihm nicht verübeln. Wenn sie die Verantwortung für ein so wunderbares Kind hätte, würde sie auch vorsichtig sein.

Doch jetzt, da sie den Sohn kennen gelernt hatte, war sie noch mehr an dem Mann interessiert. Er war ein guter Vater, ein wachsamer, fürsorglicher Vater. Jack war ein gesunder, offener und glücklicher Junge.

Es konnte nicht einfach sein, ein Kind allein zu erziehen. Aber Brody O'Connell tat es. Und er machte es offensichtlich gut. Sie respektierte das. Bewunderte es.

Vielleicht war sie ein bisschen vorschnell vorgegangen, hatte zu hastig auf reine Chemie reagiert. Sie strich leicht mit einem Finger über ihren Mund und erinnerte sich an das Gefühl und den Geschmack seiner Lippen. Kein Wunder, dass sie so vorgeprescht war.

Aber vielleicht war es angebracht, sich etwas mehr Zeit zu lassen. Es konnte nichts schaden, ihn erst besser kennen zu lernen.

4. KAPITEL

„Erdbeben“, sagte Kate. „Schneestürme“, hielt Brandon dagegen. „Smog.“ „Schneeschaufeln.“ Sie warf ihr langes Haar zurück. „Das Schauspiel der wechselnden Jahreszeiten.“

Er zog spielerisch an ihrem Haar. „Endloser Strand und Sonnenschein.“

Seit Jahren schon stritten sie sich über die Vor- und Nachteile von Ost- und Westküste. Im Moment benutzte Kate diese Debatte, um sich vom Trennungsschmerz abzulenken. In einer Stunde würde Brandon abfahren.

Das ist nur nachweihnachtliche Melancholie, versicherte sie sich selbst. Erst die ganze Aufregung, die Vorbereitungen, dann das friedliche Fest im Kreis der Familie. Danach waren die Kimballs zwei Tage in New York gewesen, um all die vielen Familienmitglieder zu besuchen.

Jetzt war es kurz vor Silvester. Freddie, ihre Schwester, war in New York bei ihrem Mann Nick und den Kindern. Und Brandon auf dem Weg zurück nach Los Angeles.

Sie überblickte die saubere, ruhige Straße, während sie weitergingen, und lächelte dünn. „Verkehrschaos.“

„Blondinen mit Traumkörpern in offenen Cabrios.“

„Du bist ja sooo leicht zu beeindrucken.“

„Stimmt.“ Er schlang den Arm um ihren Nacken und nahm sie in den Schwitzkasten. „Aber genau das liebst du doch an mir. He, guck mal. Da stehen Männer und schwere Lkws vor deinem Haus.“

Sie sah die Straße hinunter. Ein ganzer Konvoi von Baufahrzeugen und Männer, die Material abluden. Brody verschwendet wirklich keine Zeit, dachte sie.

Sie gingen um das Haus herum, stiegen über Bauschutt und kleine Hügel gefrorenen Wintergrases zum Hintereingang, von wo der Lärm erklang. Hier schien das Zentrum der Aktivitäten zu liegen. Ein Radio plärrte – ein Country-Song – und es roch nach Schmutz, nach Schweiß und seltsamerweise nach Mayonnaise.

Kate umrundete eine Schubkarre und lugte die Hintertreppe hinunter. Eine dicke Holzbohle diente als Rampe. Orangefarbene Verlängerungskabel schlängelten sich an der Wand in den Keller hinunter. Überall hingen Baulampen, an Nägeln oder Haken. Die nackten Glühbirnen warfen grelles Licht und ließen den Keller wie eine archäologische Ausgrabungsstätte wirken.

Kate erblickte Brody. Er trug schmutzige Jeans und schwere Stiefel und nagelte gerade ein Brett an. Obwohl es so kalt war, dass der Atem in der Luft stand, hatte er seine Jacke ausgezogen. Kate konnte jeden einzelnen Muskel unter dem Hemd erkennen, während er sich bewegte.

Sie hatte Recht gehabt. Er sah großartig aus in Arbeitskleidung.

Einer der Arbeiter schaufelte Erde in eine Schubkarre. Jack war auch da. Mit einer kleinen Kinderschippe grub und schaufelte er und war ganz konzentriert bei der Sache.

Jack war es, der sie zuerst bemerkte. Er hüpfte aufgeregt umher. „Ich grabe deinen Keller aus! Dafür kriege ich einen Dollar. Zu Weihnachten habe ich einen Betonmischer geschenkt bekommen. Soll ich ihn dir zeigen? Bitte, du musst ihn sehen!!"

„Ja, gern."

Sie stand schon auf der Rampe, als Brody ihr entgegenkam und ihr den Weg versperrte. „Du bist nicht passend angezogen, um hier unten im Dreck zu wühlen."

Sie sah auf ihre Wildlederstiefel. „Wo du Recht hast, hast du Recht. Hast du eine Minute Zeit?"

„Jack", rief er seinem Sohn zu. „Lass uns eine kleine Pause machen."

Brody blinzelte gegen die helle Wintersonne, als er nach oben kam, Jack im Schlepptau.

„Das ist mein Bruder Brandon. Brand, Brody O'Connell und Jack."

„Nett, Sie kennen zu lernen." Brody hob lieber nur die lehmverkrustete Hand zum Gruß. „Ich habe Sie spielen sehen. Ein wahres Vergnügen."

„Danke. Das Gleiche kann ich auch über Ihre Arbeit sagen."

„Bist du der Baseballspieler?" Jack starrte ehrfurchtsvoll zu Brandon auf.

„Der bin ich." Brandon ging in die Hocke. „Magst du Baseball?"

„Und wie! Ich habe deinen Handschuh gesehen. Ich habe auch einen. Und einen Schläger und einen Ball und überhaupt alles."

Kate wusste, dass Brandon vorerst mit Jack beschäftigt war, sie konnte die beiden ruhig sich selbst überlassen. „Ich wusste nicht, dass du direkt mit der Arbeit anfangen willst", sagte sie zu Brody.

„Ich dachte mir, wir sollten die warmen Tage ausnutzen. Wir können schon mal den Keller ausheben und Beton gießen, bevor der nächste Frost kommt."

Warm ist relativ, dachte sie und schüttelte sich leicht. „Ich wollte mich auch nicht beschweren. Wie war euer Weihnachten?"

„Schön." Er trat beiseite, damit ein Arbeiter die volle Schubkarre über die Rampe hinaufschieben konnte. „Und bei euch?"

„Wunderbar. Wie ich sehe, hast du deinen Bautrupp aufgestockt. Ist der eine Dollar pro Tag mit in der Kalkulation aufgeführt?"

„Es sind Ferien", sagte er kurz angebunden. „Dann

bleibt mein Sohn bei mir. Er kennt die Regeln, und den Männern steht er nicht im Weg."

Bei seinem brüsken Ton hob sie die Augenbrauen. „Puh, sind wir aber empfindlich heute!"

Brody stieß den Atem aus. „'tschuldigung. Aber es gibt immer wieder Kunden, die es nicht mögen, wenn ein Kind mit auf der Baustelle ist."

„Ich gehöre nicht zu diesen Kunden."

„He, O'Connell, können Sie diesen Jungen für eine Weile entbehren?"

Brody drehte sich um und sah, dass Brandon Jack bei der Hand hielt. „Nun ..."

„Wir haben was zu erledigen, bei uns zu Hause. Ich bringe ihn wieder vorbei, wenn ich zum Flughafen fahre. Eine halbe Stunde?"

„Bitte, bitte, bitte, Dad. Darf ich?"

„Ich ..."

„Mein Bruder ist ein Idiot, aber man kann ihm vertrauen", sagte Kate mit einem liebevollen Lächeln.

Nein, dachte Brody, ich bin hier der Idiot. Weil er jedes Mal das Zittern kriegte, wenn Jack mit jemandem mitging. „Einverstanden. Aber wasch dir vorher die Hände."

Jack spurtete los. „Ich brauche nur eine Minute. Bin gleich wieder zurück! Warte bloß so lange, ja?"

„Vielleicht mache ich auf dem Weg zum Frühjahrstraining hier einen Zwischenstopp.“ Nun war also die Zeit des Abschieds gekommen.

„Das wäre schön.“ Nein, sie würde nicht heulen, das hatte sie sich geschworen. „Und halt dich von den Blondinen mit den perfekten Körpern fern.“

„Kommt gar nicht in Frage!“ Brandon nahm sie in die Arme und drückte sie an sich. „Du wirst mir fehlen“, flüsterte er ihr ins Ohr.

„Du mir auch.“ Dann trat sie wieder zurück. „Pass auf dein Bein auf, Bruderherz.“

„He, du redest hier mit Superman. Pass du nur auf dich auf. Komm, Jack, lass uns gehen.“ Er nahm Jack bei der sehr nassen und nur wenig saubereren Hand, nickte Brody zu und zog ab.

„Dein Bruder hat eine Verletzung?“

„Eine Sehnenzerrung.“ Sie seufzte. „Tja, dann will ich dich nicht weiter von der Arbeit abhalten.“

Sie hielt das Lächeln aufrecht, bis sie bei der Frontseite des Hauses angekommen war. Dann setzte sie sich auf die Stufen der Vordertreppe und ließ den Tränen freien Lauf.

Als Brody zehn Minuten später zu seinem Wagen ging, saß sie immer noch dort. Die meisten Tränen waren getrocknet und hatten Spuren auf ihren Wangen hinterlassen, eine hing noch in ihren Wimpern.

„Was ist los?“

„Nichts."

„Du hast geweint."

Sie schnüffelte und zuckte mit den Schultern. „Na und?"

Er wollte es dabei belassen. Aber jetzt hatte er vergessen, was er aus seinem Wagen holen wollte. Er war noch nie gegen Tränen angekommen. Er ging zu ihr und setzte sich neben sie. „Was ist passiert?"

„Nichts. Ich hasse nur Abschiede. Wir würden uns nicht verabschieden müssen, wenn er es sich nicht in den Kopf gesetzt hätte, dreitausend Meilen weit entfernt in Kalifornien zu leben. Trottel!"

Ihr Bruder also. „Nun ..." Weil eine neue Träne über ihre Wange lief, zog er ein Taschentuch aus der Hosentasche. „Er arbeitet doch dort."

„Entschuldigung, aber im Moment bin ich nicht sonderlich aufnahmebereit für logische Argumente." Unwirsch zog sie ihm das Taschentuch aus der Hand, das er ihr hinhielt. „Danke."

„Keine Ursache."

Sie tupfte die Tränen weg und starrte mit leerem Blick auf die andere Straßenseite. „Hast du Geschwister?"

„Nein."

„Willst du einen Bruder? Ich verkaufe ihn, zum Schleuderpreis." Sie seufzte und lehnte sich zurück. „Meine Schwester ist in New York, mein Bruder in L.A., und ich sitze hier in West Virginia. Ich hätte nie geglaubt, dass wir mal so weit verstreut leben würden."

„Für mich sah es nicht so aus, als wärt ihr euch fremd geworden."

Kate sah ihn an. Von einer Sekunde auf die andere wurde ihr Blick klar. „Du hast Recht. Das war genau das, was ich jetzt hören musste. Also." Sie gab ihm das Taschentuch zurück. „Bring mich auf andere Gedanken. Erzähl, wie habt ihr Weihnachten verbracht? Die laute Version, mit Familie und allem?"

„Jack macht genug Lärm für alle. Er hat mich um fünf Uhr morgens aus dem Bett geholt." Bei der Erinnerung musste Brody lächeln. „So gegen zwei hätte ich ihn fast festgebunden, weil er vor lauter Aufregung herumhüpfte wie ein Gummiball."

„Hat er bis zum Weihnachtsessen durchgehalten?"

„So eben. Wir sind zu seinen Großeltern gefahren." Das Lächeln auf seinem Gesicht erstarb. „Wir leben zwar in der gleichen Stadt, aber man könnte sagen, wir sind Tausende von Meilen voneinander entfernt."

„Das tut mir Leid."

„Aber sie vergöttern Jack. Das allein zählt."

Und warum, zum Teufel, hatte er überhaupt damit angefangen? Vielleicht weil es seit seiner Jugend an ihm nagte. Vielleicht weil sein Vater auch heute noch alles kritisierte, was er, Brody, tat und tun wollte.

„Ich lasse die Erde, die wir aus dem Keller holen, an der Hinterseite des Hauses aufschütten. Vielleicht willst du ja dort im Frühjahr einen Garten anlegen.“

„Das ist eine gute Idee.“

„Also …“ Er stand auf. „Ich mache mich wieder an die Arbeit, sonst kürzt mein Boss mir noch den Lohn.“

„Brody …“ Sie wusste nicht, was genau sie hatte sagen wollen oder wie sie es sagen sollte. Und dann war der Moment vorbei, denn Brandon bog mit seinem schnittigen Leihwagen um die Ecke.

„Dad!“ Jack machte sich aus dem Sicherheitsgurt frei, kaum dass der Wagen stand. „Stell dir vor! Brand hat mir seinen Baseballhandschuh geschenkt. Und einen Baseball, auf dem er selbst unterschreibt hat.“

„Unterschrieben“, verbesserte Brody automatisch, dann fing er den Blitz ab, der sein Sohn war. „Lass mal sehen.“ Der Handschuh und der Ball waren warm, so fest hatte Jack die beiden Sachen gehalten. „Das ist etwas ganz Besonderes, und du musst auch ganz besonders darauf aufpassen.“

„Das werde ich! Ganz bestimmt! Danke, Brand! Können wir die Sachen den anderen zeigen?“

„Aber sicher.“ Brody hob Jack auf seine Hüfte. „Danke für alles“, sagte er zu Brandon.

„Keine Ursache. Und Jack, immer daran denken: Die Augen fest auf den Ball gerichtet.“

„Das mache ich. Bye!“

„Gute Reise“, fügte Brody hinzu und drehte sich um, damit sein Sohn seine Schätze den anderen zeigen konnte.

Kate lehnte sich an das offene Wagenfenster. „Vielleicht bist du ja doch nicht so ein Unmensch.“

„Der Junge ist großartig.“ Er kniff Kate leicht ins Kinn. „Und der Vater ist auch nicht schlecht, was? Du hast ein Auge auf ihn geworfen, gib's zu.“

„Nein!“ Dann lachte sie. „Beide Augen.“ Sie beugte sich in den Wagen und küsste ihren Bruder auf die Wange. „Kümmere du dich um deine kalifornischen Supermädels. Ich ziehe kernige Kerle vom Land vor.“

„Benimm dich.“

„Wohl kaum.“

Er lachte, hob die Hand zum Abschied und startete den Motor. „Bis dann, Schönheit.“

Sie trat zurück und winkte. „Bis dann, Bruderherz.“

An Silvester blieb der Spielzeugladen geschlossen, das war Tradition. Diesen Tag verbrachte Natasha in der Küche, um die Unzahl an Gerichten vorzubereiten, die sie am Neujahrstag bereitstellen würde, wenn Familie, Freunde und Nachbarn ins Haus strömten.

„Brand hätte für die Party bleiben sollen.“

„Das hätte ich mir auch gewünscht.“ Natasha rührte die Aprikosen für das Kompott, die in einem Topf auf dem Herd köchelten. „Jetzt schmoll nicht, Katie. Es gab Zeiten, da hat deine Arbeit dich auch von uns fern gehalten."

„Ich weiß." Kate rollte den Kuchenteig fester als nötig aus. „Der Blödmann fehlt mir einfach, das ist alles."

„Mir auch."

Auf dem Herd dampften Töpfe, im Ofen brutzelte ein riesiger Schinkenbraten. Natasha musste daran denken, wie vor Jahren noch drei Kinder um sie herumgeschwirrt waren. Drei sich zankende, kichernde, Unsinn machende Geschwister. Damals waren ihre Nerven oft überstrapaziert gewesen.

Eine wundervolle Zeit.

Jetzt war nur Kate da, die Kuchenteig ausrollte.

„Du bist unruhig." Natasha klopfte den Kochlöffel ab und legte ihn beiseite.

„Ich plane."

„Ja, ich weiß." Sie schenkte zwei Tassen Tee ein und brachte sie zum Tisch. „Setz dich."

„Mama, ich ..."

„Setz dich. Du bist genau wie ich", fuhr Natasha fort, während sie beide sich setzten. „Pläne, Ziele, immer irgendwas, das erreicht werden muss. Das ist so wichtig für uns. Immer müssen wir den nächsten Schritt im Voraus kennen, müssen wissen, was als Nächstes passiert.

Damit wir immer die Zügel in der Hand behalten." Nur nie etwas dem Zufall überlassen.

„Was ist daran verkehrt?"

„Nichts. Es war schwer, hierher zu kommen und den Laden zu eröffnen. Schwer, meine Familie zu verlassen. Aber ich wollte es so. Ich ahnte ja nicht, dass ich deinen Vater hier treffen würde. Das war nicht geplant."

„Das war Schicksal."

„Genau." Natasha lächelte. „Du und ich, wir machen immer Pläne, überlegen, wägen ab. Und doch glauben wir an das Schicksal. Vielleicht war es das Schicksal, das dich hierher zurückgebracht hat."

„Bist du enttäuscht?" Die Frage war heraus, bevor Kate nachgedacht hatte. Und beide, Mutter und Tochter, waren erleichtert, dass es endlich ausgesprochen worden war.

„Warum sollte ich enttäuscht sein? Von dir? Wie kommst du darauf?"

„Mama." Kate spielte mit ihrer Tasse, suchte nach den passenden Worten. „Ich weiß, wie viel du und Dad geopfert habt, um …"

„Moment!" Natashas dunkle Augen funkelten auf. „Das Wort ‚Opfer' hat nichts, aber auch gar nichts im Zusammenhang mit meinen Kindern zu suchen."

„Ich wollte sagen, du und Dad, ihr habt so viel für mich getan, habt mich unterstützt, wo ihr konntet, als ich so unbedingt tanzen wollte. Bitte, Mama, lass mich aussprechen", hob Kate an, als Natasha sie unterbrechen wollte. „Es hat mich die ganzen Jahre beschäftigt. All die Jahre. Die Stunden, die Kostüme, die Schuhe, die Reisen. Ihr habt mich nach New York gehen lassen, obwohl Dad mich lieber auf dem College gesehen hätte. Ihr habt mir das ermöglicht, was ich am meisten brauchte. Das wusste ich immer. Ich wollte, dass ihr stolz auf mich sein könnt."

„Aber wir sind doch stolz auf dich! Wie kommst du nur auf so unsinnige Gedanken?"

„Ich weiß, dass ihr stolz auf mich wart. Ich konnte es sehen. Es fühlen, als ich auf der Bühne tanzte und wusste, dass ihr im Publikum saßt. Und jetzt werfe ich all das weg."

„Nein, du hast es nur zurückgestellt. Kate, glaubst du wirklich, wir sind nur stolz auf dich, wenn du tanzt? Nur stolz auf die Künstlerin, auf das Talent?"

Plötzliche traten ihr Tränen in die Augen, sie konnte es nicht verhindern. „Ich mache mir nur Sorgen, ihr könntet enttäuscht sein, weil ich das alles aufgebe, um zu unterrichten."

„Ach, Katie. Beantworte mir eine Frage: Willst du eine gute Lehrerin sein?"

„Ja, unbedingt."

„Gut, dann wirst du es auch sein, und wir werden

stolz auf die Lehrerin sein. Und in der Übergangszeit, zwischen der Tänzerin und der Lehrerin, sind wir stolz auf dich. Stolz, weil du weißt, was du willst, stolz, weil du dich dafür einsetzt. Stolz, weil du eine wunderbare junge Frau bist, mit einem großen Herzen und einem starken Willen. Nur wenn du daran zweifelst, Katie, würdest du mich enttäuschen."

„Ich werde nicht zweifeln. Niemals. Oh ..." Sie blinzelte die Tränen fort. „Ich weiß auch nicht, was mit mir los ist. In letzter Zeit muss ich ständig losheulen."

„Du änderst dein Leben, da sind emotionale Spannungen zu erwarten. Außerdem hast du zu viel Zeit, um zu grübeln und dir Sorgen zu machen. Katie, warum gehst du nicht mal mit deinen alten Freunden hier aus? Heute Abend müssen doch überall Partys stattfinden. Warum bist du zu Hause bei Mama und rollst Kuchenteig aus?"

„Weil ich gern bei Mama in der Küche hocke."

„Kate ..."

„Ja, schon gut. Natürlich habe ich daran gedacht. Aber die meisten meiner Freunde sind verheiratet oder treten zumindest als Pärchen auf. Ich trete allein auf und ... es ist auch nicht so, als würde ich nach etwas suchen. Verstehst du?"

„Aha. Und warum ... suchst du nichts?"

„Weil ich schon etwas gesehen habe, das mir gefällt."

„Ah! Und wer?"

„Brody O'Connell."

Natasha nippte an ihrem Tee. „Ein attraktiver Mann." Kleine Pünktchen begannen in ihren Augen zu tanzen. „Sogar sehr attraktiv. Und sehr sympathisch. Ja, ich mag ihn."

„Sag mal, Mama ... du hast ihn nicht zufällig zum Haus geschickt, um uns zu verkuppeln, oder?"

„Nein. Aber das hätte ich, wäre ich auf die Idee gekommen. Also? Warum bist du heute Abend nicht mit Brody O'Connell unterwegs, um Silvester zu feiern?"

„Er hat Angst vor mir." Kate lachte, als ihre Mutter unwillig schnaubte. „Sagen wir lieber, er fühlt sich in meiner Gegenwart unwohl. Ich bin vielleicht ein winziges bisschen zu forsch aufgetreten."

„Du?" Natasha riss gespielt ungläubig die Augen auf. „Meine kleine schüchterne Katie?"

„Schon gut, schon gut." Kate lachte. „Zugegeben, ich bin zu schnell und zu heftig vorgeprescht. Als wir uns zum ersten Mal im Spielzeugladen über den Weg liefen, kaufte er gerade das Weihnachtsgeschenk für Jack. Wir haben geflirtet, ich dachte, wir wären auf derselben Wellenlänge."

„Im Spielzeugladen also", murmelte Natasha nachdenklich. Sie und Spence waren sich auch im Laden zum ersten Mal begegnet, als er eine Puppe für seine Tochter Freddie kaufte.

Ein Wink des Schicksals, dachte sie. So etwas konnte man nie voraussehen.

„Ja. Und weil er diesen Laster für seinen Sohn kaufte, nahm ich an, dass er verheiratet sei. Deshalb war ich sauer auf ihn, eben weil er auf meinen Flirt eingegangen ist."

„Natürlich." Das wurde immer besser. Natasha schmunzelte in sich hinein.

„Dann fand ich heraus, dass er nicht verheiratet ist, und ging zum Angriff über", murmelte Kate erbost. „Er ist auch interessiert, er will es nur nicht zugeben."

„Er ist einsam, Katie."

Kate sah auf. Der Funke, der ihr Temperament hätte entzünden können, erlosch. „Ja, ich weiß. Aber er zieht sich bewusst von mir zurück. Vielleicht macht er das bei jedem Menschen, außer bei Jack."

„Mir gegenüber ist er immer freundlich und offen. Allerdings, als ich ihn einlud, morgen vorbeizukommen, ist er mir ausgewichen. Du solltet ihn überreden", entschied Natasha und stand auf. „Genau. Geh zu ihm, nimm eine Schüssel von den Kichererbsen mit, das bringt Glück im neuen Jahr, und überrede ihn, dass er morgen herkommt."

„Ist es nicht etwas unverschämt, am Silvesterabend uneingeladen bei einem Mann vor der Haustür aufzutauchen?" Dann begann Kate zu grinsen. „Ach, es ist absolut perfekt! Danke, Mama."

„Das wäre also erledigt." Natasha tunkte den Finger in die Schüssel mit der Kuchenfüllung und schleckte ihn ab. „Dann werden dein Vater und ich den Silvesterabend in Ruhe allein verbringen."

Brody nippte an seinem Bier und wünschte sich, er hätte das letzte Stück Pizza nicht mehr gegessen. Er lag ausgestreckt auf der Couch, zusammen mit Jack, im Zentrum des Chaos, das einst ein Wohnzimmer gewesen war. Irgendein grottenschlechter Science-Fiction-Film flimmerte über den Bildschirm, etwas mit gigantischen außerirdischen Augäpfeln.

Er liebte diese schlechten B-Movies. Er konnte einfach nichts dafür.

Noch zwei Stunden, dann würde er umschalten und sich ansehen, wie die Menschen auf dem Times Square das neue Jahr einzählten. Jack hatte unbedingt aufbleiben wollen, um mitzuzählen.

Also hatte er alles mögliche angeschleppt und angestellt, um sich wach zu halten. Deshalb sah es im Wohnzimmer auch aus, als wäre eine Bombe eingeschlagen. Aber gegen Müdigkeit hatte ein kleiner Junge eben keine Chance. Irgendwann hatte er sich in Brodys Arm gekuschelt und war fest eingeschlafen.

Brody würde ihn zehn Minuten vor Mitternacht aufwecken, bis dahin würde er in dieser Stellung auf dem

Sofa durchhalten. Wenn Jack einmal größer war, würde es solche Momente nicht mehr geben.

Brody nahm noch einen Schluck Bier und sah zu, wie der riesige rollende Augapfel einen Menschen vor sich herjagte.

Und wäre fast an die Decke gesprungen, als es an der Haustür klingelte.

Leise fluchend ließ er Jack vorsichtig auf die Couch gleiten, um aufzustehen. Die Chance, dass jemand nach zehn Uhr abends bei ihm an der Tür klingelte, war etwa genauso groß wie die einer Invasion der Erde durch außerirdische Augäpfel.

Er stieg über Spielzeuge, Socken, Schuhe und ging zur Tür. Wahrscheinlich jemand mit einer Panne, der das Telefon benutzen wollte. Jeder, den er kannte, feierte heute Abend.

Scheinbar doch nicht jeder, dachte er, als er die Tür aufzog und Kate draußen stehen sah.

„Hi. Ich dachte, ich schau mal vorbei, ob du zu Hause bist. Meine Mutter schickt dir das hier."

Ihm wurde eine kleine Schüssel mit Kichererbsen in die Hand gedrückt. „Deine Mutter?"

„Ja. Du hast ihre Gefühle verletzt, weil du morgen angeblich zu beschäftigt bist, um vorbeizukommen."

„Ich habe nicht gesagt, dass ich zu beschäftigt sei. Ich …" Was, zum Teufel, hatte er gesagt? Er hatte sich eine Ausrede einfallen lassen, ja, aber was war das noch gleich gewesen?

„Die Kichererbsen sind Glücksbringer“, fuhr Kate fort. „Mama hofft von ganzem Herzen, dass du deine Meinung änderst und doch noch kommst. Es werden auch viele Kinder da sein, Jack wird also genügend Spielkameraden finden. Ist er noch auf? Ich will nur hallo sagen.“

Sie schob sich an ihm vorbei und schlüpfte ins Haus. Er war viel zu verwirrt, um sie aufhalten zu können. Dann kam Bewegung in ihn. Hastig lief er hinter ihr her ins Wohnzimmer und hob unterwegs Socken und Spielzeug und Papierschnipsel auf.

„Oh, lass nur“, winkte sie ab. „Ich weiß, wie es in einem Haus mit Kindern aussieht. Ich bin in einem groß geworden. Was für ein wunderschöner Baum.“

Die Arme voll mit Kram, starrte er auf den Weihnachtsbaum. Er hatte den Baum im Wohnzimmer ihrer Eltern gesehen. Erlesene Dekorationen, geschmackvoll platziert. Der Baum, den Jack und er zusammen geschmückt hatten, sah dagegen aus, als hätten betrunkene Weihnachtswichtel Hand angelegt.

„Wir hatten mal einen, der sah ganz genauso aus. Freddie, Brand und ich haben Mama so lange genervt, bis sie uns den Baum hat schmücken lassen. Wir haben ein schreckliches Durcheinander angerichtet, aber es war einfach großartig." Die Erinnerung daran zauberte ein Lächeln auf ihre Lippen.

Im offenen Kamin knisterte ein Scheit. Kate ging hinüber und wärmte sich die Hände. Über eine Stunde hatte sie mit Anziehen und Fertigmachen zugebracht. Schließlich musste es so wirken, als hätte sie überhaupt nicht auf ihr Äußeres geachtet. Der dunkelviolette Pullover passte hervorragend zu der grauen Hose, in ihren Ohren blinkten kleine Goldreife auf, ihr Haar hatte sie offen gelassen, nachdem sie eine lange hitzige Diskussion mit sich geführt hatte, um zu dieser Entscheidung zu gelangen.

Er dagegen hatte bestimmt keine zehn Minuten darauf verwandt, um in Jeans und Sweatshirt so hinreißend auszusehen.

„Ein wunderbares Haus", sagte sie jetzt. „Alles Naturstein, nicht? Muss toll für Jack sein, durch die Räume rennen zu können. Aber er braucht noch einen Hund."

„Ja, er hat schon damit angefangen, mich in dieser Richtung zu bearbeiten." Was sollte er jetzt tun? Mit ihr? „Richte deiner Mutter bitte meinen Dank für die Erbsen aus."

„Danke ihr doch selbst." Kate drehte sich um und erblickte den schlafenden Jack. Ein Arm hing von der Couch herunter. „Hat's nicht geschafft bis Mitternacht durchzuhalten, was?" Automatisch ging sie hinüber, legte den Arm wieder aufs Kissen und deckte Jack mit der Decke zu.

„Ja …“

Er sieht verdutzt aus, dachte Kate. Verdutzt und durcheinander und ratlos und zum Anbeißen, wie er da steht, die Schüssel mit den Kichererbsen immer noch in der Hand, die Arme voller Spielzeug. „Oh, ich liebe diesen Film“, sagte sie leichthin und schaute auf den Fernseher. „Vor allem die Stelle, wenn sie die Tür öffnen und ihnen die ganzen Augäpfel und diese langen Tentakel entgegenkommen. Warum bietest du mir nicht einen Drink an? Das macht man so.“

„Ich hab nur Bier da.“

„Oh, oh, eine Kalorienbombe. Na schön, dann werde ich eben sündigen.“ Sie ging zu ihm und nahm ihm die Schüssel ab. „Wo ist die Küche?“

„Die ist …“ Sie hatte Parfum aufgelegt. Ein unheimlich aufregendes Parfum. Noch nie war ein so verführerisch weiblicher Duft durch diesen Raum gezogen. Er deutete mit dem Kopf nach links und ließ ein Spielzeugauto auf seinen Fuß fallen.

„Ich finde sie schon. Soll ich dir ein Bier mitbringen?“

„Nein, ich …“ Herrgott noch mal! Er riss sich aus dieser Trance, legte den Kram ab und folgte ihr. „Hör mal, Kate, du hast mich zu einem schlechten Zeitpunkt erwischt …“ Diese Situation behagte ihm ganz und gar nicht!

„Wow, sieh sich nur einer diese Decke an. Renovierst du alles selbst?“

„Wenn ich die Zeit dazu habe, ja. Jetzt aber mal wirklich, Kate …“ Er fluchte leise vor sich hin, als sie in die Küche trat.

„Wow!“ Sie sah sich in dem Raum um. Granitarbeitsplatte, Schieferboden, Schränke aus heller Eiche und ein bildschöner Kachelofen. „Das muss viel Arbeit gewesen sein.“ Sie ging zur Anrichte und brach sich ein Stück von der übrig gebliebenen Pizza ab. Knabberte daran. „Mmh, gut.“

Die betrunkenen Wichtel waren blutige Anfänger gewesen im Vergleich zu der Horde wilder Affen, die durch die Küche getobt waren. „Normalerweise sieht es hier nicht so wüst aus.“

„Du hast eine Party mit deinem Sohn gefeiert, hör endlich auf, dich dafür zu entschuldigen. Steht das Bier im Kühlschrank?“

„Ja … ja.“ Ach, zum Teufel damit! „Wieso bist du nicht auf irgendeiner Feier?“

„Bin ich doch. Ich bin nur etwas später gekommen.“ Sie reichte ihm die Bierflasche. „Öffnest du sie bitte für mich?“ Dann schnüffelte sie. „Es riecht nach Popcorn.“

„Davon ist leider nichts mehr übrig.“

„Tja, das hat man davon, wenn man zu spät kommt." Sie lehnte sich an die Anrichte, trank von dem Bier. „Sollen wir uns auf die Couch setzen, den Rest des Films ansehen und Kehraus machen?"

„Ja. Nein."

„Also, was denn nun?"

Sie lachte über ihn. Er sollte eigentlich wütend sein, stattdessen war er erregt. „Irgendwie drängelst du dich immer dazwischen."

„Und? Was willst du dagegen tun?"

Ohne den Blick von ihr zu nehmen, ging er auf sie zu. Nahm ihr die Flasche aus der Hand. Stellte sie weg.

Silvesterabend, dachte er. Das Alte auskehren, das Neue hereinlassen …

„Also dann." Ihr Puls hämmerte, als sie die Hände über seine Brust gleiten ließ, aber er hielt sie fest.

„Nein, jetzt bin ich dran." Er beugte den Kopf. Wollte ihre Lippen berühren …

„Dad?"

„Oh Gott!" Es war wie ein tiefes, leises Aufstöhnen, als er sich von ihr zurückzog.

Jack stand in der Tür und rieb sich die Augen. „Dad, was machst du da?"

„Nichts." Dieses Nichts, das er mit Kate tat, würde ihn höchstwahrscheinlich umbringen.

„Ehrlich gesagt, dein Dad wollte mich gerade küssen.“ Brody erstarrte, dann wandte er sich seiner Besucherin zu.

„Kate!“ Er sagte es in dem gleichen Tonfall, den er benutzt hatte, um Jack zu ermahnen.

„Nö, glaub ich nicht.“ Jack schaute mit verschlafenen Augen von einem zum anderen. Die Haare standen ihm wirr in alle Richtungen, die Wangen waren vom Schlaf gerötet. „Dad küsst nie Mädchen.“

„Wirklich nicht?“ Bevor Brody zurückweichen konnte, hatte Kate ihn am Hemdkragen gepackt. „Warum denn nicht?“

„Na, weil es Mädchen sind“, kam es weise von Jack. „Mädchen zu küssen ist ekelig.“

„So?“ Sie ließ den Vater los, winkte den Sohn mit dem Zeigefinger heran. „Komm mal her, du Naseweis.“

„Wieso?“

„Damit ich dich küssen kann.“

„Iih! Nein!“ Er riss die Augen auf, lachte.

„Na schön.“ Sie zog ihren Mantel aus, warf ihn Brody zu und schob die Ärmel des Pullovers hoch. „So, mach dich auf was gefasst!“

Sie griff nach ihm, gab ihm genug Zeit, um aufzuschreien und loszurennen. Für ein paar Minuten spielte sie so Fangen mit ihm und überraschte Brody damit, wie leichtfüßig sie es vermied, auf Spielzeug zu treten. Jack quiekte vor Vergnügen und rannte weiter.

Schließlich fing sie ihn ab und fiel mit ihm auf die Couch, während der Junge lachend um Hilfe schrie.

„Und jetzt die schrecklichste Strafe überhaupt!" Sie pflanzte kleine Küsschen auf seine Wangen, seine Nasenspitze, seine Stirn. „Sag: ‚Mmh, gut'."

„Niemals!" Jack war atemlos, vor Lachen und Vergnügen.

„Sag: ‚Gut, gut, gut', oder ich höre nie wieder auf!"

„Ich geb auf! Okay, gut, gut, gut!"

„Na also." Sie setzte sich auf, holte tief Luft. „Das war's."

Jack kroch auf ihren Schoß. Sie war nicht so weich wie Grandma, auch nicht so hart wie Dad. Sie war anders, und ihr Haar war weich und kitzelte ihn. „Bleibst du bis Mitternacht, wenn das neue Jahr kommt?"

„Ich würde gerne bleiben." Sie sah zu Brody. „Wenn dein Dad nichts dagegen hat."

Einige Schlachten, so dachte er, waren verloren, bevor sie überhaupt begonnen hatten. „Ich hole uns noch ein Bier."

5. KAPITEL

„Und jetzt …" Frederica Kimball LeBeck zog ihre Schwester in deren Schlafzimmer und schloss die Tür hinter sich. Die somit erreichte Privatsphäre würde vielleicht fünf Minuten andauern, so hoffte sie zumindest. „Schieß los. Ich will alles wissen, von Anfang an."

„Sicher, wenn du willst. Also, es fing mit einem Urknall im Universum an …"

„Haha. Ich meinte Brody O'Connell." Freddie war acht Jahre älter als Kate und – ganz anders als ihre durchtrainierte dunkelhaarige jüngere Schwester – klein, grazil und blond. Sie ließ sich auf das Bett fallen. „Mama sagt, du hast ihn ins Visier genommen."

„Er ist doch kein Karnickel." Kate ließ sich neben ihre Schwester fallen. „Aber verdammt attraktiv, was?"

„Doch, mir gefallen vor allem die breiten Schultern. Also, was genau geht da ab?"

„Nun, er ist Witwer und zieht seinen Sohn allein groß. Hast du Jack gesehen? Ein Pfundskerlchen!"

„Den kann man nicht übersehen. Endlich hat Max mal jemanden, der ihm ebenbürtig ist", sagte sie und bezog sich damit auf ihren eigenen Sechsjährigen. „Die beiden zeigen sich gerade gegenseitig, wie toll sie Videospiele können." Freddie verdrehte scherzhaft die Augen und grinste ihrer Schwester zu.

„Gut. Vielleicht taut Brody dann auch endlich auf."

„Oh, dem wird gar nichts anderes übrig bleiben. Grandpa und Onkel Mik haben ihn sich vorgenommen. Die beiden haben ihn zur Tür hinausgeschoben, damit sie sich alle zusammen dein Haus ansehen und männliche Fachsimpeleien von sich geben können."

„Sehr gut."

„Also, ist es nur Chemie oder mehr?"

„Nun, die Chemie hat den Anfang gemacht. Du weißt doch, meine Hormone reagieren immer auf große, muskulöse Männer – und ihre Werkzeuggürtel."

Freddie platzte glucksend heraus, und Kate studierte die Decke. „Gut möglich, dass da mehr draus wird. Er ist so … ach, ich weiß nicht … irgendwie einfach nett. Solide, verantwortungsbewusst und ein sehr liebevoller Vater. Und so süß schüchtern. Was ihn zu einer Herausforderung macht."

„Und jeder weiß, dass du einer Herausforderung nicht widerstehen kannst."

„Genauso wenig wie du. Aber jedes Mal, wenn ich ihn mit Jack zusammen sehe, dann fühle ich dieses … dieses kleine Ziehen." Sie deutete auf ihren Magen. „Hier drin. Verstehst du?"

Freddie dachte an ihr eigenes Ziehen, das sie bei ihrem Mann Nick gefühlt hatte. „Bist du dabei, dich in ihn zu verlieben?“

„Um das zu sagen, ist es noch zu früh. Aber er gefällt mir, in all den Dingen, die wichtig sind. Was ein guter Ausgleich zu dieser wilden Anziehungskraft ist.“ Sie hob ein Bein und zielte mit den Zehen auf die Lampe. „Ich würde ihn zu gern mal allein erwischen und ihm die Kleider vom Leib reißen. Aber mit ihm kann man sich auch gut unterhalten. Letzte Nacht haben wir gemeinsam diesen dummen Film mit den außerirdischen Augäpfeln gesehen und uns bestens amüsiert.“

„Oh, den Film liebe ich.“

„Das meine ich ja. Es war richtig gemütlich.“ Und himmlisch, dachte sie und rekelte sich genüsslich. „Auch wenn er mir das Blut schneller durch die Adern jagt, es ist nett, einfach mit ihm auf der Couch zu sitzen und sich einen alten Film anzusehen. Wenn ich mich mit anderen Männern getroffen habe, dann hieß es immer Ausgehen, Tanzen, Vernissage, Kunstgalerie. Niemand wäre auf die Idee gekommen, einfach mal einen Abend zu Hause zu verbringen und auszuspannen. Ich muss sagen, es gefällt mir.“

„Eine Kleinstadt, eine Ballettschule, eine kleine Romanze mit einem Tischler … das passt zu dir, Katie.“

Sie war entzückt, dass Freddie ebenso dachte, und rollte sich träge auf die andere Seite. „Ja, nicht wahr?“

Yuri Stanislaski, ein Baum von einem Mann mit wallender eisgrauer Mähne, stand mitten in dem Raum, der dazu ausersehen war, ein Ballettstudio zu werden.

„Das ist ein guter Raum. Viel Platz. Meine Enkelin hat ein Auge für den Wert von Platz. Starkes Fundament.“ Er ging zur Wand und hieb mit der geballten Faust dagegen. „Solides Gerüst.“

Mikhail, Yuris ältester Sohn, stand am Fenster. „Sie wird ihre Kindheit hier wieder aufleben lassen. Das wird ihr gut tun. Außerdem“, er drehte sich zum Fenster und lächelte, „werden die Leute sie tanzen sehen. Das ist gute Werbung. Meine Nichte ist ein cleveres Mädchen, das habe ich schon immer gesagt.“

Schritte ertönten auf den Treppen. Brody hatte den Überblick verloren, er wusste nicht, wie viele mitgekommen waren. Er nahm an, dass die meisten von den Jüngeren zu Mik gehörten, aber es war schwierig, sie genau zuzuordnen, vor allem, wenn es so viele waren und wirklich alle so verdammt gut aussahen.

Er war nicht an große Familien gewöhnt, und die Stanislaski-Familie, so schien es ihm zumindest, war so groß, wie Familien eben sein konnten, ohne dass sie aus allen Nähten platzten.

„Papa! Komm mal hoch, das musst du dir einfach ansehen. Dieses Haus ist uralt. Einfach großartig!“

„Mein Sohn Griff“, erklärte Mik und schmunzelte.

„Er liebt alte Dinge. Dieses Haus muss, wie ein Paradis für ihn sein!"

„Dann auf nach oben." Yuri gab Brody einen freundschaftlichen Schlag auf den Rücken, der einen Elefanten umgehauen hätte. „Wir werden ja sehen, was Sie aus diesem Haus machen, damit meine kleine Katie zufrieden ist. Sie ist hübsch, meine Kleine, nicht wahr?"

„Ja", erwiderte Brody vorsichtig.

„Und stark."

„Äh …" Er wusste nicht, wie sicher der Grund war, auf dem er sich hier bewegte, und schaute Hilfe suchend zu Mik. Der aber schenkte ihm nur ein strahlendes Lächeln. „Ja, sieht so aus."

„Hat auch ein solides Gerüst." Yuri lachte herzhaft auf und zwinkerte seinem Sohn zu. Ohne Zweifel handelte es sich hier um einen weiteren Familienscherz.

Brody war sich immer noch nicht so ganz klar, was geschehen war. Eigentlich hatte er nur ganz kurz bei den Kimballs vorbeischauen wollen. Ein Höflichkeitsbesuch, weil Natasha so nett gewesen war und an ihn und Jack gedacht hatte.

Und dann war er einfach mitgerissen worden. Nein, „verschlungen" beschrieb es besser. Er bezweifelte, dass er je so viele Menschen auf engstem Raum gesehen hatte. Und die meisten waren auf die eine oder andere Weise miteinander verwandt. Für Brody war diese Tat – Sache fast schon unglaublich.

Da seine eigene Familie nur aus ihm, Jack und seinen Eltern bestand – und drei Tanten und sechs Cousins und Cousinen irgendwo im Süden –, hatte ihn die schiere Anzahl der Stanislaskis erschlagen. Ehrlich gesagt war ihm unklar, wie sie überhaupt in der Lage waren, sich alle Namen zu merken.

Sie waren fröhliche, gut aussehende, lebenslustige Menschen, die unzählige Fragen stellten, Geschichten erzählten und Meinungen hatten. Das Haus war so angefüllt mit Menschen, Essen, Musik und Drinks, dass er, obwohl er fast bis acht Uhr abends geblieben war, in dem ganzen Trubel nur Minuten mit Kate hatte sprechen können. Man hatte ihn zu dem alten Haus gezerrt, ihn über seine Planung ausgefragt, darüber, wie er die Renovierung angehen würde – aber er war nicht dumm genug, um zu glauben, dass es sich bei diesem Verhör nur um die Bauarbeiten gedreht hatte.

Kates Familie hatte ihn unter die Lupe genommen. Connies Familie hatte das Gleiche getan, wenn auch nicht so gut gelaunt und nicht mit diesem Sinn für Humor und dieser Begeisterung. Aber unterm Strich kam es auf das Gleiche heraus.

War dieser Typ auch gut genug für ihre Prinzessin? In Connies Fall war die Antwort ein eindeutiges Nein gewesen. Und diese gegenseitige Abneigung hatte alles überschattet, was danach gekommen war.

Die Stanislaskis hatten ihr Urteil noch nicht gefällt. Glaubte er zumindest. Nichts, was er auch getan hatte, um so taktvoll wie möglich durchblicken zu lassen, dass er gar nicht vorhatte, ihre Ballerina aus ihren Spitzenschuhen zu werfen, hatte Wirkung gezeigt. Sie hatten ihn trotzdem weiter umzingelt und ausgefragt. Auf nette Weise, höflich. Oder direkt und offen, ohne auch nur einen Deut an Zurückhaltung.

Das war genug gewesen, um einem Mann bewusst zu machen, wie glücklich er sich schätzen konnte, dass er allein stehend war. Und ihn in dem Entschluss zu festigen, es auch zu bleiben.

Jetzt waren die Feiertage vorbei. Dem Himmel sei Dank! Er konnte sich wieder auf die Arbeit konzentrieren, sich daran erinnern, dass Kate Kimball eine Kundin war. Nicht eine Geliebte.

Eine ganze Woche lang karrte er Bauschutt zum Haus hinaus, verstärkte und glich Wände aus, prüfte und ersetzte Rohrleitungen.

Sie ließ sich nicht ein einziges Mal blicken.

Jeden Tag, wenn er auf der Baustelle war, wartete er darauf, dass sie jeden Moment hereinspazieren und sich erkundigen würde, wie es voranging. Und jeden Abend, wenn er sein Werkzeug auf den Pick-up lud, fragte er sich, was sie wohl vorhaben mochte.

Offensichtlich war sie beschäftigt. Zu beschäftigt, um sich um das Haus zu kümmern. Ihr Interesse war also doch nicht so groß gewesen, wie sie vorgegeben hatte. An dem Haus nicht, und an ihm auch nicht.

Deshalb war es umso besser, dass er sich nicht auf einen Flirt eingelassen hatte. Wahrscheinlich zog sie die halbe Nacht um die Häuser, um die andere Hälfte im Bett irgendeines gelackten New Yorkers zu verbringen. Es würde ihn nicht überraschen. Kein bisschen. Es würde ihn auch nicht überraschen, wenn sie schon wieder daran dächte, das Haus abzustoßen und den Staub der Kleinstadt von ihren Spitzenschuhen zu schütteln.

Was ihn allerdings überraschte, war, dass er sich plötzlich auf der Treppe zum Haus ihrer Eltern wiederfand und laut an die Haustür pochte.

Er tigerte unruhig auf der Veranda auf und ab. Sie war doch diejenige gewesen, die jedes Detail genauestens durchgesprochen haben wollte, oder? Er ging zur Tür zurück, hämmerte noch mal dagegen. Sie konnte doch wenigstens eine Woche lang so tun, als sei sie noch interessiert, oder?

Er ging zurück, trat vor, wieder zurück. Was, zum Teufel, machte er hier eigentlich? Was er hier veranstaltete, war ja lächerlich. Es ging ihn nicht das Geringste an, was sie tat, mit wem und wo, solange sie die Rechnungen bezahlte.

Er atmete tief durch und hatte sich fast schon wieder beruhigt, als die Tür geöffnet wurde.

Da stand sie, mit schweren Lidern und wirrem Haar, ihr Gesicht leicht gerötet. Wie eine Frau, die gerade aus dem Bett geglitten war und vorhatte, direkt dorthin zurückzukehren.

Verflucht!

„Brody?“

„Tut mir Leid, dass ich dich geweckt habe. Es ist ja auch erst vier Uhr nachmittags.“

Sie war zu verschlafen, um die Stichelei herauszuhören. „Schon in Ordnung. Wenn ich nachmittags mehr als eine Stunde schlafe, bin ich die ganze Nacht hellwach. Komm rein. Ich brauche erst mal einen Kaffee.“

Sie ließ die Tür offen, weil sie davon ausging, dass er ihr folgen würde, und ging in die Küche. Sie hörte, wie die Tür zuschlug, dachte sich aber nichts dabei. In diesem Haus wurden ständig Türen geöffnet und wieder geschlossen.

„Ich bin erst vor ein paar Stunden zurückgekommen.“ Sie setzte Kaffee auf, versuchte die Kaffeemaschine mit ihrem Willen dazu zu bringen, schneller zu laufen. Um ihre verspannten Muskeln zu lockern, verfiel sie automatisch in die Grundposition. „Wie laufen die Dinge mit meinem Haus?“ Brody runzelte verärgert die Stirn! Diese Frau war einfach unglaublich!

„Wechselt dein Interesse generell von heiß auf eiskalt?“

„Hmm?“ Wechsel, dritte Position. Auf die Spitzen. Kaffeebecher aus dem Schrank holen.

„Du warst seit einer Woche nicht mehr auf der Baustelle. Wie kommt das?“

„Ich war nicht in der Stadt. Du trinkst ihn schwarz, oder? Ein Notfall, in New York.“

Sofort wandelte sich sein Ärger in Sorge. „Jemand aus deiner Familie?“

„Oh, nein, denen geht es bestens.“ Sie bog den Rücken zurück, drehte sich ein wenig zur Seite, verzog vor Schmerzen das Gesicht. „Könntest du vielleicht mal … diese Stelle da hinten, die bringt mich noch um …“

Sie drehte den Arm auf den Rücken, versuchte den schmerzenden Muskel unter dem Schulterblatt zu erreichen. „Wenn du nur eine Minute deinen Daumen da hineindrücken könntest … Ein bisschen tiefer … ah, ja da. Oh, so ist es gut. Fester. Hör nur nicht auf …“ Sie schloss die Augen und lehnte den Kopf zurück. „Oh, ja, ja, mehr … Oh!“

„Zum Teufel damit!“ Die Erregung hatte seine Selbstbeherrschung besiegt. Er riss Kate herum, presste sie an die Anrichte und drückte verlangend seine Lippen auf ihren Mund. Wie lange hatte er sich nach diesem Augenblick gesehnt!

Hitze schwappte über sie wie eine Welle, Lichter blitzten vor ihren geschlossenen Augen auf. Ihre Lippen öffneten sich, um einen erstaunten Aufschrei auszustoßen, doch er nutzte die Gelegenheit, um den Kuss zu vertiefen. Sie hob die Hände an seine Brust, bemühte sich, ihm zu folgen, wohin er sie mitnahm.

Sie war zwischen dem Küchenschrank und seinem harten Körper gefangen. All ihre Müdigkeit war mit einem Schlag verflogen, sie dachte nicht mehr an schmerzende Muskeln, nur noch an diesen Feuerball der Emotionen, der sie mitriss.

Frustration, Verlangen, Lust, Wut. All die Gefühle, die er so sorgfältig unter Verschluss gehalten hatte, seit dem Moment, als er sie zum ersten Mal gesehen hatte. Jetzt waren alle Dämme gebrochen, und die Leidenschaft sprudelte hervor. Er nahm, was er sich bisher versagt hatte. Nahm ihren Mund in Besitz, um seinen Hunger zu stillen. Und als sie seine Schultern fasste und zu zittern begann, nahm er mehr.

Sie waren beide atemlos, als sie sich voneinander lösten. Für einen langen Moment starrten sie einander nur an, seine Hände in ihrem Haar vergraben, ihre Finger in seine Schultern verkrallt. Und dann lagen ihre Münder wieder aufeinander, ein wilder, leidenschaftlicher

Kampf von Lippen und Zungen und Zähnen. Sie nestelte fiebrig an seinem Hemd, er ließ seine Hände unter ihre T-Shirt gleiten. Verzweifelt, schwer atmend, hinweggeschwemmt von Lust, wollten sie mehr vom anderen spüren. Er schlug mit dem Rücken gegen den Kühlschrank, er spürte es nicht. Er drehte und schob sie, ohne sie loszulassen, bis sie an den Küchentisch anstieß. Fasste ihre Hüfte, wollte sie auf diese Tischplatte hieven …

„Katie, rieche ich da etwa frischen Kaffee?"

Spencer Kimball blieb wie angewurzelt in der Tür zur Küche stehen. Er griff sich unwillkürlich ans Herz, als er erblickte, wie sich sein kleines Mädchen um seinen Tischler rankte.

Sie fuhren auseinander, wie schuldbewusste Kinder, die auf frischer Tat bei einem Streich ertappt wurden.

Für endlose Sekunden rührte sich niemand, niemand sprach ein Wort.

„Ich … äh …" Du lieber Himmel, war alles, was Spencer denken konnte. „Ich bin … im Musikzimmer." Er zog sich überstürzt zurück.

Brody fuhr sich aufgewühlt durchs Haar. „Oh Gott! Jemand reiche mir ein Gewehr, damit ich mich erschießen kann."

„So was haben wir nicht." Sie musste sich an einer Stuhllehne festhalten, der Raum drehte sich immer noch um sie. „Mein Vater ist sich durchaus im Klaren darüber, dass ich ab und zu mal Männer küsse."

Brody ließ die immer noch zitternden Hände sinken. „Ich war auf dem besten Wege, wesentlich mehr zu tun, als dich nur zu küssen."

„Ich weiß." Schließlich hämmerte ihr Puls immer noch laut wie eine Kesselpauke. Und sie sah auch die Hitze der Leidenschaft in diesen wunderbaren Augen vor sich. „Wirklich zu schade, dass Dad heute Nachmittag keinen Unterricht gibt."

Brody stieß zischend den Atem aus, drehte sich auf dem Absatz um und holte ungeduldig ein Glas aus dem Schrank, um kaltes Leitungswasser hineinlaufen zu lassen. Für einen kurzen Moment überlegte er, ob er es sich über den Kopf gießen sollte, entschied sich dann aber doch, es in großen Schlucken zu trinken. Es brachte ihn zwar lange nicht auf Normaltemperatur, aber es kühlte immerhin ein wenig ab. „Das wäre nicht passiert, wenn du mich nicht wütend gemacht hättest."

„Dich wütend gemacht?" wiederholte sie. Gerne hätte sie ihm das wirre Haar glatt gestrichen, um es dann wieder zu zerwühlen. „Wie das?"

„Und dann verleitest du mich dazu, dich anzufassen, und gibst auch noch diese kleinen Sexlaute von dir."

Sie brauchte jetzt keinen Kaffee, sie brauchte einen Drink! „Das waren keine ‚Sexlaute'." Sie holte eine Flasche Weißwein aus dem Kühlschrank. „Das waren Muskellockerungs-Laute. Na ja, ich muss zugeben, sie können sich sicherlich ähnlich anhören. Und hol mir endlich ein verdammtes Weinglas aus dem Schrank, denn jetzt bin ich wütend."

„Du?" Er riss die Schranktür wieder auf und schob ihr ein Weinglas in die Hand. „Du setzt dich für eine ganze Woche nach New York ab, ohne auch nur einen Ton zu sagen!"

„Entschuldige, aber du irrst." Ihre Stimme war kalt wie Eis. „Meine Eltern wussten ganz genau, wo ich war." Sie schenkte sich Wein ein und setzte die Flasche unsanft auf der Anrichte ab. „Mir war nicht bewusst, dass ich meinen Terminkalender mit dir absprechen muss."

„Du hast mich für einen Auftrag angeheuert, oder? Ein ziemlich großer und komplexer Auftrag, bei dem du – wie du selbst verlangt hast – über jeden Schritt informiert werden willst. Und es hat sich so ergeben, dass in dieser Woche einige Schritte unternommen wurden. Und gerade dann bist du weg! Ohne ein Wort zu sagen!"

„Es ging nicht anders." Sie nahm einen großen Schluck Wein und bemühte sich darum, ihr Temperament im Zaum zu halten. „Bei Problemen oder Fragen hättest du jederzeit meine Eltern kontaktieren können.

Sie hätten dir auch meine Nummer geben können. Warum hast du sie nicht gefragt?"

„Weil ..." Irgendein Grund musste sich doch finden lassen. „Weil meine Kunden normalerweise alt genug sind, um mir eine Nachricht zu hinterlassen, wo sie zu erreichen sind, und nicht erwarten, dass ich ihnen hinterherjage."

„Das ist eine wirklich lahme Ausrede, O'Connell", tat sie spöttisch ab, auch wenn es sie getroffen hatte. „Na schön. Dann sagen wir doch einfach ganz klar: In Zukunft wirst du dich an meine Eltern wenden, solltest du mich nicht erreichen können."

„Fein!" Er vergrub die Hände in den Hosentaschen.

„Genau!" Das ist ja lächerlich, dachte sie. Sie hatte nichts gegen einen anständigen Streit, aber nicht, wenn es um Lappalien ging. „Hör zu, ich musste nach New York. Als ich die Company verließ, habe ich unserem Direktor versprochen, dass ich einspringe, wenn Not am Mann ist. Ich halte meine Versprechen. Einige Tänzer sind ausgefallen, Grippe. Wir tanzen mit Verletzungen, wir tanzen, wenn wir krank sind, aber manchmal geht es eben nicht mehr. Ich habe ihm eine Woche versprochen, bis die meisten sich wieder erholt hatten." Sie lehnte sich gegen die Anrichte. „Mein Partner und ich sind nicht mehr aneinander gewöhnt. Außerdem habe ich drei Monate nicht mehr getanzt, ich bin nicht mehr in Form – was endlose Trainingsstunden und Proben bedeutete. Ich hatte also wirklich keine Zeit, mir Gedanken um ein Projekt zu machen, das ich in gute Hände gegeben habe. Ich war auch nicht davon ausgegangen, dass zu einem so frühen Punkt schon irgendwelche Fragen auftauchen, vor allem nicht, nachdem wir die Dinge vor kurzem erst ausführlich besprochen haben. Ich hoffe, das reicht dir als Erklärung."

„Ja, das reicht. Kann ich ein Messer haben?"

„Wozu?"

„Du hast kein Gewehr, also werde ich mir die Kehle aufschlitzen."

„Warte lieber damit, bis du bei dir zu Hause bist. Meine Mutter wird über Blutflecken in der Küche nicht begeistert sein."

„Und dein Vater sieht es wohl kaum gerne, wenn seine Tochter auf dem Küchentisch Sex hat."

„Kann ich nicht sagen. Das Thema wurde nie zwischen uns angeschnitten."

„Ich hatte nicht vor, dich so zu packen."

„So." Sie bot ihm ihr Glas an. „Wie wolltest du mich denn sonst packen?"

„Lass es." Er nahm und trank. „Du merkst doch selbst, wie kompliziert das Ganze wird. Der Job, du, ich, Sex."

„Ich habe ein ausgeprägtes Organisationstalent und

bin sehr gut im Zuordnen und Einteilen. Manche halten das für meine größte Stärke, andere behaupten, es nervt."

„Das kann ich mir vorstellen." Er gab ihr das Glas zurück. „Kate."

Sie lächelte. „Brody."

Er lachte leise, steckte die Hände wieder in die Taschen und begann im Raum auf- und abzutigern. „Ich hab vieles in meinem Leben verbockt. Mit Connie, meiner Frau, und Jack. Und ich habe alles darangesetzt, dass sich das ändert. Jack ist gerade mal sechs. Ich bin alles, was er hat. Das wird immer das Wichtigste für mich sein."

„Wenn es nicht so wäre, würde ich wesentlich weniger von dir halten. Dann würde ich mich wohl auch nicht so zu dir hingezogen fühlen."

Er drehte sich um und studierte ihr Gesicht. „Ich werde nicht schlau aus dir."

„Vielleicht solltest du deinen Terminkalender so planen, dass dir Zeit bleibt, über dieses Problem nachzudenken."

„Vielleicht sollten wir uns einfach ein Zimmer in irgendeinem Motel buchen und einen Nachmittag lang so tun, als gäbe es keine Probleme."

Er war überrascht, dass sie lachte. „Das ist eine Alternative. Ich persönlich würde gern beides tun. Aber für den Moment werde ich es dir überlassen, welche der beiden Möglichkeiten wir zuerst in Angriff nehmen."

„Vielleicht sollten wir ..." Er sah auf die Küchenuhr und fluchte leise. „Ich muss Jack abholen. Komm morgen Mittag zur Baustelle. Dann gebe ich dir zum Lunch ein Sandwich aus, und du kannst dir ansehen, wie weit wir gekommen sind."

„Ja, gern." Sie neigte leicht den Kopf. „Willst du mir nicht einen Abschiedskuss geben?"

„Lieber nicht. Dein Vater hat vielleicht doch ein Gewehr im Haus, und du weißt nur nichts davon."

Nein, Spencer Kimball war nicht dabei, ein Gewehr zu laden. Kate fand ihn in seinem Musikzimmer, wo er über den Unterrichtsplänen für das laufende Semester saß. Allerdings starrte er jetzt schon zehn Minuten lang auf die gleiche Seite, ohne auch nur ein Wort verstanden zu haben.

Sie stellte einen dampfenden Kaffeebecher neben ihn hin, schlang von die Arme um seinen Hals und legte ihr Kinn auf seine Schulter. „Hi."

„Hi. Danke."

Sie schmiegte ihre Wange an seine und sah zum Fenster hinaus in den hübschen Garten. Sie würde ihre Mutter bitten, ihr bei der Planung des Gartens an der Schule zu helfen. „Brody befürchtet, du könntest ihn erschießen."

„Ich habe keine Waffe."

„Das habe ich ihm auch gesagt. Ich sagte ebenfalls, mein Vater wisse, dass ich Männer küsse. Das weißt du doch, oder, Daddy?"

Sie nannte ihn nur dann Daddy, wenn sie sich bei ihm einschmeicheln wollte. Sie beide wussten das.

„Es ist etwas ganz anderes, wenn man verstandesmäßig etwas weiß, als wenn man mitten in ein ..." Spencer knirschte mit den Zähnen. „Er hatte seine Hände an deinen ... Er hat mein kleines Mädchen angefasst."

„Dein kleines Mädchen hat seine Hände auch dazu benutzt, um ihn anzufassen." Sie kam herum und setzte sich auf seinen Schoß.

„Ich glaube nicht, dass die Küche der geeignete Ort ist, um ..." Ja, um was eigentlich?

„Du hast natürlich Recht." Sie klang jetzt sehr brav, ganz die gescholtene Tochter. „Die Küche ist zum Kochen da. Dich und Mama habe ich nie in der Küche küssen gesehen. Dann wäre ich wahrscheinlich ziemlich schockiert gewesen."

Seine Mundwinkel zuckten, aber er unterdrückte den Drang zu lachen. „Halt einfach den Mund."

„Ich war mir immer sicher, dass, sollte ich einmal zufällig in die Küche kommen und sehen, wie Mama und du ... dass es so aussieht, als würdet ihr euch küssen, es sich mit Sicherheit nur um eine lebensrettende Maßnahme, um eine Mund-zu-Mund-Beatmung handeln kann."

„Wenn du nicht still bist, wirst du gleich lebensrettende Maßnahmen brauchen."

„Gut. Aber solange mir noch Zeit bleibt, möchte ich dir eine Frage stellen. Was hältst du von Brody? Als Mann, meine ich? Gefällt er dir?"

„Ja, aber das heißt nicht, dass ich vor Begeisterung in die Hände klatsche, wenn ich in meine Küche komme und sehe ... nun, was ich gesehen habe."

„Tja, da wäre immer noch die Möglichkeit eines Motelzimmers."

„Ach, Kate." Er legte seine Stirn an ihre.

„Du und Mama, ihr habt mir immer gesagt, dass ich nie etwas vor euch geheim halten muss, weder meine Gefühle noch meine Wünsche oder Taten. Ich fühle etwas für Brody. Ich bin noch nicht sicher, was das bedeutet, aber meine Taten werden meine Gefühle widerspiegeln, das verspreche ich dir!"

„Das war schon immer so bei dir. Mit einer guten Portion gesundem Menschenverstand und Logik angereichert."

„Dies hier ist nicht anders."

„Und er? Welche Gefühle hat er für dich?"

„Er weiß es nicht. Aber das werden wir schon herausbekommen."

„Er weiß es also nicht.“ Seine Augen, vom gleichen Grau wie ihre, wurden zu schmalen Schlitzen. „Der Junge sollte sich besser schnell überlegen, was er tut, sonst …“

„Uuh, Daddy!“ Kate blinzelte und schüttelte sich leicht. „Wirst du ihn für mich verhauen, ja? Darf ich zusehen? Bitte!“

„… braucht er lebensrettende Maßnahmen.“

Sie drückte ihrem Vater einen Kuss auf die Wange. „Ach, Dad, ich liebe dich. Du hast auch ein Kind über Jahre allein großgezogen. Du weißt, was es heißt, ein Kind zu lieben, die Verantwortung zu tragen.“

Seine Freddie. Sein Baby. Das jetzt schon eigene Babys hatte. „Ja, ich weiß, was das bedeutet.“

„Wie sollte ich mich da nicht zu ihm hingezogen fühlen? Zu diesem Teil, den ich an dir so liebe?“

„Und was sollte ich dagegen sagen können?“ Er zog sie zu sich heran und drückte sie. „Du kannst Brody sagen, dass ich mir kein Gewehr kaufen werde. Noch nicht.“

Am nächsten Tag ging sie um die Mittagszeit zur Baustelle. Dann machte sie es sich zur Gewohnheit, mit Kuchen, Sandwiches und frischem Kaffee vorbeizukommen. Man hätte es als Bestechung bezeichnen können.

Um genau zu sein – Brody nannte es auch so. Ihre kleinen Aufmerksamkeiten machten seine Männer viel nachsichtiger, wenn sie sie mal wieder mit tausend Fragen löcherte, oder wenn sie unbedingt eine neue Idee durchgesetzt haben wollte, die nicht im Plan stand.

Trotzdem hielt ihn das nicht davon ab, auf ihre Besuche zu warten, sich im Laufe des Vormittags so zu beeilen, dass er sich die halbe Stunde genehmigen konnte, um mit ihr durch die Stadt zu bummeln oder einen Kaffee in dem kleinen Café an der Ecke zu trinken.

Er wusste, seine Männer stießen sich bereits die Ellbogen in die Rippen und warfen sich viel sagende Blicke zu, wenn er mal wieder mit Kate davonzog. Aber da er die meisten noch von der High School kannte, nahm er es gutmütig hin. Aber wenn einer es wagen sollte, einen zu genauen Blick auf ihr Hinterteil oder ihre Oberweite zu werfen, sah er denjenigen so vernichtend an, dass der sich beeilte, ganz schnell irgendwo ganz fürchterlich wichtige und unaufschiebbare Dinge zu erledigen – möglichst weit weg von Brody.

Er wurde immer noch nicht schlau aus ihr. Wenn sie zur Baustelle kam, wirkte sie wie frisch einem Modemagazin entstiegen. Sehr weiblich und absolut makellos. Und dann kroch sie durch Staub und kletterte über Bauschutt, als würde sie zum Bautrupp gehören, stellte genaue Fragen und verfügte über genügend Kenntnisse, um mitzureden.

Einmal überraschte er sie und einen seiner Männer,

als sie in eine hitzige Debatte über das letzte Baseballspiel vertieft waren. Und eine Stunde später überhörte er ein Gespräch, das sie an ihrem Handy in fließendem Französisch führte.

Nein, auch nach zwei Wochen war er keinen Schritt weitergekommen, wenn es um sie ging. Aber er konnte auch nicht mehr aufhören, unentwegt an sie zu denken.

Und jetzt, da sie in dem zukünftigen Übungsraum umherschritt, konnte er nicht aufhören, sie anzusehen.

Sie trug einen dunkelblauen Pullover, der unglaublich weich aussah, und graue Leggings. Ihr Haar hatte sie im Nacken zusammengefasst, so dass ihr Hals – bloß und sexy – jeden Blick magisch anzog.

Im Raum war es angenehm warm, dank des neu installierten Heizungssystems. Die Wände waren fast fertig verputzt, und Brody hatte die ersten Proben für die Holzarbeiten mitgebracht. Holz, das er selbst bearbeitet hatte, um sicherzustellen, dass es der Originalausstattung so nah wie möglich kam.

„Der Putzer hat wirklich gut gearbeitet", sagte sie nach einem Inspektionsrundgang. „Fast könnte ich ein schlechtes Gewissen bekommen, weil die ganzen Wände mit Spiegeln zugehängt werden." Sie nahm ein Musterholz in die Hand. „Das ist wunderschön, Brody. Man kann kaum einen Unterschied zum Original feststellen."

„So sollte es auch sein."

„Ja, stimmt." Sie legte das Holzstück wieder hin. „Du liegst genau im Zeitplan. Was die Arbeit anbelangt. Was das Private angeht, da hinkst du ziemlich hinterher."

„Es dauert immer ein bisschen, bis das Fundament gelegt ist."

„Kommt darauf an, was für ein Gebäude du errichten willst, Brody." Sie legte eine Hand auf seine Schulter. „Ich will eine Einladung."

„Wir waren zusammen zum Lunch."

„Eine richtige Einladung. Die Art, die zwei erwachsene, verantwortungsbewusste Menschen sich von Zeit zu Zeit gönnen. Abendessen, O'Connell, oder auch Kino. Vielleicht ist es dir nicht klar, aber … Restaurants haben auch abends geöffnet."

„Ja, ich habe schon so was läuten gehört." Er wich zurück, sie folgte ihm. „Kate, sieh mal … da ist Jack, und der muss früh zu Bett, und da sind gewisse Komplikationen …"

„Sicher, da ist Jack. Ich mag den Jungen, aber ich würde auch ganz gerne mal allein mit seinem Vater sein. Ich wage zu bezweifeln, dass der Junge ein Trauma davonträgt, nur weil sein Vater mal einen Abend ausgeht. Ich sage dir, was wir tun. Freitagabend, du und ich, Abendessen. Ich kümmere mich um alles, du holst mich um sieben ab. Samstagnachmittag, du, Jack und ich, Kino. Ich hole euch um eins ab und lade euch ein. Also, abgemacht."

„Kate, so einfach ist das nicht. Da ist schließlich noch diese ganze Babysitter-Angelegenheit. Ich habe niemanden, den ich …“

Er drehte sich um, grenzenlos erleichtert, als die Tür aufgestoßen wurde und Jack hereingestürmt kam.

„Dad! Wir haben deinen Wagen gesehen, deshalb meinte Mrs. Skully, ich könnte schon hier aussteigen. Hi, Kate.“ Er ließ den großen Schulranzen mit einem lauten Knall zu Boden fallen. „He, hier drinnen gibt es ein Echo. Hi, Kate, hi, Kate …“

Sie musste lachen, und bevor Brody sich noch rühren konnte, hatte sie Jack schon hoch gehoben. „Hi, hübscher Jack. Gibst du mir einen Kuss?“

„Niemals!“ Obwohl man ihm ansah, dass er halb darauf hoffte, sie würde ihn wieder küssen.

„Das scheint ein echtes Problem mit den Männern in eurer Familie zu sein.“ Sie stellte ihn wieder auf die Füße, als eine Frau mit einem Mädchen und einem Jungen zu Tür hereinkam.

„Brody, ich sah den Pick-up, deshalb dachte ich mir, ich könnte Jack direkt hier abliefern und dir den Weg ersparen. Es sei denn, dir ist lieber, dass ich ihn mit zu uns nach Hause nehme.“

„Nein, lass ihn hier, das passt gut. Beth Skully, Kate Kimball“, übernahm er die Vorstellung.

„Kate und ich kennen uns schon.“ Sie wandte sich an

Kate. „Aber vielleicht erinnerst du dich nicht an mich. Meine Schwester JoBeth und deine Schwester Freddie waren Schulfreundinnen."

„Ja, natürlich, ich weiß. Wie geht es JoBeth denn?"

„Gut. Sie hat nach Michigan geheiratet, arbeitet als Krankenschwester. Hoffentlich hast du nichts dagegen, dass wir hier so reinplatzen. Aber ich war neugierig und wollte unbedingt sehen, was du mit diesem alten Kasten vorhast."

„Mom." Das kleine Mädchen zupfte am Ärmel seiner Mutter und sah erwartungsvoll zu ihr hoch.

„Gleich, Carrie …"

„Ich führe dich gern herum, wenn du möchtest", bot Kate an.

„Würde ich zu gern tun, aber wir müssen uns sputen. Wenn man Kinder hat, wird man zum Chauffeur. Weißt du schon, wann du die Tanzschule eröffnen wirst?"

„Ich hoffe, ich kann im April anfangen." Sie sah zu Carrie und erkannte die Hoffnung in den großen blauen Augen. „Magst du Ballett, Carrie?"

„Ich will Ballerina werden."

„Ballerinas sind Weicheier", warf Rod, ihr Bruder, abfällig ein.

„Rod, sei still. Du musst diesen unwissenden Zwerg entschuldigen, Kate."

„Keine Sorge, ist schon gut", beruhigte Kate Beth.

„So", wandte sie sich dann an Rod, der seine Schwester triumphierend angrinste, „Weicheier also?"

„Klar. Die tragen alle so alberne Röckchen und trippeln ständig auf den Zehenspitzen herum." Er lieferte eine sehr eindrucksvolle Karikatur eines Spitzentänzers ab, worauf seine Schwester prompt in beleidigtes Geheul ausbrach.

Bevor Beth jedoch dazwischen gehen konnte, fragte Kate auch schon: „Wie viele Weicheier kennst du, die das können?" Damit griff sie ihre Ferse und zog das Bein senkrecht hoch, bis ihre Wade an ihrer Wange zu liegen kam.

Ach du lieber Himmel, war das Einzige, was Brody dazu einfiel.

„Ich kann das!" verkündete Rod laut, tat es ihr nach, griff seine Ferse, wollte sein Bein hochstrecken, verlor das Gleichgewicht und fiel hart auf seinen Allerwertesten.

„Rod, du wirst dich nur in zwei Hälften reißen", war Beths trockener Kommentar. Sie legte einen Arm um Carries Schultern. „Tut das nicht weh, wenn du das machst?" fragte sie Kate lächelnd.

„Man darf eben nicht daran denken." Kate setzte den Fuß wieder auf den Boden. „Wie alt bist du, Carrie?"

„Fünf. Ich kann mich vornüberbeugen und meine Zehen berühren", sagte sie stolz.

Fünf also, dachte Kate. Die Knochen waren noch

biegsam, der Körper konnte lernen, das Unnatürliche zu tun. „Wenn du und deine Mom euch entscheidet, dass du in meine Schule kommen kannst, werde ich dir das Tanzen beibringen. Und dann kannst du deinem Bruder beweisen, dass Ballett nichts für Weicheier ist." Sie streckte die Arme in die Luft, machte einen graziösen Bogengang rückwärts und wieder vor.

„Wow", flüsterte Rod Jack zu. „Die ist ja cool."

Brody sagte nichts. Er starrte nur mit offenem Mund.

„Nur Athleten können Ballett tanzen." Sie warf ihr Haar zurück und schaute Rod durchdringend an. „Es gibt viele professionelle Football-Spieler, die nebenbei Ballett trainieren, damit sie auf dem Spielfeld schneller und geschmeidiger sind."

„Glaub ich nicht", entgegnete Rod sofort aufmüpfig.

„Glaub's ruhig. Komm zusammen mit deiner Schwester, dann zeig ich's dir."

„Damit handelst du dir aber Kopfschmerzen ein." Beth lachte und winkte ihrem Sohn. „Komm schon, du kleines Monster."

Brody schaffte es, seinen inneren Film zu stoppen, der ihm aufregende Bilder vorspielte, wie man diesen dehnbaren Körper auch noch auf anderem Gebiet einsetzen könnte … „Danke, dass du Jack hergebracht hast, Beth."

„Kein Problem. Du weißt doch, dass ich mich jederzeit gern um Jack kümmere."

„Ach wirklich?“ murmelte Kate und warf Brody einen langen Blick zu.

„Sicher, er ist wirklich ein …“ Beth sah von Kate zu Brody, von Brody zu Kate – und verkniff sich ein Grinsen. Sieh mal an, dachte sie, es wird aber auch Zeit, dass dieser Mann endlich wieder den Kopf aus dem Sand zieht. „Um genau zu sein – ich hatte vor, Freitagabend einen großen Topf Spaghetti zu kochen und dachte mir, Jack hätte bestimmt Lust mitzuessen.“

„Freitagabend ist doch genau richtig für ein Spaghetti-Essen, oder, Brody?“ säuselte Kate in Brodys Richtung.

„Ich weiß nicht. Am Freitag …“

„Aber Freitag ist perfekt!“ Beth machte es diebischen Spaß, Kate zu helfen. „Jack könnte auch über Nacht bei uns bleiben, dann könnten die Jungs sich zusammen ein Video ansehen. Soll er doch am Freitag Sachen für den nächsten Tag mit zur Schule bringen, dann hole ich die Jungs ab, und sie haben den ganzen Tag zusammen. Also abgemacht. War nett, dich wieder zu sehen, Kate.“

„Oh ja, das Vergnügen ist ganz auf meiner Seite. Bestimmt.“ Kate zwinkerte Beth verschwörerisch zu.

„Toll! Ich schlafe bei Rod!“ Jack hüpfte aufgeregt umher. „Danke, Dad!“

„Ja.“ Kate strich mit einem Finger über Brodys Brust. „Danke, Dad.“

6. KAPITEL

Der Freitag war nicht gerade das, was man einen runden Wochenabschluss nennen könnte. Einer seiner Männer hatte sich krank gemeldet, er war der Grippe zum Opfer gefallen, die in der Stadt grassierte. Einen anderen schickte er noch vor der Mittagspause nach Hause, weil der Mann sich vor Fieber kaum noch aufrecht halten konnte.

Da die andere Hälfte seines vierköpfigen Bautrupps in Maryland auf einer weiteren Baustelle beschäftigt war, blieb es also an Brody hängen, die Abnahme für das neu installierte Sanitärsystem mit dem Mann vom Bauamt zu machen, die Trennwand zwischen Kates Büro und der kleinen Küche einzuziehen und das Holz in diesen beiden Räumen abzuschleifen.

Das Anstrengendste allerdings war, dass er den ganzen Tag allein mit seinem Vater arbeitete.

Bob O'Connell steckte gerade mit dem Oberkörper unter der Spüle. Brody hatte die Muße, die Arbeitsschuhe seines Vaters zu betrachten. Die Sohlen waren unzählige Male wieder angeklebt worden. Wenn er könnte, würde er sie sogar antackern, dachte Brody säuerlich. Auf die Idee, sich neue anzuschaffen, wäre sein Vater nie gekommen.

„Wenn ich es nicht brauche, brauche ich es nicht."

Das war der Standardsatz seines Vaters. Zu allem. Und egal was man sagte, er blieb dabei.

Na ja, das ist seine Sache, ermahnte Brody sich und wünschte sich, dass er aufhören könnte, dauern nach Gründen zu suchen, um sich aufzuregen.

Sie rieben sich ständig aneinander auf. Hatten es immer getan.

Bob verlegte Rohre, Brody zog Gipswände ein.

„Stell endlich diesen verdammten Krach ab", ordnete Bob an. „Wie soll ein Mensch bei diesem Geplärre arbeiten können?"

Ohne ein Wort zu erwidern, ging Brody zu der kleinen Stereoanlage und schaltete sie aus. Das war schon immer so gewesen: Ganz gleich, welche Musik er auch hörte, für seinen Vater war es „Krach" gewesen.

Aber Bob fluchte während der Arbeit ständig vor sich hin, und deshalb hatte Brody das Radio angestellt.

„So eine blöde Idee, die Küche in der Mitte durchzuschneiden. Reine Zeit- und Geldverschwendung. Büroraum, so'n Quatsch! Wozu braucht man überhaupt ein Büro, wenn hier doch nur eine Meute Zuckerpüppchen herumhüpft?"

Brody hatte gewusst, dass das kommen würde. Aber jetzt ließ es sich nicht mehr länger hinausschieben, die Wand einzuziehen. „Ich habe die Zeit, der Kunde hat das Geld", sagte er und zog einen Dübel aus der Tasche.

„Sicher, die Kimballs haben genug Geld. Trotzdem völlig unsinnig, es so aus dem Fenster zu schmeißen. Du hättest ihr sagen müssen, dass sie mit der Abtrennung einen Fehler macht."

Brody hämmerte einen Nagel in das Holzgerüst, beschwor sich, den Mund zu halten. Trotzdem sprudelten die Worte heraus. „Ich halte es nicht für einen Fehler. Sie braucht keine so große Küche für eine Ballettschule. Die hier war mal für eine Schenke gedacht."

„Ballettschule." Bob schnaubte angewidert. „Ich sage dir, einen Monat nach der Eröffnung kann sie gleich wieder dicht machen. Und dann? Wer will so ein Haus dann kaufen? Mit Kinderwaschbecken! Pah! Die werden nur wieder rausgerissen, und die ganze Arbeit war umsonst. Wundert mich, dass der Mann von Bauamt sich nicht vor Lachen gekrümmt hat."

„Wenn man Kinder unterrichtet, braucht man auch entsprechend kindgerechte Einrichtungen."

„Für den Unterricht ist die Schule da."

„Soweit ich weiß, bieten die aber keinen Ballettunterricht an."

„Eben. Das sollte dir etwas sagen." Der Ton seines Sohnes ärgerte ihn maßlos. Bob sagte sich, es sei besser, das Thema fallen zu lassen, aber er konnte die Worte nicht zurückhalten. „Du solltest mehr tun, als nur dem Kunden das Geld aus der Tasche zu ziehen. Du solltet auch beraten, sie von sinnlosen Investitionen abbringen und sie in die richtige Richtung lenken."

„Solange es nur deine Richtung ist."

Bob wand sich aus dem Spülschrank hervor. Die ausgeblichene Baseballkappe, die er trug, erinnerte nur entfernt daran, dass sie einmal blau gewesen sein musste. Sein Gesicht war kantig, von tiefen Falten durchzogen. Früher musste er sehr gut ausgesehen haben mit den grünen Augen – so grün wie die seines Sohnes.

Manchmal dachte Brody, dass die Augenfarbe die einzige Gemeinsamkeit war, die sein Vater und er hatten.

„Achte darauf, wie du mit mir redest, Sohn."

„Hast du schon mal daran gedacht, dass du dir auch überlegen solltest, was du sagst?" Brody spürte ein Hämmern im Schädel. Er kannte das. Wut-Kopfschmerzen. Bob O'Connell-Kopfschmerzen.

Bob ließ klirrend die Rohrzange fallen und erhob sich zu seiner vollen Größe. Auch mit sechzig war kein Gramm Fett an ihm, er war drahtig und in Topform. „Wenn du erst mal so lange auf diese Erde gelebt hast wie ich, wenn du so lange in diesem Beruf gearbeitet hast wie ich, dann kannst du sagen, was du willst."

„Tatsächlich." Brody wuchtete eine weitere Rigipsplatte auf den Sägebock und markierte die Maße. „Das höre ich von dir, seitdem ich acht bin. Mittlerweile hatte ich genügend Zeit, um eigene Erfahrung zu sammeln.

Und das hier ist mein Job, mein Vertrag. Deshalb wird es genau so gemacht, wie ich es sage."

Er nahm das Tapeziermesser und sah seinem Vater ins Gesicht. „Die Kundin bekommt das, was sie haben will. Und solange sie zufrieden mit der Arbeit ist, gibt es nichts, was diskutiert werden müsste."

„So wie ich höre, tust du weit mehr, als sie mit deiner Arbeit zufrieden zu stellen."

Das hatte er nicht sagen wollen. Der Himmel wusste, dass er entschlossen gewesen war, nichts davon zu erwähnen. Aber die Worte waren heraus. Verflucht, warum musste der Junge ihn auch immer so reizen?

Brody umklammerte das Messer fester. Für einen Moment – ein Moment, der viel zu lange dauerte – hätte er am liebsten seine Faust in dieses unnachgiebige Gesicht gesetzt. „Was sich zwischen mir und Kate Kimball abspielt, ist allein meine Sache."

„Ich lebe in dieser Stadt. Und deine Mutter übrigens auch. Wenn die Leute über mein eigen Fleisch und Blut klatschen, betrifft mich das auch. Du hast ein Kind, um das du dich kümmern musst. Du solltest nicht irgendeinem Weiberrock nachlaufen und die Gerüchte zum Brodeln bringen."

„Halte Jack da raus. Lass meinen Sohn aus dem Spiel." Brodys Augen blitzten gefährlich.

„Jack gehört auch zu meiner Familie, vergiss das

nicht. Du bist in die Stadt gegangen, damit du treiben konntest, was du wolltest, aber jetzt bist du hier. Hier ist mein Zuhause. Ich lasse nicht zu, dass du dich direkt vor meiner Haustür so beschämend benimmst."

Treiben, was immer du willst, dachte Brody verächtlich. Die unzähligen Termine mit Ärzten und Spezialisten, die Tage und Nächte im Krankenhaus. Dann hatte es ihn getrieben, die Trauer zu verarbeiten und sich plötzlich der Verantwortung für einen Zweijährigen gegenüber zu sehen. „Du weißt nichts von mir, gar nichts. Was ich getan habe, wer ich bin. Du hast immer nur Fehler an mir gesehen und es darauf angelegt, sie mir vorzuhalten."

„Hätte ich dir mehr Vorhaltungen gemacht, würdest du jetzt vielleicht nicht einen Jungen ohne seine Mutter großziehen müssen."

Brody krampfte seine Hand noch stärker um das Messer, er rutschte ab und schnitt sich tief ins Fleisch. Blut strömte aus. Bobs Erschrecken äußerte sich in einem lauten Fluch und noch mehr Vorhaltungen. Er zog sein Taschentuch hervor.

„Kannst du nicht aufpassen, was du tust, wenn du Werkzeug in der Hand hast?"

„Lass mich bloß in Ruhe", stieß Brody zwischen zusammengepressten Zähnen hervor. „Pack dein Werkzeug ein und verschwinde von meiner Baustelle."

„Du kommst jetzt mit zu meinem Wagen. Das muss genäht werden."

„Ich sagte, verschwinde von meiner Baustelle. Du bist gefeuert." Das Herz, das vor Wut wild in seiner Brust schlug, pumpte mehr Blut aus der Wunde.

Scham mischte sich mit Rage, als Bob seine Werkzeuge in den Werkzeugkasten schleuderte. „Wir haben einander nichts mehr zu sagen." Er riss den Kasten hoch und stolzierte steif davon.

„Wir hatten einander noch nie etwas zu sagen", murmelte Brody.

Brody O'Connell würde sich auf etwas gefasst machen können. Falls er überhaupt noch auftauchte. Er würde feststellen müssen, dass sie sieben Uhr meinte, wenn sie sieben Uhr sagte. Und nicht halb acht.

Da sie ihre Eltern überzeugt hatte auszugehen, hatte sie jetzt nicht einmal jemanden, bei dem sie ihrem Ärger Luft machen konnte. Sie marschierte mürrisch durchs Wohnzimmer, starrte wütend auf das Telefon.

Nein, sie würde ihn nicht anrufen, auf gar keinen Fall! Nicht noch einmal. Um zwanzig nach sieben hatte sie seine Nummer gewählt, aber nur der Anrufbeantworter hatte sich gemeldet.

Oh ja, sie hatte eine Nachricht für ihn, aber sie würde sie ihm persönlich überbringen.

Wenn sie nur daran dachte, wie viel Mühe sie sich für heute Abend gegeben hatte. Das richtige Restaurant wählen, das richtige Kleid aussuchen … Wenn sie Glück hatten, würde das Restaurant die Reservierung halten. Nein, sie würde den Tisch abbestellen, sofort. Wenn dieser Mann sich einbildete, sie würde jetzt fröhlich mit ihm ausgehen, wenn er noch nicht einmal den Mindestanstand besaß, pünktlich zu sein, dann hatte er sich geirrt. Und zwar kräftig!

In dem Moment, als sie zum Hörer griff, ertönte die Klingel an der Haustür. Kate reckte die Schultern, schob das Kinn vor und ließ sich verdammt viel Zeit damit, zur Tür zu gehen.

„Entschuldige, dass ich so spät komme. Ich bin aufgehalten worden. Ich hätte anrufen sollen."

Die schneidenden Worte blieben ihr in der Kehle stecken, als sie sein Gesicht sah. Nicht Unhöflichkeit war der Grund für sein Zu-spät-Kommen, sondern völlige Verstörtheit. „Stimmt etwas nicht mit Jack?"

„Nein, nein, alles in Ordnung. Es tut mir ehrlich Leid, Kate." Er hob fahrig die Hand, eine entschuldigende Geste. „Können wir das Ganze verschieben?"

„Was hast du mit deiner Hand angestellt?" Sie hielt seinen Arm beim Handgelenk fest. Die Hand war dick verbunden, rotes Desinfektionsmittel war an den Rändern des Verbands zu sehen.

„Ein Arbeitsunfall, reine Dummheit. Nichts Schlimmes, nur ein paar Stiche. Die Ambulanz im Krankenhaus war voll, deshalb hat es so lange gedauert."

„Tut es weh?"

„Nein, es ist nichts, wirklich nicht", beteuerte er zerstreut und vermied dabei ihren Blick.

Oh doch, da war etwas. Und zwar mehr als nur diese Verletzung an der Hand. „Geh nach Hause", sagte sie. „Ich bin in einer halben Stunde bei dir."

„Was?"

„Mit dem Abendessen. Das mit dem Restaurant holen wir nach."

„Kate, das ist nicht nötig, du musst das nicht tun."

„Brody." Sie nahm sein Gesicht in beide Hände. „Geh nach Hause. Ich komme nach. Los, zieh ab!" kommandierte sie, als er sich immer noch nicht rührte, und schlug ihm die Tür vor der Nase zu.

Sie war pünktlich. Wie immer. Als er die Tür öffnete, rauschte sie an ihm vorbei, mit einem riesigen Korb am Arm.

„Du wirst jetzt ein Steak essen", verkündete sie energisch. „Nur gut, dass meine Eltern die gerade im Kühlschrank hatten, bevor ich sie überreden konnte, für ein romantisches Dinner zu zweit auszugehen."

Sie war schon in der Küche angelangt und stellte den

Korb auf die Anrichte, schüttelte ihren Mantel von den Schultern und begann dann mit dem Auspacken. „Kannst du mit deiner Hand eine Weinflasche öffnen?"

„Das schaffe ich wohl noch." Er nahm ihren Mantel entgegen und hängte ihn an einen Küchenhaken. Der Mantel gehörte nicht hierher, nicht in diese Küche und nicht neben die alte Arbeitsjacke. Er strömte ihren Duft aus, so weiblich und weich.

Sie gehört auch nicht hierher, dachte Brody. „Sieh mal, Kate", setzte er an, kam aber nicht weit.

„Hier."

Er nahm die Weinflasche und den Korkenzieher, die sie ihm hinhielt. „Warum machst du das alles, Kate? Warum?"

„Weil ich dich mag." Sie kramte zwei riesige Kartoffeln aus dem Korb und wusch sie in der Spüle. „Und weil ich mir dachte, du könntest vielleicht ein Steak-Dinner gebrauchen."

„Sag mal, wie viele Männer verlieben sich eigentlich Hals über Kopf in dich?"

Sie blickte über die Schulter und lächelte ihn an. „Alle. Mach schon, O'Connell, öffne den Wein."

Er kümmerte sich um die Musik, drehte am Radio, bis er einen Sender mit klassischer Musik gefunden hatte. Holte das gute Geschirr hervor, von dem er schon fast vergessen hatte, dass es überhaupt existierte, und deckte den Tisch im Esszimmer, das Jack und er nur zu besonderen Anlässen benutzten.

Es gab auch Kerzen, aber nur Haushaltskerzen, einfach und plump. Er stritt mit sich, ob er sie auf den Tisch stellen sollte, entschied sich dann aber dagegen. Es würde nur mitleidig aussehen.

Als er in die Küche zurückkam, machte sie gerade Salat an. Neben der Salatschüssel standen zwei schlanke Kerzen in einfachen, klaren Glashaltern. Sie hat aber auch an alles gedacht, lobte er im Stillen.

„In deinem Kühlschrank herrscht akuter Mangel an frischem Gemüse."

„Ich kaufe immer diese Tüten, wo der Salat schon gemischt ist. Man braucht ihn dann nur noch in eine Schüssel zu geben."

„Ganz schön faul", sagte sie, und er musste lächeln.

„Nein, praktisch." Weil sie die Hände voll hatte, nahm er ihr Weinglas und hielt es ihr an die Lippen.

„Danke." Sie trank und ließ ihn dabei nicht aus den Augen. „Das ist gut."

Er setzte das Glas ab, zögerte einen Moment, aber dann beugte er den Kopf und strich flüchtig mit dem Mund über ihre Lippen.

„Mmh, noch besser." Sie fuhr sich mit der Zungenspitze über die Oberlippe. „Da du verletzt bist, solltest du dich hinsetzen und entspannen, während ich hier weitermache. Du hast also genügend Zeit, dich noch einmal nach Jack zu erkundigen, bevor das Essen fertig ist."

Er zuckte ein wenig schuldbewusst zusammen. „Ist es so offensichtlich?"

„Ja, aber es steht dir. Grüß ihn von mir und sag ihm, dass wir uns morgen sehen."

„Willst du das wirklich tun? Das mit dem Kino?"

„He, es gibt Dinge, die muss ich tun, auch wenn ich keine Lust dazu habe. Aber ich melde mich nie freiwillig für etwas, das ich nicht tun will. Also, geh und ruf deinen Jungen an. Dein Steak wird in fünfzehn Minuten serviert."

Sie wartete, bis sie am Tisch saßen, die Teller schon halb leer waren und das zweite Glas Wein eingeschenkt war.

„Erzähl mir, was heute passiert ist."

„Einfach nur ein miserabler Tag. Wie hast du diese Kartoffeln so hingekriegt? Die schmecken fantastisch."

„Altes ukrainisches Geheimrezept", erklärte sie mit übertrieben slawischem Akzent. „Kann ich nicht verraten, sonst muss ich dich umbringen."

„Keine Sorge, ich könnte es sowieso nicht nachmachen. Meine Kochkünste bei Kartoffeln beschränken sich darauf, ein paar Löcher hineinzubohren und sie in die Mikrowelle zu stecken. Sprichst du eigentlich Ukrainisch? Ich habe dich letztens Französisch sprechen gehört."

„Ja, ich spreche Ukrainisch. Und ich verstehe auch ganz leidlich Englisch. Also rede mit mir, Brody. Warum war dein Tag heute so miserabel?"

„Irgendwie kam heute alles zusammen. Erst fielen zwei meiner Männer aus – deine Ballettgrippe hat wohl jetzt ihren Auftritt in West Virginia. Die anderen Männer waren einer anderen Baustelle zugeteilt, was mich also so ziemlich allein hat dastehen lassen. Und dann habe ich meine Hand mit einer Rigipsplatte verwechselt, habe alles voll geblutet, meinen Vater gefeuert und zwei Stunden in der Krankenhausambulanz zugebracht, damit sie mich wieder zusammenflicken."

„Du hast dich mit deinem Vater gestritten." Sie nahm seine Hand. „Das tut mir Leid."

„Wir sind noch nie miteinander ausgekommen."

„Aber du hast ihn eingestellt."

„Er ist ein guter Klempner." Er zog seine Hand wieder fort und nahm sein Weinglas.

„Brody."

„Ja, ich habe ihn eingestellt. Ein Fehler. Es ist zu ertragen, wenn die anderen dabei sind, aber wenn wir zwei allein sind, sind Probleme vorprogrammiert. Ich bin eben ein Versager. War es immer und werde es immer sein. In seinen Augen. Der Job wird nicht richtig gemacht, mein ganzes Leben ist nicht richtig. Ich jage Weiberröcken hinterher, anstatt mich um mein eigen Fleisch und Blut zu kümmern." Er drehte den Stiel des Glases zwischen den Fingern. „Tut mir Leid, ich hätte nicht damit anfangen sollen. Ich kann mich dann nie zurückhalten."

„Ist schon in Ordnung, es macht mir nichts aus, dass ich der Weiberrock bin, dem du hinterher jagst." Sie schnitt ein Stück von ihrem Steak ab. Doch, es störte sie schon, aber eine hitzige Debatte war jetzt das Letzte, was Brody brauchte. „Wahrscheinlich fühlt er sich genauso frustriert und elend wie du. Ihr wisst nicht, wie ihr miteinander reden sollt. Aber das ist nicht deine Schuld. Ich hoffe, ihr versöhnt euch wieder."

„Er hat nicht die geringste Ahnung, wer ich bin. Er sieht mich gar nicht."

„Oh, Darling, das ist auch nicht deine Schuld." Ihr Herz floss über vor Sympathie und Mitgefühl für ihn. „Mein größter Wunsch war es, dass meine Eltern stolz auf mich sein sollten. Dafür habe ich geschuftet und geschwitzt. Aber das war nicht ihre Schuld."

„Deine Familie ist nicht wie meine."

„Es gibt nur wenige Familien, die so sind. Aber du und Jack, die Familie, die ihr seid, ist meiner sehr ähnlich. Vielleicht sieht dein Vater das und wirft sich vor, dass es ihm nie gelungen ist, eine so starke Bindung zu seinem Sohn aufzubauen."

„Ich war doch der Versager."

„Nein, du warst eben nur ein unvollendetes Werk, ein Projekt in Arbeit."

„Ich konnte es gar nicht abwarten, bis ich die Schule beendet hatte. Achtzehn war. Um endlich hier rauszukommen. An meinem achtzehnten Geburtstag habe ich meine Tasche gepackt und bin runter nach Washington, mit fünfhundert Dollar in der Tasche und sonst nichts. Aber ich konnte endlich atmen."

„Es hat doch funktioniert. Du hast es geschafft."

„Drei Jahre lang hab ich von der Hand in den Mund gelebt. Habe mein Geld auf dem Bau verdient und wieder ausgegeben in Kneipen und …", er begann zu grinsen, „… für Weiberröcke. Mit einundzwanzig hatte ich keinen Penny in der Tasche, war leichtsinnig und dumm. Und dann traf ich Connie. Unsere Truppe arbeitete an dem Gästehaus ihrer Eltern. Ich hab mich sofort in sie verliebt, und erstaunlicherweise begannen wir, uns regelmäßig zu treffen."

„Wieso erstaunlicherweise?"

„Sie war Studentin aus gutem Hause, die konservative Tochter von konservativen Eltern. Sie hatte Klasse, Geld, Ausbildung, Stil. Und ich war nicht viel mehr als ein Stadtstreicher."

Sie studierte ihn nachdenklich. „Sie dachte aber offensichtlich nicht so."

„Nein. Sie war überhaupt der erste Mensch, der mir sagte, ich hätte Potenzial, dass ich, wenn ich nur an mich glauben würde, alles erreichen könnte. Sie sah etwas in mir, das ich noch nie so gesehen hatte. Also riss ich mich am Riemen und wurde erwachsen … Das willst du doch nicht alles hören, oder?"

„Doch, alles." Sie schenkte ihm nach, hoffte, dass er weiterreden würde. „Hat sie dir dabei geholfen, dein Geschäft aufzubauen?"

„Das kam erst später." Ihm wurde klar, dass er noch nie mit jemandem darüber gesprochen hatte. „Ich hatte Geschick für handwerkliche Dinge und ein Auge für Konstruktionspläne. Genügend Muskelkraft hatte ich auch. Ich hatte nur nie diese drei Dinge zusammengebracht. Als ich es tat, fühlte ich mich viel besser in meiner Haut."

„Natürlich, du entwickeltest Respekt für dich."

„Stimmt." Sie hatte den Nagel auf den Kopf getroffen. Wieder mal. „Trotzdem, ich war Handwerker, wenn auch qualifiziert, kein Arzt oder Anwalt oder Banker. Ihre Eltern hielten nicht viel von mir."

Sie stocherte in ihren Kartoffeln, viel interessierter an seiner Geschichte als am Essen. „Sie waren kurzsichtig. Connie nicht."

„Es war nicht leicht für sie, sich gegen sie durchzusetzen, aber Connie schaffte es. Sie ging nach Georgetown auf die Universität, studierte Jura, ich arbeitete tagsüber und besuchte Abendkurse in Betriebswirtschaft. Wir machten Zukunftspläne, wollten irgendwann heiraten. Sie büffelte für ihren Abschluss, ich baute mein eigenes Geschäft auf. Dann wurde sie schwanger." Er griff das Glas, starrte in die goldene Flüssigkeit, ohne zu trinken. „Wir wollten das Baby, auch wenn ich mich erst an den Gedanken gewöhnen musste. Irgendwie schien mir das anfangs unwirklich. Also heirateten wir. Ihre Eltern waren stinkwütend. Sie wollten nichts mehr mit ihr zu tun haben. Das hat Connie wahnsinnig verletzt."

Sie konnte sich vorstellen, wie Connie gefühlt haben musste, gerade weil ihre Familie immer für sie da gewesen war. „Sie haben sie nicht verdient."

Brody hob den Blick und sah Kate an. „Da hast du verdammt Recht, sie verdienten sie nicht. Je schwieriger es wurde, desto mehr hielten wir zusammen. Wir schafften es. Sie war diejenige, die uns mit ihrer Kraft zusammenhielt, wenn ich vor lauter Panik nicht mehr ein und aus wusste und mich schon die Beine in die Hand nehmen und das Weite suchen sah. Sie wäre dann zu ihren Eltern zurückgekehrt, und alle Beteiligten wären glücklich." Er hielt inne. „An dem Tag, als Jack geboren wurde, war ich mit im Kreißsaal. Ich wollte nicht dabei sein, aber für Connie war es unheimlich wichtig. Also ging ich mit hinein und tat so, als wenn es auch für mich wichtig wäre. Fast hätte ich nicht durchgehalten. Kein Mensch sollte so leiden müssen. Ich habe gebetet, dass es bald vorbei sein sollte. Und dann war Jack da, dieses winzige, schreiende Wesen, und alles passte auf einmal zusammen. Ich hätte nie geahnt, dass sich alles von einer Sekunde auf die andere ändern kann. Jetzt wollte ich da im Kreißsaal sein, wollte immer da sein, wo Jack mich brauchte. Sie haben einen Mann aus mir gemacht, genau in diesem einen Moment, Connie und Jack."

Kate rannen Tränen über die Wangen, sie konnte sie nicht zurückhalten, versuchte es nicht einmal.

„Entschuldige." Er hob die Hände, ließ sie wieder sinken. „Ich weiß nicht, was über mich gekommen ist."

Sie schüttelte nur den Kopf, konnte nichts sagen. Du blöder Kerl, dachte sie immer wieder, jetzt hast du mich dazu gebracht, dass ich mich in dich verliebt habe. Was jetzt? „Entschuldige mich bitte für eine Minute", brachte sie schließlich hervor, stand auf und eilte ins Bad, um ihre Fassung wiederzugewinnen.

Da es keine echte Alternative war, sich den Kopf an der Tischkante einzuschlagen, stand Brody auf und lief unruhig im Zimmer auf und ab. Er kam zu dem gleichen Schluss wie Kate – er war ein blöder Kerl –, hatte aber andere Gründe. Da hatte er ihre nette Geste, ein ruhiges und vielleicht auch romantisches Dinner zu Hause einzunehmen, dazu benutzt, um sie mit seinen Problemen aus der Vergangenheit zu erschlagen. Er hatte sie zum Weinen gebracht.

Bravo, O'Connell, wirklich gut gemacht! Er war angewidert von sich. Vielleicht solltest du ihr auch noch erzählen, wie dein Hund gestorben ist, als du zehn warst. Das würde die Dinge sicherlich aufheitern.

Bestimmt würde sie sich jetzt so schnell wie möglich verabschieden wollen. Also konnte er genauso gut den Tisch abräumen.

„Tut mir Leid", begann er, als er ihre leichtfüßigen Schritte hinter sich hörte. „Ich bin ein Trottel, dich damit zu belästigen. Ich werde mich ums Aufräumen kümmern, und du kannst ..." Er brach abrupt ab, als er ihre Arme um seine Taille gleiten und ihre Wange an seinem Rücken fühlte.

„O'Connell, ich habe slawisches Blut in mir. Starkes Blut, sentimentales Blut. Wir weinen gerne und schämen uns nicht dafür. Wusstest du, dass meine Großeltern aus der Sowjetunion geflohen sind, mit drei kleinen Kindern? Meine Tante Rachel ist die Einzige, die hier in Amerika geboren wurde. Sie gingen zu Fuß, über die Berge, bis nach Ungarn."

„Nein, das wusste ich nicht." Er drehte sich langsam um, bis er ihr ins Gesicht sehen konnte.

„Sie froren erbärmlich und hatten Hunger und Angst.

Und dann kamen sie nach Amerika, in ein fremdes Land mit einer fremden Sprache und fremden Sitten. Sie waren arm und allein. Aber sie hatten ein Ziel, wollten etwas so sehr, dass sie bereit waren, dafür zu kämpfen. Sie wollten es schaffen. Ich habe diese Geschichte schon hundert Mal gehört. Und ich heule jedes Mal. Weil es mich so stolz macht."

Sie wandte sich um und begann Teller aufzustapeln.

„Warum erzählst du mir das?"

„Es gibt verschiedene Formen von Mut, Brody. Da ist Stärke, das hängt mit den Muskeln zusammen. Und dann ist da noch Liebe. Das kommt vom Herzen. Wenn man beides kombiniert, kann man alles im Leben erreichen. Und das ist doch ein paar sentimentale Tränen wert, oder?"

„Weißt du, eigentlich wollte ich diesen Tag ersatzlos aus dem Kalender streichen. Aber du hast meine Meinung geändert."

„Danke. Weißt du was, wir räumen eben das Geschirr weg, und dann tanzen wir zusammen." Es war an der Zeit für ein wenig Fröhlichkeit. „Es sagt viel über einen Menschen aus, wie er tanzt. Dich habe ich auf diesem Gebiet noch nicht erlebt."

Er nahm ihr die Teller aus der Hand. „Vergiss das Geschirr. Tanzen wir jetzt gleich."

„Tut mir Leid. Nenn es eine Charakterschwäche ...

aber wenn ich nicht zuerst aufräume, muss ich die ganze Zeit an schmutzige Teller denken."

„Das ist neurotisch." Er stellte die Teller beiseite und zog sie zur Küche heraus.

„Nein, nur ordentlich. Wenn man Ordnung hält, schafft man mehr in weniger Zeit und erspart sich Kopfschmerzen." Über die Schulter sah sie in die Küche zurück. „Es dauert doch nur ein paar Minuten ..."

„Nachher dauert es auch nur ein paar Minuten."

„Warum suchst du nicht die Musik aus, und ich räume eben ..."

„Du gibst nie auf, was?" Er lachte nur und stellte die Stereoanlage auf CD um. „Hier, das habe ich mir gestern Abend angehört und dabei an dich gedacht."

„Wirklich?" Die Musik erklang, langsam, sinnlich, erotisch, ging sofort ins Blut.

„Ja. Muss wohl Schicksal gewesen sein", murmelte er mit tiefer Stimme und zog sie in seine Arme.

Ihr Herz setzte einen Schlag aus. „Ich glaube stark an das Schicksal." Sie ermahnte sich, sich zu entspannen, und stellte erstaunt fest, dass sie bereits völlig entspannt war. An ihn geschmiegt, verlangten die hohen Absätze ihrer Schuhe danach, dass sie die Wange an seine legte. „Sehr fließend und geschmeidig, O'Connell", murmelte sie. „Höchste Punktzahl für Geschmeidigkeit."

„Manche Dinge vergisst man eben nicht." Er ließ sie

eine Drehung machen, dass sie hell auflachte. Dann zog er sie wieder an sich, so fest, dass ihr der Atem stockte.

„Sehr schöne Drehung." Oh, oh. Das Denken fiel ihr immer schwerer. Sie hatte nicht erwartet, dass er so gut tanzen würde. Es wäre ihr lieber gewesen, wenn er ein wenig unsicher gewesen wäre, dann hätte sie die Kontrolle übernehmen können. Ihre Ausgeglichenheit behalten. Da gab es viel zu viele Dinge an Brody O'Connell, die sie nicht erwartet hätte. Faszinierende Dinge. Ach, es war so wunderbar, in seinen Armen durch das Zimmer zu gleiten …

Ihr Haar duftete so gut. Er hatte schon fast all die geheimnisvollen und verführerischen Feinheiten vergessen, die es an einer Frau gab. Die weichen Formen, der Duft, die samtene Haut. Fast vergessen, wie es war, sich mit einer Frau im Arm zu Musik zu bewegen. Die Wirkung, die das auf einen Mann ausüben konnte.

Seine Lippen strichen leicht über ihr Haar, hinunter zu ihrer Wange, fanden ihren Mund. Mit einem Seufzer ergab sie sich in diesen Kuss, genoss das Gefühl, wie die Hitze durch ihren Körper pulsierte und sie dahinschmelzen ließ.

Dann verklang das Lied, und sie standen eng aneinander geschmiegt da.

„Das war perfekt." Sie fühlte sich, als hätte sich dichter Nebel um ihren Verstand gelegt, ihr Puls ging schwer und rhythmisch. Und das Verlangen, das sie unter Kontrolle zu haben meinte, ließ ihren Magen Achterbahn fahren. „Ich sollte jetzt gehen."

„Warum?"

„Darum." Sie legte ihre Hand an seine Wange und trat ein wenig zurück. „Es ist nicht der richtige Zeitpunkt. Heute Abend brauchst du einen Freund."

„Du hast Recht." Er ließ seine Hände an ihren Armen hinabgleiten, bis ihre Finger sich ineinander verschränken konnten. „Das Timing stimmt nicht. Es ist nur vernünftig, wenn wir es langsam angehen lassen."

„Ich halte sehr viel von Vernunft."

Er führte sie zur Tür. „Ich bin auch schon eine ganze Weile darauf bedacht, das Vernünftige zu tun."

Er blieb stehen, drehte sie zu sich herum, damit sie ihn ansehen konnte. „Ja, ich brauche einen Freund, nicht nur heute Abend." Er trat näher an sie heran. „Und ich brauche dich, Kate. Bleib hier, hier bei mir." Er beugte den Kopf und ließ ihren Blick nicht los, als er ihre Lippen berührte. „Komm zu mir."

7. KAPITEL

Die Wände waren noch nicht fertig. Zusammengerolltes Kabel lag auf einem Gipseimer in der Ecke des Zimmers. Am Fenster hingen keine Vorhänge. Die Schranktüren waren aus den Angeln genommen worden. Sie lagen jetzt in Brodys Werkstatt, warteten darauf, abgeschliffen und neu lackiert zu werden.

Die schweren Eichenbohlen auf dem Boden waren mit den Jahren nachgedunkelt. Aber das Abschleifen und Versiegeln stand ganz unten auf der Liste von Dingen, die erledigt werden mussten. Das Bett hatte er aus einem Impuls heraus erstanden. Die alten Messingstäbe an Kopf- und Fußteil hatten ihn fasziniert. Aber er musste sich noch genau überlegen, welches Bettzeug dazu passte. Für den Moment musste eine Bettdecke herhalten, die den Eindruck des Antiken, des Exklusiven, eher zerstörte. Mit Sicherheit war es nicht das, was Kate gewöhnt war.

„Nicht gerade das Taj Mahal, was?“ fragte er leicht verlegen.

„Ein weiteres unvollendetes Werk.“ Sie sah sich im Zimmer um, dankbar für die Minute, die ihr erlaubte, ihre Nerven ein wenig zu beruhigen. „Ein hübscher Raum.“ Sie fuhr mit einem Finger über die Fensterbank, die er bis auf das natürliche Pinienholz abgeschliffen hatte. „Ich erkenne Potenzial, wenn ich es sehe", sagte sie und drehte sich zu ihm um.

„Ich wollte erst mal Jacks Zimmer fertig machen. Dann schien es sinnvoller, die Küche und das Wohnzimmer zu vollenden. In diesem Zimmer tue ich ja außer Schlafen nichts. Bis jetzt habe ich zumindest nicht mehr getan."

Sie spürte die Erregung, die sie durchzuckte. Sie war also die erste Frau, die er in dieses Zimmer mitnahm, in sein Bett nahm. „Dieses Zimmer wird großartig werden, das weiß ich." Mit hämmerndem Herzen ging sie auf ihn zu. „Hast du vor, den Kamin zu benutzen?"

„Ich benutzte ihn jetzt schon, er gibt angenehme Wärme ab. Ich habe mir überlegt, ob ich einen Gusseiseneinsatz einbaue, wegen der Leistung, aber …" Was, zum Teufel, tat er eigentlich? Er hatte die schönste Frau der Welt in seinem Schlafzimmer, und er redete über Kamineinsätze und Wärmeleistung!

„Das wäre nicht mehr so hübsch", beendete sie den Satz und begann sein Hemd aufzuknöpfen.

„Stimmt. Soll ich ein Feuer im Kamin machen?"

„Später, das wäre sicher nett. Aber im Moment glaube ich, können wir selbst für genug Hitze sorgen."

„Kate." Er griff ihre Hände und wunderte sich, warum das Verlangen, das in ihm pulsierte, nicht durch seine Finger schoss und ihre Haut verbrannte. „Wenn ich mich ein wenig ungeschickt anstelle, schieb die Schuld darauf, ja?“ Er hob die verbundene Hand.

Er ist also auch nervös, dachte sie. Gut, dann hatten sie ja beide die gleiche Ausgangsposition. „Ich wette, ein so cleverer Mann wie du kann selbst mit diesem Handikap den Reißverschluss meines Kleides aufkriegen, oder?“ Sie drehte sich um und hob ihr Haar im Nacken an. „Warum versuchst du es nicht?“

„Ja, warum eigentlich nicht?“

Er zog den Reißverschluss herunter, langsam, entblößte Stück für Stück golden schimmernde Haut. Die schwungvolle Linie ihres Nackens und ihrer Schultern verzauberte ihn so sehr, dass er verweilte, mit den Lippen die Haut streichelte, knabberte, reizte. Sie erschauerte.

Er drehte sie herum, damit sie ihn ansah. Ihr Atem ging schneller. Er beugte den Kopf und berührte ihre Lippen, leicht, ein Hauch nur, aber so wunderbar. Und während er das Gefühl auskostete, fasste er ihr Gesicht sanft mit beiden Händen, ließ seine Finger in ihr Haar gleiten, ihren Rücken hinunter. Langsam, gründlich, jeden Moment genießend.

Sie hatte eine Wiederholung der Leidenschaft erwartet, die in der Küche ihrer Mutter zwischen ihnen aufgeflammt war, aber diese sanfte Zärtlichkeit überwältigte sie noch mehr.

„Sag mir …“, er liebkoste ihr Ohrläppchen, „… wenn dir etwas nicht gefällt.“

„Ich glaube nicht, dass das Thema überhaupt aufkommen wird“, flüsterte sie.

Seine starken, zärtlichen Hände lagen jetzt auf ihren Schultern, strichen ihr unendlich langsam das Kleid ab. „Ich habe mir vorgestellt, wie es sein wird, dich zu berühren. Es hat mich halb um den Verstand gebracht.“

„Jetzt bringst du mich um den Verstand.“ Sie zog sein Hemd aus der Jeans, öffnete die Knöpfe, ließ ihre Hände über harte Muskeln und weiche Haut gleiten.

Doch er hielt sie zurück. Es war so lange her, dass er mit einer Frau zusammen gewesen war. Jetzt wollte er sich Zeit lassen. Er führte ihre Hände an seinen Mund und küsste ihre Fingerspitzen, fühlte den wilden Puls an ihrem Handgelenk.

„Lass mich das machen“, murmelte er. Nach einer letzten Handbewegung sah er zu, wie das Kleid an ihrem Körper entlang zu Boden rutschte.

Sie war so schlank, so fein gebaut, dass ein Mann die stählernen Muskeln unter dieser zarten goldenen Haut fast vergessen konnte. Ihre grazilen Formen zeugten von weiblicher Eleganz, faszinierten ihn, verlangten nach seiner Berührung.

Sie hielt den Atem an, als seine Finger die Rundung ihrer Brust nachzeichneten, spürte die Hitze in sich aufwallen, als seine von der Arbeit raue Hand unter ihren Spitzen-BH glitt und die dunkle Knospe fand.

Ihr lustvolles Erschauern erregte ihn. Beide zitterten, als er sie hochhob und langsam zum Bett trug, ohne den Blick von ihren Augen zu wenden.

Wäre es ein Tanz, so würde sie es einen Walzer nennen. Kreisende Schritte in langsamem Takt. Der Kuss war innig und tief, wärmte Körper und Seele. Sie seufzte leise und ergab sich ganz dem wunderbaren Gefühl. Das, so dachte sie verträumt, ist etwas, das ich bewahren will. Die Liebe war ein Wunder, die in ihr zu erblühen begann wie eine Rose.

Dann näherte er seinen Mund ihrer Brust, er strich mit den Lippen über den Rand des Spitzengewebes, das die zarte Rundung verhüllte. Erregend, aufpeitschend, magisch. Sie stöhnte laut auf, als sie seine Zunge spürte, bog sich der Liebkosung entgegen, krallte ihre Finger in seine Schultern.

Der Walzer ging in einen Tango über – lasziv, erotisch, sinnlich.

In seinem Kopf war nur noch sie. Ihr Duft, ihre Haut, die Schönheit ihres Körpers machten ihn trunken. Er wollte berühren, erforschen, schmecken. Alles an ihr erfahren.

Als er sie zum ersten Mal mit Händen und Lippen auf den Gipfel führte, als sich ihr Körper in seinen Armen bog, als er ihr Stöhnen hörte, wirkte ihre Lust auf ihn wie eine Droge. Er wollte mehr. Und mehr. Sie war bereit für ihn. Sein Puls hämmerte gegen seine Rippen, als er in sie eindrang, dort verweilte, überwältigt von diesem einzigartigen Gefühl.

Sie bog ihm ihre Hüften entgegen, und dann begannen sie sich zu bewegen, in dem uralten Rhythmus, der seit Anbeginn der Menschheit bestand, in perfektem Einklang. Ohne die Augen voneinander zu wenden, schnell atmend, die Hände ineinander verschränkt. Haut auf Haut, feucht und seiden, Herz an Herz, stark und echt.

Und als die Flutwelle kam, um sie beide fortzureißen, küsste er sie und vollendete die komplette Vereinigung.

Sie lag da, mit geschlossenen Augen, ein zufriedenes Lächeln auf den Lippen, und fühlte sich wie geschmolzenes Wachs, Brodys Gewicht auf sich. Sie konnte seinen Herzschlag spüren – hart und schnell – und wusste, dass er die gleiche Erfahrung wie sie gemacht hatte.

Die Erkenntnis, dass sie im Bett so wunderbar zueinander passten, erfüllte sie mit Glück.

Es war faszinierend, verliebt zu sein. Wirklich verliebt zu sein. Nicht wie die anderen wenigen Male, als sie von der Vorstellung zu lieben bezaubert gewesen war. Es war so unerwartet. So alles durchdringend.

Sie atmete tief durch und sagte sich, dass sie später gründlicher darüber – und über das, was es für die Zukunft bedeutete – nachdenken würde. Im Moment wollte sie es einfach nur genießen. Wollte ihn genießen.

Niemand hatte sie je so fühlen lassen, niemand hatte sie je für so viele verschiedene Gefühle empfänglich gemacht. Schicksal, dachte sie. Er gehörte zu ihr. Sie hatte es gewusst, irgendwo tief in sich, schon im ersten Augenblick, als sie ihn sah.

Und sie würde ihm klar machen – wenn der Zeitpunkt gekommen war –, dass sie zu ihm gehörte. Sie hatte ihn gefunden, und sie würde ihn behalten.

„Für einen Mann, der behauptet, aus der Form zu sein, hast du dich aber sehr gut geschlagen."

Er fragte sich, ob er je wieder würde klar denken können. Und wenn ja, wann das Denken wieder einsetzen würde. Im Moment brachte er nicht mehr als ein Brummen als Antwort heraus. Sie schien das amüsant zu finden, denn sie lachte und legte ihre Arme um ihn.

Er sammelte alle verbliebenen Kräfte. Das reichte aus, um den Kopf zu drehen und sein Gesicht in ihrer Halsmulde zu bergen. Er entschied, dass dies ein guter Platz war. „Willst du, dass ich weggehe?"

„Nein."

„Fein. Stoß mich an, falls ich schnarchen sollte."

„O'Connell."

„War nur ein Witz.“ Er hob den Kopf und stützte sich auf einen Ellbogen. Das Grün seiner Augen strahlte nichts als Zufriedenheit aus. „Es ist ein Genuss, dich einfach nur anzusehen.“

„Mir geht es bei dir genauso.“ Sie hob eine Hand und strich durch sein Haar. Es war nicht richtig blond, aber auch nicht richtig braun. Eine wunderbare Mischung. Wie der ganze Mann. „Weißt du eigentlich, dass ich dich vom ersten Moment an genau hier haben wollte?“ Sie hob den Kopf ein wenig, gerade genug, um ihn spielerisch ins Kinn zu beißen. „Lust auf den ersten Blick – das passiert mir sonst nie.“

„Ich hatte ähnliche Reaktionen. Du hast meinem System einen Kurzschluss versetzt, dabei dachte ich, es sei längst ausgebrannt. Hat mich richtig sauer gemacht.“

„Ich weiß.“ Sie lächelte. „Das hat mir ja auch so gefallen. Weil du immer dieses mürrische Gesicht aufgesetzt hast und trotzdem interessiert warst. Sehr sexy. Eine Herausforderung.“

„Nun, du hast mich ja dahin gekriegt, wo du mich haben wolltest.“ Er küsste sie leicht. „Danke.“

„Oh, es war mir ein Vergnügen.“

„Und da ich schon einmal hier bin …“ Er knabberte an ihrem Hals, ihrem Ohrläppchen.

Ihr Lachen erstarb und wurde zu einem Seufzer, als er sich in ihr zu bewegen begann.

„Ich hoffe, du hast nichts dagegen", murmelte er rau. „Ich muss viel nachholen."

„Nein." Ihr Körper erwachte zu neuem Leben, reagierte auf ihn. „Bedien dich nur."

Brody musste feststellen, dass es wirklich nicht einfach war, sich auf eine Beziehung einzulassen – zumindest auf eine körperliche Beziehung –, wenn man ein Kind hatte. Nicht dass er das ändern wollte. Aber es erforderte doch eine Menge Einfallsreichtum, um die Bedürfnisse eines Mannes und eines Vaters unter einen Hut zu bringen.

Er war froh, dass Kate Jack mochte und es ihr nichts ausmachte, Zeit mit ihm zu verbringen. Sie war auch nicht eifersüchtig auf die Zeit, die Brody seinem Sohn widmete. Wäre das anders gewesen, hätte es sowieso keine Beziehung gegeben, weder körperlich noch sonst wie, das war für ihn von Anfang klar gewesen .

Man konnte es wohl ein Verhältnis nennen. Ja, Brody hatte eine Affäre. Zum ersten Mal. Seine Beziehung mit Connie hatte er nie so gesehen. Mit einundzwanzig hatte man keine Affäre, man hatte eine Romanze. Er musste sich daran erinnern, die Situation mit Kate nicht durch die romantische Brille zu sehen.

Sie mochten einander, sie wollten einander, hatten Spaß an- und miteinander. Keiner von ihnen beiden hatte irgendwelche Andeutungen fallen lassen, dass es da mehr gab als Sympathie. Und Lust. So war es auch besser.

An erster Stelle würde er immer Vater sein. Und er konnte sich schlecht vorstellen, dass Frauen – vor allem Frauen mit einer glänzenden Karriere – sich auf einen Mann mit einem sechsjährigen Sohn einlassen würden.

Außerdem – er wollte ja auch gar nicht mehr als das, was es war. Das würde nämlich bedeuten, dass er Änderungen ins Auge fassen müsste. Nach Kompromissen suchen, damit sie alle drei zufrieden waren. Und das würde nur ein heilloses Durcheinander werden.

Nein, er war ganz zufrieden so. Warum sollte ein erwachsener Mann nicht ein Verhältnis mit einer erwachsenen Frau haben, vor allem, da sie die gleichen Vorstellungen hatten? Man musste die Situation ja nicht gleich mit Zukunftsplänen erdrücken. So war jeder glücklich und zufrieden.

Er trat einen Schritt zurück, ließ die Nagelpistole sinken und begutachtete die Leiste, die er gerade in Kates Büro an der Wand angebracht hatte. Doch, es sah gut aus. Elegant, klassisch. Genau wie die Frau selbst.

Er fragte sich, wo sie gerade stecken mochte. Und ob sie nicht vielleicht eine Stunde für sich abzweigen konnten, bevor er nach Hause gehen und mit Jack dieses Dinosaurierbild in Angriff nehmen musste, das der Junge für ein Schulprojekt malen sollte.

Sex, Renovierungsarbeiten und erstes Schuljahr, dachte er, als er zum Fenster hinüberging, um dort die Leisten anzubringen. Ein Mann wusste nie, welche Mischung sich in seinem Leben ergab.

„Er wird begeistert sein.“ Kate schaute dem großen Plastikdinosaurier in das weit aufgerissene Maul mit den scharfen Zähnen.

„Mit Dinos liegst du nie falsch.“ Annie rückte Spielzeuge auf dem Regal zurecht, die gar nicht zurechtgerückt werden mussten. „Dieser kleine Jack O’Connell ist wirklich süß, nicht wahr?“ Sie warf Kate einen forschenden Blick zu.

„Mmh.“

„Sein Vater ist auch nicht gerade unansehnlich.“

„Stimmt. Beide sind süß. Und ja, wir treffen uns immer noch.“

„Ich habe doch gar nichts gesagt“, verteidigte sich Annie empört. „Ich frage niemanden aus.“

„Nein, du stocherst nur ein bisschen herum“, erwiderte Kate gutmütig. „Das mag ich ja so an dir.“ Sie klemmte sich den Dinosaurier unter den Arm. „Ich werde noch bei schnell bei Mama vorbeischauen.“

„Soll ich dieses Biest einpacken?“ Annie hatte schon die Hand auf die Geschenkpapierrolle gelegt.

„Nein. Eingepackt ist es ein Geschenk, aber so kann

ich Jack den Dino geben und behaupten, es sei für sein Schulprojekt."

„Cleveres Mädchen."

Ja, sie war clever genug, um zu wissen, was sie wollte und wie sie es bekam. Es war jetzt zwei Wochen her, seit sie und Brody sich zum ersten Mal geliebt hatten. Seitdem hatte sie einen weiteren Abend zusammen gehabt und hier und da ein paar Stunden.

Sie wollte sehr viel mehr als das.

Sie waren mit Jack ins Kino gegangen, hatten ein paar Mal zu dritt zusammen gegessen, und letzten Samstag, nachdem es endlich geschneit hatte, hatte sie sich eine wilde und fröhliche Schneeballschlacht geliefert.

Auch mit Hinblick auf Jack wollte sie mehr.

Sie klopfte an die Bürotür ihrer Mutter und steckte den Kopf durch den Spalt.

Natasha saß an ihrem Schreibtisch und telefonierte. Sie winkte Kate heran, während sie das Gespräch beendete. „Ja, danke. Wir können also nächste Woche mit der Lieferung rechnen." Sie tippte etwas in den Computer ein, legte auf und seufzte. „Du kommst genau richtig", sagte sie zu Kate. „Ich brauche eine Tasse Tee und jemanden, mit dem ich über etwas anderes als Puppen reden kann."

„Immer gern zu Diensten. Ich mache sogar den Tee." Kate stellte den Dinosaurier ab und drehte sich zu dem kleinen Elektrokocher, den ihre Mutter immer für solchen Gelegenheiten bereitstehen hatte.

Natasha sah auf das Plastiktier, dann zu ihrer Tochter. „Für Jack?“

„Mmh. Sie arbeiten an einem Schulprojekt. Damit wird er sich bestimmt ein paar Pluspunkte einhandeln können. Außerdem ist das Ding doch nett.“

„Ein großartiger Junge.“

„Ja, das denke ich auch. Brody hat wirklich gute Arbeit geleistet. Aber er hatte ja auch das beste Ausgangsmaterial.“

„Stimmt. Aber es ist nie einfach, ein Kind allein großzuziehen.“

„Ich habe nicht vor, ihn diese Arbeit allein weitermachen zu lassen.“ Kate stellte eine Tasse frischgebrühten Tee vor ihre Mutter hin und setzte sich ihr gegenüber. „Ich habe mich in Brody verliebt, und ich werde diesen Mann heiraten.“

Tränen schossen Natasha in die Augen, Tränen des Glücks. „Aber Kate, das ist ja wundervoll!“ Sie umarmte ihre Tochter. „Ich freue mich so für dich. Für uns alle. Mein Baby heiratet.“ Sie küsste Kate auf die Wange. „Du wirst die schönste Braut der Welt sein. Habt ihr schon das Datum festgesetzt? Oh, das muss ja alles noch geplant und organisiert werden. Warte nur, bis wir es deinem Vater erzählen!“

„Moment, Moment!“ Kate setzte lachend ihre Teetasse ab und nahm die Hand ihrer Mutter. „Es gibt noch kein Datum, weil ich ihn noch nicht dazu gebracht habe, mich zu fragen.“

„Aber …“

„Ein Mann wie Brody – unter all dem lässigen Getue ist er eigentlich sehr konventionell – wird Wert darauf legen, ganz zeremoniell um meine Hand anzuhalten. Ich muss ihn nur noch ein bisschen in die richtige Richtung stupsen. Wenn wir in diesem Stadium angelangt sind, können wir über die Planung reden.“

Bedenken ließen die Freude ersterben. Natasha runzelte die Stirn. „Katie, Brody ist kein Projekt, bei dem es darum geht, das nächste Stadium zu erreichen.“

„So meinte ich das auch nicht, Mama. Aber du musst doch zugeben, dass Beziehungen Phasen durchlaufen, oder? Und die Menschen arbeiten sich durch diese Phasen hindurch.“

„Liebes.“ Natasha setzte sich auf die Schreibtischkante. „Ich habe deinen Sinn für Logik immer bewundert, deinen Ehrgeiz, deine Zielstrebigkeit. Aber Liebe, Heirat und Familie … Diese Dinge sind nicht einfach mit Logik zu meistern. Im Gegenteil, meist sind sie höchst unlogisch.“

„Mama, ich liebe ihn“, erklärte Kate simpel, und wieder stiegen Natasha Tränen in die Augen.

„Ja, ich weiß es, ich habe es gefühlt und gesehen. Und glaube mir, wenn du ihn willst, dann wünsche ich ihn dir. Aber …"

„Ich will Jacks Mutter sein." Kates Stimme wurde brüchig. „Ich wusste noch nicht einmal, dass ich es mir so wünsche. Zuerst dachte ich nur, dass er ein süßer kleiner Kerl ist. Ich mag Kinder, aber jetzt verliebe ich mich mehr und mehr in ihn. Nein, ich bin richtig vernarrt in den Kleinen."

Natasha nahm den Dinosaurier hoch und lächelte in Erinnerungen. „Ich weiß, wie es ist, wenn man ein Kind liebt, das nicht das eigene ist. Es ist praktisch schon fertig geformt und kommt in dein Leben und ändert alles. Ich zweifle nicht daran, dass du ihn lieben würdest wie deinen eigenen Sohn."

„Aber warum bist du dann so besorgt?"

„Weil du mein Baby bist." Natasha stellte die Figur wieder zurück. „Ich will nicht, dass du verletzt wirst. Du bist bereit, dein Herz und dein Leben zu geben, aber das bedeutet nicht zwingend, dass Brody das für sich ebenso sieht."

„Ihm liegt viel an mir." Sie war sicher, sie konnte sich einfach nicht irren. „Er ist nur vorsichtig."

„Er ist ein guter Mann, ich zweifle auch nicht daran, dass ihm an dir liegt, Katie. Aber du hast nicht gesagt, dass er dich liebt."

„Weil ich es nicht weiß." Mit einem frustrierten Seufzer erhob Kate sich. „Oder ob er selbst es weiß. Deshalb will ich geduldig sein. Ich versuche, praktisch zu denken. Aber, Mama, es tut so weh."

„Ach, mein Baby." Natasha zog Kate in ihre Arme. „Liebe ist nun mal nicht durchorganisiert und gradlinig. Selbst für dich nicht."

„Ich werde geduldig sein. Ein Weilchen zumindest." Sie lachte gezwungen. „Ich werde es schaffen." Sie schloss die Augen ganz fest. „Ich weiß es."

Es war unheimlich schwer, nicht zur Baustelle zu gehen. Sie hatte sich mindestens schon ein halbes Dutzend Mal ermahnt und zurückgehalten. Sie lenkte sich ab, indem sie den Nachmittag am Telefon verbrachte. Auf das Inserat für die „Kimball School of Dance", die im April eröffnen würde, hatten sich bereits einige Interessenten gemeldet. Auf ihrer Liste standen sechs potenzielle Schüler. Für nächste Woche war ein Interview mit der hiesigen Lokalzeitung angesetzt. Daraus würde sich sicher noch mehr Interesse ergeben, mehr Anrufe, mehr Schüler.

Nur noch ein paar Wochen, dachte sie, als sie hinter Brodys Pick-up in der Auffahrt parkte, und sie würde ihre neue Karriere beginnen. Was nun ihr Privatleben anging – sie hatte nicht vor, mit dem Neubeginn viel länger zu warten.

Er kam auf bloßen Füßen zur Tür, und er roch nach Wachsmalstiften. Die Tatsache, dass sie das sowohl sexy als auch süß fand, sagte ihr, wie weit sie schon in dieser Sache drinsteckte.

„Hi. Entschuldige, dass ich unangemeldet hier hereinschneie, aber ich habe etwas für Jack."

„Ist schon in Ordnung." Er rieb Zeigefinger und Daumen zusammen, dort, wo ein Filzstiftstrich zu sehen war. „Wir sind gerade dabei … Komm mit in die Küche", winkte er sie herein. „Aber mach dich auf was gefasst, es ist kein ordentlicher Anblick."

„Wenn man an einem Projekt für die Schule arbeitet, ist es das meistens nicht."

Brody war ziemlich überrascht, dass sie sich überhaupt daran erinnerte. Er hatte es doch nur einmal kurz, so ganz nebenbei, erwähnt – und ein bisschen gestöhnt vielleicht.

Sie trat vor ihm in die Küche, übersah die Sachlage.

Jack kniete auf einem Stuhl am Küchentisch, über einen Zeichenbogen gebeugt, und malte ein Bild aus, dessen Umrisse eher an ein großes Schwein denn an einen Dinosaurier erinnerten. Aber er war konzentriert bei der Sache. Aufgeschlagene Bilderbücher über Dinosaurier bedeckten den gesamten Tisch, zusammen mit naturgetreuen Abbildungen, die Brody wahrscheinlich aus dem Internet ausgedruckt hatte. Außerdem lagen überall Spielzeuge verstreut sowie Wachsmalkreiden, Filz- und Buntstifte.

Große Arbeitsschuhe und kleine Turnschuhe waren achtlos in eine Ecke gekickt worden. Auf der Anrichte stand ein Krug mit einer grellroten Flüssigkeit. Da Jack einen Schnurrbart der gleichen Farbe auf der Oberlippe trug, ging Kate davon aus, dass diese Flüssigkeit ohne Risiko trinkbar sein musste.

Als sie weiter in die Küche hineinging, blieb sie mit einem Fuß leicht am Boden kleben. Ihr Schuh gab ein schmatzendes Geräusch von sich, als sie das Bein anhob. Mit gerunzelter Stirn schaute sie auf den Boden.

„Uns ist ein kleines Unglück mit der Grenadine passiert“, erklärte Brody zerknirscht. „Offensichtlich habe ich nicht alles erwischt, als ich sauber gemacht habe.“

„Hi, Kate.“ Jack sah auf und wippte auf dem Stuhl. „Ich male Dinos. Willst du mal sehen?“

Sie trat näher. „Welche Dinos sind das denn?“

„Das ist ein Stegosaurus. Siehst du? Hier ist er, in dem Buch. Aber ich und Dad können nicht sehr gut zeichnen.“

„Aber du kannst toll ausmalen.“ Sie legte ihr Kinn auf sein Haar und bewunderte den grünen Kopf gebührend, an dem er gerade arbeitete.

„Man muss in den Linien bleiben, deswegen haben wir sie auch so dick gemalt.“

„Eine sehr kluge Idee. Du machst das so gut, da brauchst du das Werkzeug, das ich dir mitgebracht habe, wohl gar nicht.“

„Was ist es denn? Ein Hammer?“

„Leider nein.“ Sie zog den Plastikdinosaurier aus ihrer Schultertasche hervor. „Es ist ein gefährlicher Fleischfresser.“

„Ein T. Rex! Sieh nur, Dad! Die haben wirklich alle gefressen.“

„Der sieht auch richtig gefährlich aus“, stimmte Brody zu und legte seinem Sohn eine Hand auf die Schulter.

„Kann ich den mit in die Schule nehmen? Hier, guck mal, die Arme lassen sich bewegen, die Beine auch. Und er kann sogar mit seinem Maul beißen. Oh bitte, darf ich ihn mitnehmen?“

„Ich denke, er ist gutes Anschauungsmaterial für euer Projekt.“ Sie wandte sich an Brody. „Nicht wahr, Dad? Und da ist auch noch ein kleines Buch dabei, das erklärt, wie sie früher gelebt haben und wen sie alles gefressen haben.“

„Kann ja nichts schaden. Jack, willst du Kate nicht etwas sagen?“

„Danke! Danke, Kate.“ Jack ließ den Plastikdino über das Bild laufen. „Der ist toll!“

„Freut mich, dass er dir gefällt. Wie wäre es mit einem Küsschen als Dankeschön?“

Er grinste, schlug beide Hände über den Mund und schüttelte wild den Kopf.

„Gut, dann hole ich mir das Küsschen eben von deinem Dad." Sie drehte sich um und drückte ihre Lippen auf Brodys Mund, noch bevor er überhaupt eine Chance hatte zu reagieren.

Er hatte es immer vermieden, sie zu küssen oder auch nur zu berühren, wenn Jack dabei war. Und das, so hatte Kate beschlossen, musste sich ändern.

Jack gab hinter der Hand Würgelaute von sich, aber seine Augen strahlten.

„Eine Frau muss sehen, wo sie ihre Küsse herbekommt", sagte Kate ungezwungen und trat von Brody zurück, während er wie von Donner gerührt stehen blieb. „Und jetzt, da meine Aufgabe erledigt ist, muss ich wieder weiter."

„Äh … kannst du nicht bleiben?" bettelte Jack. „Du könntest uns beim Zeichnen helfen. Es gibt Hamburger zum Abendessen."

„So verlockend sich das auch anhört, es geht nicht. Ich habe einen Termin in der Stadt." Was stimmte. Aber sie war sicher, der Überfall – pardon, der Kurzbesuch – wäre wesentlich wirkungsvoller, wenn sie nicht zu lange blieb. „Vielleicht können wir ja am Wochenende wieder ins Kino gehen. Natürlich nur, wenn du Zeit hast."

„Au ja!"

„Wir sehen uns morgen, Brody. Nein, nicht nötig“, wehrte sie ab, als er sie zur Tür bringen wollte. „Ich finde allein hinaus. Mach du nur mit den Dinosauriern weiter.“

„Danke fürs Vorbeischauen“, war alles, was er sagte, bis er die Haustür gehen hörte.

„Dad?“

„Hmm?“

„Gefällt es dir, Kate zu küssen?“

„Ja, ich meine ...“ Auf in den Kampf, dachte er, als er sich hinsetzte, denn Jack betrachtete ihn aufmerksam. „Es ist schwer zu erklären. Aber wenn du erst älter bist ... Die meisten Männer mögen es, Frauen zu küssen.“

„Nur die hübschen?“

„Nein, Frauen, die man gern hat.“

„Und wir haben Kate gern, nicht wahr?“

„Na klar.“ Brody war erleichtert, dass das Thema nicht in Aufklärungsunterricht abgerutscht war. Das wäre noch ein bisschen zu früh.

„Dad?“

„Was ist?“

„Wirst du Kate heiraten?“

„Ob ich was ...?“ Er war schockiert. „Du liebe Güte, Jack, wie kommst du denn darauf?“

„Na ja, du magst sie, und es gefällt dir, sie zu küssen.

Und du hast keine Frau. Rods Mom und Dad küssen sich auch manchmal in der Küche."

„Nicht jeder ... Man kann sich auch küssen, ohne verheiratet zu sein." Gott, das wurde ja immer schlimmer! „So eine Heirat ist etwas wirklich Wichtiges. Man muss jemanden schon sehr gut kennen und sehr mögen."

„Aber du kennst Kate doch, und du magst sie."

Wenn seine Fantasie ihm da keinen Streich spielte, dann spürte er einen Schweißtropfen an seinem Rückgrat hinunterrinnen. „Ja schon, aber ich kenne und mag viele Leute, Jack." Brody fühlte sich in die Enge getrieben. Etwas aprupt stand er auf und holte zwei saubere Gläser aus dem Schrank. „Aber deswegen heiratete ich diese Leute nicht. Man muss jemanden lieben, um ihn zu heiraten."

„Und du liebst Kate nicht?"

Er öffnete den Mund, schloss ihn wieder. Schon seltsam, es war viel schwieriger, seinen Sohn als sich selbst zu belügen. Er hatte keine Ahnung, als was er das Gefühl bezeichnen sollte, das er für Kate Kimball empfand. „Jack, so einfach ist das nicht."

„Warum nicht?"

Fragen über Sex und Aufklärung wären wohl doch einfacher gewesen, entschied Brody still. Er stellte die Gläser auf den Tisch und setzte sich wieder. „Deine Mutter habe ich geliebt. Das weißt du doch, oder?"

„Ja, und sie war auch hübsch. Und ihr habt aufeinander aufgepasst und auf mich, bis sie in den Himmel gehen musste. Ich wünschte, sie hätte da nicht hingemusst."

„Ich weiß. Ich wünsche mir das auch. Aber nachdem sie einmal weg war, habe ich mich ganz fest darauf konzentriert, dich zu lieben. Das hat mir geholfen. Und bis jetzt sind wir doch eigentlich ganz gut zurechtgekommen, oder?"

„Klar. Wir sind nämlich ein Team."

„Und was für eines!" Brody hob die Hand, damit Jack einschlagen konnte. „Aber jetzt sollten wir sehen, was dieses Team mit den Dinos zu Stande bringt."

„Na schön." Jack nahm die Malkreiden zur Hand. Bevor er sich über das Blatt beugte, warf er seinem Vater noch einen Blick zu. Es gefiel ihm, dass sie beide ein Team waren. Aber es wäre auch ganz nett, wenn Kate mit zum Team gehören würde.

8. KAPITEL

Brody montierte den ersten Unterschrank und überprüfte noch einmal mit der Wasserwaage, ob alles gerade war. Von unten drangen Bohr- und Hämmergeräusche nach oben. Seine Männer brachen die letzte Wand im Erdgeschoss heraus. Hier oben kreischte eine Säge aus Kates Schlafzimmer.

Es wird eine verdammt hübsche Wohnung werden, dachte er. Perfekt für einen Single oder auch ein Paar ohne Kinder. Eine Familie müsste sich vielleicht ein wenig einschränken …

Wirst du Kate heiraten?

Er blieb regungslos stehen und starrte Löcher in die Luft.

Warum, zum Teufel, hatte Jack ihm diese Idee in den Kopf gesetzt? Dadurch wurde alles so erdrückend. Er dachte nicht an Heirat, konnte es sich nicht leisten, daran zu denken. Er hatte für ein Kind zu sorgen, sein Geschäft stand noch am Anfang und er lebte in einem alten, zugigen Haus, das noch nicht einmal zur Hälfte fertig war.

Es war einfach nicht die richtige Zeit, um jetzt auch noch eine Heirat ins Spiel zu bringen. Er hatte genug um die Ohren.

Er war schon einmal in dieser Situation gewesen. Nicht

dass er es bereute, nein, keine Sekunde davon. Aber auch damals waren es schwere Zeiten gewesen, die Situation für alle Beteiligten mehr als kompliziert. Warum sollte er diese Erfahrung wiederholen wollen, wenn er im Moment noch auf so wackeligen Beinen stand?

Damit würde er sich nur mehr Probleme aufhalsen.

Außerdem dachte Kate bestimmt nicht an Heirat. Oder? Nein, natürlich nicht. Sie war ja selbst gerade erst in der Stadt angekommen. Sie hatte ihre Schule, an die sie denken musste. Und sie hatte ihre Freiheit.

Sie war in Frankreich gewesen, in England und Russland. Vielleicht wollte sie wieder dahin zurück. Warum sollte sie das nicht wollen? Aber er war hier sesshaft geworden, in West Virginia, mit einem Kind.

Und überhaupt ... Connie und er waren total ineinander verliebt gewesen. Verliebt und jung und – naiv. Kate und er dagegen waren erwachsen. Vernünftige Menschen, die die Gesellschaft des anderen schätzten.

Viel zu vernünftig, um noch auf einer rosa Wolke zu schweben.

Eine Hand legte sich auf Brodys Schultern und erschreckte ihn so, dass er fast einen Herzschlag bekommen hätte.

„Du liebe Güte, O'Connell! Alles in Ordnung mit dir?"

Brody ließ langsam die Luft aus den Lungen entweichen und drehte sich zu Jerry Skully um. Rods Vater und er kannten sich schon seit ihrer Kindheit, und obwohl Jerry älter als dreißig war, hatte er sich die Unbeschwertheit eines jungen Mannes und auch das übermütige Grinsen bewahrt. Und genau dieses jungenhafte Lachen stand jetzt auf seinem Gesicht.

„Ich habe dich nicht gehört."

„So könnte man wohl sagen, allerdings. Ich hab zwei Mal gerufen. Du warst ja völlig weggetreten, Mann."

Jerry steckte die Hände in die Tasche und ging herum, um den Raum zu begutachten. Sobald man einen Typen im Anzug auf eine Baustelle stellt, wirkt er wie ein angeberischer Gockel, dachte Brody. „Was ist? Brauchst du einen Job? Ich hab noch einen zweiten Hammer."

„Haha." Es war ein alter Witz aus der Jugendzeit. Jerry konnte mit Zahlen jonglieren wie kein anderer, er war ein Mathematik-Genie. Ganz gleich in welcher gesellschaftlichen Situation, er passte sich überall hervorragend an. Aber er konnte nicht einmal eine Glühbirne austauschen, ohne nicht vorher die Bedienungsanleitung gelesen zu haben.

„Hast du eigentlich diese Regale in der Waschküche installiert?" fragte Brody mit todernstem Gesicht.

„Sie hängen an der Wand. Beth behauptet, die Heinzelmännchen hätten sie dort angebracht. Du weißt nicht zufälligerweise was davon, oder?"

„Ich beschäftige keine Heinzelmännchen. Die haben eine knallharte Gewerkschaft."

„Tja, zu schade. Weil ich diesen Kerlchen nämlich ewig dankbar sein werde, dass sie mir Beth vom Hals geschafft haben."

Ein Gespräch unter Freunden. Mehr war als Dank nicht nötig, jeder wusste, was der andere meinte.

„Unten sieht es doch schon ganz gut aus", fuhr Jerry jetzt fort. „Carrie macht Beth und mich ganz verrückt. Sie will unbedingt mit Ballettunterricht anfangen. Sieht aber so aus, als würde bis nächsten Monat alles fertig sein, was?"

„Ja, ich wüsste keinen Grund der dagegen spräche. Hier oben werden wir noch eine Weile länger arbeiten, draußen gibt es auch noch einiges zu tun, aber das Erdgeschoss ist dann fertig." Brody rückte den nächsten Schrank in Position. „Wieso lungerst du eigentlich so früh am Nachmittag schon hier rum? Sind das die Arbeitszeiten eines Bankers?"

„Banker arbeiten härter, als du denkst, mein Freund."

„Du hast so weiche Hände." Brody schnüffelte. „Rieche ich da etwa Eau de Cologne?"

„Das ist After Shave, du Banause. Nein, ich hatte einen Außentermin und bin früher fertig geworden als gedacht. Also wollte ich mir mal die Stelle ansehen, wo das Geld unserer Bank einzementiert wird."

Brody grinste Jerry über die Schulter hinweg an. „Deswegen hat der Kunde ja auch den Besten engagiert."

Jerry gab einen recht barschen Kommentar ab, wie nur ein guter Freund es sich erlauben konnte. „So, ich habe gehört, dass du und die Ballerina jetzt regelmäßig miteinander tanzen."

„Je kleiner die Stadt, desto größer die Gerüchteküche", war alles, was Brody dazu sagte.

„Sieht wirklich klasse aus, die Frau." Jerry trat näher und studierte fasziniert, wie Brody den Schrank einhängte. „Hast du schon mal ein richtiges Ballett gesehen?"

„Nein."

„Ich schon. Meine kleine Schwester – Tiffany, erinnerst du dich noch an sie? – hatte als Kind Ballettunterricht. Die haben den Nussknacker gemacht. Meine Eltern haben mich zu der Aufführung mitgeschleift. Es hatte auch seine netten Momente. Riesige Mäuse, Schwertkämpfe, ein deckenhoher Weihnachtsbaum. Der Rest bestand aus hüpfenden und sich drehenden Gestalten. Na ja, wer's mag ..."

„Ja, sicher ..."

„Auf jeden Fall – Tiffany ist wieder hier. In den letzten Jahren hat sie unten in Kentucky gelebt, aber jetzt hat sie sich von diesem Idioten, den sie damals geheiratet hat, endlich scheiden lassen. Sie will hier bleiben, bis sie sich wieder gefangen hat."

„Aha …“

„Deshalb dachte ich mir, da du ja auch wieder in der Stadt bist, könntest du vielleicht mal mit ihr ausgehen. Ins Kino vielleicht, oder zum Abendessen.“

„Mmh.“ Brody legte die Wasserwaage auf die beiden Schränke und verglich konzentriert.

„Weißt du, sie hat viel durchgemacht, es würde ihr gut tun, mal mit jemandem auszugehen, der sich zu benehmen weiß und sie anständig behandelt.“

„Klar …“

„Ich weiß noch, sie hatte ein Auge auf dich geworfen, als wir noch Kinder waren. Also, wirst du sie in den nächsten Tagen anrufen?“

„Sicher … Was sagtest du?“ Endlich sah Brody auf. „Wen soll ich anrufen?“

„Mein Gott, Brody. Tiff, meine Schwester. Du rufst sie an und lädst sie ein. Hast du gerade gesagt.“

„Einen Moment mal.“ Brody legte die Wasserwaage weg und versuchte zu begreifen, was hier gerade gelaufen war. „Sieh mal, ich glaube nicht, dass ich das tun kann. Ich bin … na ja, ich bin doch mit Kate zusammen. Sozusagen.“

„Du bist aber nicht mit ihr verheiratet und ihr lebt auch nicht zusammen, oder? Wo also liegt das Problem?“ Jerry blickte seinen Freund fragend an.

Brody war sicher, dass es da ein Problem gab. Auch

wenn er sich vor Jahren zurückgezogen hatte, wusste er doch noch gut, wie so etwas funktionierte. Und was viel wichtiger war – er wollte gar nicht mit Tiffany ausgehen. „Jerry, ich habe schon lange nichts mehr mit dieser ganzen Verabredungssache zu tun."

„Aber du triffst dich doch mit der Ballerina."

„Nein. Tue ich nicht … Ich meine, wir …"

Es war eine glückliche Fügung, dass er nach einer Ausrede suchen musste. Denn so sah er von Jerry weg und erblickte Kate, die im Türrahmen stand.

„Oh, Kate. Hi."

„Hallo." In ihrer Stimme klirrten Eiszapfen, in ihren Augen dagegen funkelte heiße Wut. „Entschuldigt die Störung."

Jerry erkannte blitzartig, wie brenzlig die Situation war. Er setzte sein bestes Jungenlächeln auf und wandte sich zum Gehen, um seinen alten Freund diese Schlacht allein ausfechten zu lassen. „Hallo Kate, schön, dich wieder zu sehen. Nein, ist es schon so spät? Ich muss mich beeilen. Brody, ich melde mich wegen dieser Sache noch bei dir. Also, bis dann." Und damit war er auch schon zur Tür hinaus.

Brody nahm den Bohrer in die Hand. „Das war übrigens Jerry."

„Mir ist bewusst, dass das Jerry war."

„Heute werden die Schränke eingebaut. Du hast eine gute Wahl getroffen mit dem hellen Kirschholz. Den Schlafzimmerschrank schaffen wir heute auch noch, und die erste Lage Putz an der eingezogenen Wand …"

„Wie schön."

In ihr brodelte es. In ihrem Magen ringelten und zischelten giftige Vipern. Und sie hatte keineswegs die Absicht, diese Tiere davon abzuhalten, ihre tödlichen Giftzähne in Brodys Fleisch zu stoßen.

„So, wir treffen uns also nicht, nein? Wie würdest du es denn nennen?" Sie kam in den Raum hinein. „Wir schlafen nur zusammen? Oder wäre dir ein anderer, simplerer Ausdruck lieber?"

„Kate, Jerry hat mich festgenagelt."

„Tatsächlich? Hast du ihm darum so entschieden gesagt, dass wir zusammen sind, ‚sozusagen'? Mir war nicht klar, dass es für dich ein solches Dilemma ist, unsere Beziehung in Worten auszudrücken. Oder dass es dir so peinlich ist, unsere Beziehung oder wie immer du es nennen willst, vor deinen Freunden zuzugeben."

„Jetzt halt aber mal die Luft an." Er legte den Bohrer mit einem unsanften Geräusch ab. „Wenn du schon lauschst, dann hättest du dir das ganze Gespräch anhören sollen. Jerry will, dass ich seine Schwester ausführe, und ich habe versucht ihm zu erklären, dass ich das für keine gute Idee halte."

„Ich verstehe." Sie hätte jeden einzelnen Nagel aus

seinem Werkzeuggürtel nehmen und ihm ins Gesicht spucken können. „Erstens: Ich habe nicht gelauscht. Dies hier ist mein Besitz, und ich kann kommen und gehen, wann ich will, ohne mich vorher anzumelden. Zweitens: Was die Sache mit Jerrys Schwester anbelangt – ist dir das Wörtchen ‚nein' jemals in den Sinn gekommen?"

„Ja … nein," verbesserte er sich. „Weil ich nicht richtig zugehört habe."

„Schau an, du kennst das Wort ‚nein' also doch. Dann will ich dir mal was sagen, O'Connell." Sie bohrte ihm den Zeigefinder in die Brust. „Ich hüpfe nicht durch die Betten. Wenn ich mit einem Mann zusammen bin, dann bin ich nur mit diesem Mann zusammen. Und falls er unfähig oder nicht willens sein sollte, dasselbe zu tun, dann sollte er zumindest so viel Ehrlichkeit besitzen und es mir sagen."

„Aber ich habe doch gar nicht …"

„Und es gefällt mir auch nicht, als billige Entschuldigung hervorgekehrt zu werden, wenn du keine Lust hast, einem Freund einen Gefallen zu tun. Bilde dir nicht ein, dass ich mich dazu benutzen lasse. Da es ja so scheint, dass wir nicht zusammen sind – schließlich ist es ja nur ‚sozusagen' –, kannst du Jerrys Schwester oder wen immer du willst auch anrufen."

„Verflucht, was denn nun? Bist du jetzt sauer, weil

ich Jerry einen Korb gebe oder weil ich ihm keinen Korb gebe?“

Sie ballte die Hände zu Fäusten. Wenn sie ihm jetzt einen Kinnhaken versetzte, würde er sich nur etwas darauf einbilden. „Idiot.“ Sie spie nur dieses eine Wort aus, dann drehte sie sich auf dem Absatz um und marschierte aus dem Raum, nicht ohne Brody vorher noch etwas in Ukrainisch an den Kopf zu werfen.

„Weiber“, murmelte Brody wütend. Das metallene Klirren des Werkzeugkastens, als er dagegen trat, verschaffte ihm auch keine nennenswerte Befriedigung.

Eine Stunde später waren die Unterschränke eingebaut und Brody machte sich an die Arbeit am Vorratsschrank. Mittlerweile hatte er die Szene mit Kate mindestens ein Dutzend Mal in Gedanken nachgespielt, und mit jedem Mal waren ihm neue Dinge eingefallen, die er hätte sagen sollen. Knappe, markige Bemerkungen, mit denen er gut dagestanden hätte. Bei der ersten Gelegenheit, die sich ihm bot, würde er diese Bemerkungen auch loswerden.

Kate konnte sich auf etwas gefasst machen. Er würde nicht zu Kreuze kriechen, sagte er sich, als er die Regalträger annagelte. Er hatte nichts getan, wofür er sich entschuldigen müsste. Frauen, so entschied er, waren der Hauptgrund, warum es für einen Mann besser war, solo durchs Leben zu gehen.

Wenn er so ein Idiot war, warum hatte sie dann überhaupt Zeit mit ihm verbracht?

Er trat aus dem Wandschrank, drehte sich um und wäre fast mit Spencer Kimball zusammengeprallt.

„Was ist heute hier eigentlich los?“ knurrte Brody überrascht.

„Tut mir Leid. Ich dachte mir, dass Sie mich bei all dem Lärm nicht gehört haben.“

„Ich werde Schilder aufstellen.“ Brody stapfte zu dem Stapel mit Regalbrettern, die er vorbereitet hatte. „Keine Anzüge, keine Krawatten, keine Frauen.“

Spencer hob verdutzt die Augenbrauen. In all den Monaten, die er Brody jetzt kannte, erlebte er ihn zum ersten Mal aufgebracht. „Ich nehme an, ich bin heute nicht der Erste, der stört.“

„Nein.“ Brody legte das Regal ein. Es passte millimetergenau. „Wenn es um Ihre Küche geht ... Wenn Ihnen das Design zusagt, bestelle ich das Material. Dann können wir in zwei Wochen damit anfangen.“

„Ich halte mich da raus, das ist Natashas Sache. Eigentlich wollte ich nur mal sehen, wie es hier vorangeht. Ist ja schon viel geschafft worden.“

„Ja, verdammt viel.“ Brody riss ein weiteres Regalbrett hoch, dann hielt er inne und holte tief Luft. „Entschuldigung, aber heute ist ein schlechter Tag.“

„Scheint wohl in der Luft zu liegen.“ Und erklärt

auch, so dachte Spencer, warum seine Tochter so gereizt war. „Kate ist unten und richtet ihr Büro ein."

„So?" Die nächsten Regalbretter wurden sehr energisch an ihren Platz geschoben. „Ich wusste nicht, dass sie noch hier ist."

„Die bestellten Möbel sind gerade geliefert worden. Unten wurde ich auch nicht gerade herzlich empfangen. Wenn ich zwei und zwei zusammenzähle, komme ich zu dem Schluss, dass ihr beide euch gestritten habt."

„Man kann es wohl kaum einen Streit nennen, wenn der eine dem anderen ohne ersichtlichen Grund an die Kehle springt. Das wird allgemein als Angriff bezeichnet." Brody schnaubte wütend.

„Aha. Selbst auf die Gefahr hin, mich in etwas einzumischen, das mich eigentlich nichts angeht ... Die Frauen in meiner Familie haben immer einen Grund, wenn sie einem Mann an die Gurgel wollen. Ob das nun ein ersichtlicher Grund ist oder nicht, darüber lässt sich diskutieren."

„Und genau deshalb bringen Frauen nur Probleme mit sich."

„Vielleicht. Aber es ist nicht leicht, ohne sie auszukommen, nicht wahr?"

„Jack und ich sind immer gut zurechtgekommen." Ärger und Frustration fielen von ihm ab, als er sich zu Spencer umdrehte. „Was ist eigentlich los mit den Frauen? Warum müssen sie immer alles so kompliziert machen und einen dann als Idioten hinstellen?" Mit einem fast hilflosen Gesichtsausdruck musterte Brody sein Gegenüber.

„Mein Junge, Generationen von Männern haben sich diese Frage gestellt und sind alle auf die gleiche Antwort gekommen: Es ist eben so."

Brody lachte trocken auf, trat zurück und begutachtete die eingebauten Regale. „Tja, mehr kann man wohl nicht erwarten. Ist jetzt sowieso egal. Sie hat mir den Laufpass gegeben."

„Sie scheinen mir nicht der Mann zu sein, der normalerweise vor Problemen davonläuft."

„An Ihrer Tochter ist ja auch nichts Normales." Brody schnitt eine Grimasse. „'tschuldigung."

„Oh, ich nehme das als Kompliment. Ich habe den Eindruck, ihr beide habt gegenseitig euren Stolz und eure Gefühle verletzt. Wollen Sie einen Tipp von einem Insider hören? Auf so etwas reagiert Kate immer zuerst mit einem Wutanfall, danach folgt Eiseskälte."

Brody suchte in seinem Werkzeugkasten nach Haken. Er sollte einem seiner Männer diesen Job überlassen, aber er musste jetzt irgendwie seine Hände beschäftigen. „Sie hat sich ziemlich klar ausgedrückt. Hat mich einen Idioten genannt. Und dann hat sie mir irgendetwas in Ukrainisch an den Kopf geworfen."

„In Ukrainisch?" Spencer bemühte sich redlich, das

Schmunzeln zu verbergen. „Dann muss sie aber ziemlich wütend gewesen sein."

Brody kniff die Augen zusammen. „Die Worte habe ich nicht verstanden, aber der Ton gefiel mir ganz und gar nicht."

„Oh, wahrscheinlich hatte es irgendetwas damit zu tun, dass man Sie auf einem Spieß über dem Höllenfeuer rösten sollte. Ihre Mutter liebt diesen Ausdruck. Brody, empfinden Sie etwas für meine Tochter?"

Brodys Handflächen wurden in Sekundenbruchteilen feucht. „Mr. Kimball, ich …"

„Spence. Ich weiß, es ist eine schwierige Frage. Aber ich möchte trotzdem eine Antwort."

„Wenn Sie vielleicht erst von dem Werkzeugkasten zurücktreten würden? Da sind nämlich eine Menge spitzer Gegenstände drin."

Spencer steckte die Hände in die Taschen. „Sie haben mein Wort darauf, dass ich Sie nicht zu einem Duell mit Schraubenziehern herausfordern werde."

„Na schön. Ja, ich empfinde etwas für Kate. Meine Gefühle für sie sind unklar, wirr, aber sie sind da. Ich hatte nicht vor, etwas mit ihr anzufangen. Ich bin gar nicht in der Position dazu."

„Darf ich fragen, warum?"

„Das ist doch wohl offensichtlich. Ich bin ein allein erziehender Vater. Ich versuche ein anständiges Leben für meinen Sohn aufzubauen, aber dieses Leben kann Kate nicht bieten, was sie gewohnt ist. Auf jeden Fall ist es nicht das Leben, das sie haben könnte."

Spencer wippte auf den Fersen vor und zurück. „Die haben Sie ziemlich fertig gemacht, was?"

„Wie bitte?"

„Unsere Familie kann ziemlich laut und aufdringlich sein, beschützend bis zur Gluckenhaftigkeit und manchmal sehr irritierend. Aber eines findet man bei uns immer: Respekt und Unterstützung für die Entscheidungen des anderen. Brody, es ist ein Fehler, eine bestimmte Situation nach der Entwicklung einer anderen zu beurteilen." Spencer machte eine Pause, fuhr dann fort: „Aber lassen wir das mal für den Moment. Da Ihnen an Kate liegt, will ich Ihnen einen Rat geben. Ob Sie ihn annehmen, bleibt Ihnen überlassen. Stellen Sie sich dem Problem. Stellen Sie sich ihr. Wenn Sie ihr gleichgültig wären, hätte sie die ganze Sache sehr kühl oder noch schlimmer, sehr höflich beendet."

Er entschied, dass er Brody genug zum Nachdenken gegeben hatte. Er betrachtete den Raum, der bald eine Küche sein würde. „Dieses Chaos erwartet mich also, wenn Sie bei uns anfangen." Er grinste Brody zerknirscht an. „Mann, und Sie glauben, Sie haben Probleme."

Als Spencer gegangen war, tippte sich Brody gedankenverloren mit dem Schraubenzieher auf die Handfläche. Dieser Mann riet ihm doch tatsächlich, mit der eigenen Tochter zu streiten. Was für eine verrückte Familie war das eigentlich?

Seine Eltern hatten nie gestritten. Sein Vater hatte die Regeln aufgestellt, und jeder hatte sich gefälligst daran zu halten gehabt. Connie und er hatten auch nie gestritten. Zumindest nicht richtig. Sicher, sie waren sich nicht immer einig gewesen, aber dann hatten sie miteinander geredet und es ausdiskutiert. Oder es einfach ignoriert, gab Brody in Gedanken zu. Denn sie beide hatten allein dagestanden, isoliert, hatten nur sich gehabt, sich nur auf den anderen verlassen können.

Außerdem hatte er sich mit Temperamentsausbrüchen nur Ärger eingehandelt. Mit seinem Vater, in der Schule mit den Lehrern, als junger Mann mit seinen Chefs. Er hatte gelernt, sich zu beherrschen, nach dem Kopf zu handeln, nicht aus dem Bauch heraus. Zumindest meistens, schränkte er ein, als er an die letzte Auseinandersetzung mit seinem Vater dachte.

Trotzdem ... vielleicht war es wirklich ein Fehler, das Gewesene mit dem zu vergleichen, was jetzt war. Eins stand auf jeden Fall fest: Er würde dieses miese Gefühl im Magen erst dann loswerden, wenn er ihr seine Meinung gesagt hatte.

Also ging er nachsehen, wie weit seine Männer gekommen waren, machte ein paar Anmerkungen, ordnete kleinere Verbesserungen an und ging mit seinen Leuten den Plan für morgen durch. Da der Arbeitstag sowieso schon fast zu Ende war, schickte er alle nach Hause.

Er wollte kein Publikum haben.

Kate traf den Nagel genau, versenkte ihn und bleckte zufrieden die Zähne. Dieser Idiot Brody O'Connell war nicht der Einzige, der mit einem Hammer umgehen konnte …

Die letzten beiden Stunden hatte sie damit zugebracht, ihr Büro einzurichten. Alles war genau so, wie sie es sich vorgestellt hatte. Perfekt eben.

Der Schreibtisch stand genau da, wo sie ihn hatte haben wollen, in den Schubladen lagen bereits ordentlich organisiert die Broschüren, die sie entworfen hatte, das Briefpapier der Ballettschule, die Anmeldeformulare für die Schüler.

Wie der Schreibtisch war auch der Ablageschrank aus heller Eiche. Sie ging davon aus, dass sich die Ordner schon bald füllen würden.

Den Teppich hatte sie in einem Antikladen gefunden. Das schon leicht verblasste Muster von Bauernrosen passte hervorragend zu dem hellen Grün der Wand und harmonierte mit den ebenfalls grün gepolsterten Stühlen, die vor dem Schreibtisch standen.

Nur weil es ein Büro war, musste ja nicht auf Stil verzichtet werden, oder?

Sie hängte ein weiteres der gerahmten Schwarzweißfotos, die sie ausgewählt hatte, an die Wand. Trat zurück und nickte. Tänzer an der Stange, bei Proben, auf der Bühne, hinter der Bühne. Junge Ballettschülerinnen, die ihre Spitzenschuhe festbanden. In Schweiß gebadet, strahlend, triumphierend, bis zum Letzten erschöpft. Alle Aspekte aus der Welt eines Tänzers. Die Fotos würden sie tagtäglich daran erinnern, was sie getan hatte. Und was sie tat.

Sie nahm noch einen Nagel und schlug ihn an der markierten Stelle ein. Und was sie nicht tun würde! Nämlich ihre Zeit mit Brody O'Connell verschwenden!

Der Mistkerl.

Sollte er sich doch mit Tiffany amüsieren. Oh, sie erinnerte sich nur zu gut an Tiffany Skully. Die Blondine mit üppiger Oberweite war an der High School eine Klasse über ihr gewesen. Viel albernes Gekicher, noch mehr greller Lippenstift. Fein, sollte dieser Idiot doch mit ihr ausgehen. Was ging sie das an?

Sie war fertig mit ihm.

„Hättest du mir eher gesagt, dass du die ganze Wand mit Bildern zuhängen wirst, hätte ich mich beim Verputzen nicht so anzustrengen brauchen."

Nicht gerade vorsichtig hängte sie das nächste Bild

auf und nahm noch einen Nagel. „Man sollte eigentlich annehmen, dass du eine gewisse Berufsehre hast und stolz auf deine Arbeit sein willst, ob jemand sie nun bewundert oder nicht. Außerdem habe ich für diese Wand bezahlt, und was ich mit ihr tue, ist zum Teufel noch mal ganz allein meine Sache."

„Sicher. Wenn du unbedingt überall Löcher reinschlagen willst, bitte." Die Fotos sahen großartig aus, aber das würde er natürlich nicht zugeben. Nicht nur die Art, wie sie sie arrangiert hatte, zusammenhängend, ohne langweilig zu sein, nein, vor allem das Thema.

Er erkannte Kate auf mehreren dieser Bilder, als Kind, als junges Mädchen, als Frau. Auf einem Foto saß sie im Schneidersitz auf dem Boden und schlug mit einem Hammer auf ihre Spitzenschuhe ein.

Er verkniff sich das Grinsen und deutete mit dem Finger darauf. „Ich dachte eigentlich, diese Dinger sind zum Tanzen da."

„Nur zu deiner Information: Spitzenschuhe müssen eingetragen werden. Das ist eine Methode, um es schneller zu erreichen. Wenn du mich jetzt bitte entschuldigen würdest … ich möchte mein Büro weiter einrichten. Morgen Nachmittag habe ich bereits die ersten Termine hier."

„Dann bleibt dir ja noch genügend Zeit." Vor allem, weil das Büro schon perfekt aussah. Er hatte gewusst, dass sie es perfekt machen würde.

„Dann lass es mich mal so sagen …“ Sie hämmerte den Nagel in die Wand. „Erstens bin ich beschäftigt, und zweitens habe ich kein Bedürfnis, mit dir zu reden. Ich bezahle dich nicht dafür, dass du herumstehst und Schwätzchen hältst.“

„Komm mir bloß nicht auf diese Art.“ Er riss ihr den Hammer aus der Hand. „Dass deine Unterschrift auf den Schecks steht, hat nichts mit dem Rest zu tun. Und ich werde den Teufel tun und zulassen, dass du es auf dieses billige Niveau herunterziehst.“

Er hatte natürlich Recht, und sie schämte sich auch dafür, dass sie sich hatte hinreißen lassen. „Okay, aber das Persönliche zwischen uns ist vorbei.“

„Das denkst du!“ Er drehte sich um und schloss die Tür.

„Was glaubst du eigentlich, was du da tust?!“

„Ich schaffe Ruhe. Davon scheint es heute hier nicht viel zu geben.“

„Öffne dieser Tür sofort wieder – und dann geh hindurch. Und hör nicht mit dem Gehen auf, bis du draußen bist.“

„Setz dich hin und halt den Mund.“

Sie riss die Augen auf, mehr aus Schock als aus Wut. „Wie bitte?“

Um dieses Problem endlich zu bereinigen, legte er den Hammer weg – außerhalb ihrer Reichweite –, ging auf sie zu und drückte sie auf den Stuhl. „Und jetzt hörst du mir zu."

Sie wollte aufspringen, wurde aber wieder energisch hinuntergedrückt. Sie hatte ihn bisher noch nie so wütend gesehen.

„Jetzt hast du bewiesen, dass du groß und stark bist", fauchte sie schneidend. „Du brauchst nicht auch noch zu beweisen, wie begriffsstutzig du bist."

„Und du brauchst nicht zu zeigen, wie verwöhnt und eingebildet du bist. Solltest du noch einmal versuchen, von diesem Stuhl aufzustehen, bevor ich ausgeredet habe, werde ich dich darauf festbinden, klar?" Er wartete einen weiteren Kommentar von ihr gar nicht ab, sondern begann: „Ich arbeitete konzentriert, als Jerry hereinkam. Er ist mein Freund. Er und Beth haben viel für Jack und mich getan, deshalb bin ich ihm etwas schuldig."

„Aha. Und du dankst es ihm damit, dass du dich mit seiner Schwester einlässt."

„Sei still, Kate. Ich lasse mich nicht mit seiner Schwester ein. Ich habe nicht vor, mich mit ihr zu verabreden. Jerry zielte in diese Richtung, und ich habe Schränke eingebaut. Ich habe nicht richtig zugehört. Bis ich merkte, wohin der Hase lief …" Er fuhr sich frustriert durchs Haar. „Er hat mich in einem unaufmerksamen Moment erwischt, und dann musste ich versuchen, mich aus der Affäre zu ziehen, ohne ihm auf die Füße zu treten. Er und Tiff haben sich immer nah gestanden, er macht sich wohl Sorgen um sie. Und er vertraut mir. Was hätte ich denn sagen sollen? ‚Sorry, aber ich bin nicht an deiner Schwester interessiert'?"

Kate schob das Kinn vor. „Zum Beispiel, ja. Aber darum geht es gar nicht."

„Worum, zum Teufel, dann?"

„Du hast durchklingen lassen – denn offensichtlich denkst du so –, dass es zwischen uns nichts anderes als Sex gibt. Aber ich verlange mehr von einer Beziehung. Treue, Loyalität, Zuneigung, Respekt. Ich erwarte von einem Mann, dass er in der Lage ist, auszusprechen, dass wir zusammen sind, dass er etwas für mich empfindet, ohne dabei an seiner eigenen Zunge zu ersticken."

Brody fluchte herzhaft. „Es ist über zehn Jahre her, dass ich mich überhaupt mit jemandem verabredet habe. Ich denke, du könntest mir gegenüber ruhig etwas Nachsicht walten lassen."

„Und genau da irrst du. Bist du jetzt fertig?"

„Mann, bist du stur. Nein, ich bin nicht fertig." Er zog sie unsanft auf die Füße. „Seit ich dich kenne, habe ich mich mit keiner anderen Frau getroffen. Weil ich es nicht will. Das werde ich auch Jerry klarmachen und jedem, der es hören will. Mir liegt viel an dir, aber es gefällt mir nicht, dass ich mir wie ein Idiot vorkommen muss, nur weil ich aus der Übung bin."

„Schön für dich. Und jetzt lass los."

„Wenn ich loslassen könnte, würde ich nicht hier stehen und gegen das Bedürfnis ankämpfen, dir den Hals umzudrehen."

„Du hast mich beleidigt. Du hast uns beleidigt. Du bist derjenige, dem man den Hals umdrehen sollte."

„Ich werde mich nicht noch einmal entschuldigen." Er zog sie zur Tür.

„Entschuldigen? Ich habe noch keine Entschuldigung gehört! Was soll das eigentlich? Was hast du vor?"

„Halt einfach den Mund", knurrte er und zog sie hinter sich her auf den Korridor.

Es verschlug ihr den Atem, als er sie hochwuchtete und sich über die Schultern warf. Mit einer Hand hielt er ihre Beine fest, mit der anderen riss er die Haustür auf.

„Hast du plötzlich den Verstand verloren?" Zu verdutzt, um sich noch weiter zu wehren, schob sie sich das lange Haar aus dem Gesicht, während er die Vordertreppe hinunterging und den kleinen Vorgarten durchquerte. „Bist du völlig verrückt geworden?"

„Richtig. Und zwar in dem Moment, als ich dich zum ersten Mal sah." Er erblickte eine Frau, die gerade aus dem Wohnhaus gegenüber trat. „Äh, entschuldigen Sie, Ma'am …"

Die Angesprochene blinzelte erstaunt. „Ja?"

„Hallo. Das ist Kate, und ich heiße Brody. Wir sind zusammen. Das wollte ich Sie nur wissen lassen."

„Ach du liebe Güte", flüsterte Kate entsetzt und ließ das Haar wieder fallen.

„Ich verstehe." Die Frau begann zu lächeln. „Das ist schön, wirklich. Sehr schön."

„Danke." Brody packte Kate bei der Hüfte und setzte sie auf den Boden ab. „Bist du jetzt zufrieden, oder sollen wir weitermachen?"

Sie konnte kein Wort rausbringen, so dick war der Kloß in ihrer Kehle. Sie löste das Problem, indem sie Brody die geballte Faust auf die Brust schlug und zurück ins Haus rannte.

„Das ist wohl ein ‚Nein'", entschied Brody und stiefelte hinterher.

9. KAPITEL

Er hatte sie eingeholt, bevor sie ihm die Bürotür vor der Nase zuschlagen konnte. Das hätte ihn sowieso nicht aufhalten können, jetzt, da er einmal in Fahrt war.

„Nicht so schnell, Schätzchen."

„Nenn mich nicht Schätzchen! Wage es nicht, mich überhaupt anzureden." Sie funkelte ihn an. „Du bist nichts als ein grobschlächtiger, rüpelhafter Klotz. Mich so zu behandeln! Mich so auf der Straße in Verlegenheit zu bringen!"

„Verlegenheit also?" Er kniff die Augen zusammen und schloss die Tür hinter sich. „Warum solltest du verlegen sein? Ich habe doch nur einer Nachbarin gesagt, dass wir zusammen sind, ohne – wie war das noch? – an meiner Zunge zu ersticken. Wo also liegt das Problem, wenn ich fragen darf?"

„Das Problem ist, dass ..." Sie wich zurück, als er auf sie zukam. Noch ein Schock. Es lag nicht so sehr daran, dass er sie in eine Ecke drängte. Vielmehr lag es daran, dass sie es zuließ. Noch nie hatte sie den Rückzug angetreten, war nie vor einem Mann zurückgewichen. „Was machst du da?"

„Ich bin nur ich selbst." Und es fühlte sich verdammt gut an. „Es ist schon eine ganze Weile her, seit ich mich das letzte Mal keinen Deut um Selbstbeherrschung geschert habe, aber ich hab's offensichtlich nicht verlernt. Wir werden herausfinden, ob du damit umgehen kannst."

„Wenn du dir einbildest, du könntest ..." Sie brach ab, als er sie bei den Armen packte und zu sich heranzog. „Brody, du solltest dich jetzt besser beruhigen."

„Nein, keine Lust." Er presste seine Lippen auf ihren Mund und spürte instinktiv ihren Protest. Ignorierte ihn.

„Und?" verlangte er zu wissen, als er den Kopf hob. „Hast du Schwierigkeiten damit?"

„Brody ...", war alles, was sie sagen konnte, bevor er sie wieder küsste.

„Ja oder nein?"

„Ich ..." Jetzt biss er sie in den Hals. „Oh Gott." Sie konnte nicht mehr klar denken. Es war falsch. Es musste mindestens ein Dutzend gute Gründe geben, die das belegen würden.

Sie würde später darüber nachdenken.

„Soll ich die Hände von dir nehmen oder nicht?"

Diese Hände, stark und rau, die verlangend über ihren Körper strichen ...

„Also? Was ist? Ja oder nein? Entscheide dich."

„Nein, verflucht." Sie griff in sein Haar und zog seinen Kopf zu sich herunter.

Sie hätte nicht sagen können, wer wen auf den Boden

zog. Es war auch unwichtig. Sie wusste nicht, wer ungeduldiger war, dem anderen die Kleider vom Leib zu reißen. Es war ihr gleichgültig.

Sie wusste nur, dass sie diesen verärgerten, groben Mann genauso wollte wie den geduldigen, zärtlichen. Ihr Körper verzehrte sich nach ihm, ihr Herz verlangte nach ihm.

Leidenschaft. Heiß, wild, ungestüm. Sie wunderte sich, dass ihr Körper nicht einfach verbrannte. Ineinander verkeilt wälzten sie sich über den Boden. Sie biss in seine Schulter, liebte den Geschmack seiner Haut auf ihrer Zunge.

Er hatte vergessen, wie es war, sich gehen zu lassen, sich einfach zu nehmen, was er wollte, ohne Einschränkungen, ohne Fesseln. Hastig, begierig, fordernd. Seine Finger zerrten an der feinen Spitze, die das letzte Hindernis bildete, zerrissen sie.

Ihre Fingernägel in seinem Rücken stachelten ihn nur mehr an, die blinde Fassungslosigkeit in ihren Augen, als er mit einem einzigen kräftigen Stoß von ihr Besitz nahm, ließ ihn einen unbarmherzigen Triumph verspüren.

Sie bog ihm ihre Hüften entgegen, ihr beweglicher Körper wurde von Schauern geschüttelt. Sie klammerte sich an ihn und schrie lustvoll auf, als der Höhepunkt sie überwältigte. Lehnte sich zurück, damit er sich nehmen konnte, was er brauchte.

Als er sie freigab, lag sie einfach da, fühlte sich wie geschmolzenes Wachs, schwach, gesättigt.

Sie war wild und rücksichtslos von einem Mann genommen worden. Sie hatte es zugelassen.

Sie fühlte sich großartig.

Auch wenn seine Sicht noch nicht ganz klar war, betrachtete Brody ihr Gesicht, dann das, was von ihren Kleidern übrig geblieben war.

„Ich habe deine Bluse zerrissen." Als sie ihre Augen öffnete, erkannte er die träge Zufriedenheit einer gesättigten Frau. „Und das hier auch." Er hielt die zerfetzten Reste ihres Spitzenslips hoch. „Aber ich werde mich nicht entschuldigen."

„Ich habe auch keine Entschuldigung verlangt."

„Gut. Denn wenn du es getan hättest, wäre ich gezwungen gewesen, dich wieder nach draußen zu schleppen – diesmal nackt – und noch einen Nachbarn zu finden. Aber so leihe ich dir ein Hemd von mir. Ich habe noch eins im Wagen."

Sie setzte sich auf und nahm sein Hemd entgegen. Die Euphorie, die sie fühlte, wurde langsam schwächer. „Streiten wir uns noch?"

„Ich für meinen Teil habe zu Ende gestritten. Es liegt also ganz bei dir."

Sie sah auf. Seine Augen blickten jetzt klar und sehr durchdringend. Diesmal war es an ihr, unsicher zu sein und nach Worten zu suchen. Sie öffnete den Mund, schloss ihn wieder und schüttelte den Kopf.

„Sag schon. Lass uns die Sache ein für alle Mal bereinigen – hier und jetzt."

„Du hast meine Gefühle verletzt." Es war so erniedrigend, es zuzugeben. Mit Wut konnte sie viel einfacher umgehen als mit Schmerz.

„Das habe ich schon kapiert." Er nahm ihr das Hemd aus den Fingern und legte es ihr über die Schultern. „Dafür entschuldige ich mich. Falls es dir hilft – du hast meine auch verletzt."

„Was machen wir nur, Brody?"

„Ich vermute, wir versuchen einander kennen zu lernen. Das, was zwischen uns ist, ist mir nicht peinlich, Kate. Ich will nicht, dass du das denkst. Aber ich wüsste nicht, wie ich es beschreiben sollte. Ich kann nicht damit umgehen – noch nicht."

Sie zog sich das geliehene Hemd über. „Immerhin ist das ehrlich. Mehr kann man wohl nicht verlangen." Aber es tat weh. Sehr. Weil sie sich in ihn verliebt hatte und er sich nicht in sie. Was natürlich nicht zwingend hieß, dass er sich nie in sie verlieben würde. Sie rang sich ein kleines Lächeln ab und küsste ihn leicht. „Du bist kein Idiot. Ich entschuldige mich dafür, dass ich dich so genannt habe."

„Du hast mir noch etwas viel Schlimmeres gesagt, nicht wahr?"

Ihr Lächeln wurde breiter. „Vielleicht."

„Ich werde mir ein Ukrainisch-Lexikon zulegen."

„Viel Glück. Da stehen längst nicht alle Schimpfwörter drin."

„Ich werde mir trotzdem eines beschaffen." Er stand auf und zog sie auf die Füße. „Jetzt muss ich meinen Jungen abholen."

Seine Haare standen wirr in alle Richtungen ab, seine Augen funkelten vor Zufriedenheit, und sein Oberkörper war nackt. Er sah so unglaublich sexy aus. Und er war ein Vater, der seinen kleinen Sohn vom Schulbus abholen musste.

„Das ist ein großer Teil davon, nicht wahr?" fragte sie. „Von deinem Problem, das du mit unserer Beziehung hast, oder? Den Mann und den Vater unter einen Hut zu bringen."

„Vielleicht. Ja", gab er schließlich zu. „Kate, es hat niemanden gegeben, seit ewig langer Zeit …" Er strich sich das Haar zurück, versuchte es zu ordnen. „Connie war sehr lange Zeit krank." Er konnte jetzt nicht darüber reden, konnte nicht dorthin zurückgehen. „Jack hatte keinen sehr glücklichen Start. Wir beide wahrscheinlich nicht. Ich muss versuchen, es wieder gutzumachen."

„Das hast du schon. Und du machst es immer noch. Ich weiß, es ist ein Balanceakt, aber ich bin sehr gut im Balancieren. Solange wir beide es wollen."

„Ich will es."

Ruhe kam über sie und ihr schmerzendes Herz. „Gut, so weit sind wir uns dann wohl einig. Und jetzt geh und hole Jack ab."

„Ja." Er ließ seinen Blick über sie wandern. „Ich wollte dir nur noch sagen, dass Flanell dir wirklich gut steht."

„Danke."

„Soll ich dich nach Hause bringen?"

„Nein, ich will hier noch ein paar Dinge erledigen und das Zimmer fertig machen."

„Also gut." Er beugte den Kopf und berührte mit seinen Lippen ihren Mund, verweilte dort. „Ich muss gehen." Aber an der Tür drehte er sich noch einmal um. „Willst du am Samstagabend mit mir ausgehen?"

Sie zog eine Augenbraue hoch. Das war das erste Mal, dass er sie bat, mit ihm auszugehen. Das musste man wohl als Fortschritt betrachten. „Ja, sehr gern."

Wie war es nur möglich, dass schon wieder Ferien waren? Die Weihnachtsferien waren gerade vorbei, da gab es schon wieder Osterferien. Als Brody noch ein Kind gewesen war, waren die Schultage nie so schnell verflogen, dessen war er sich sicher.

Dann hatten sich die Skullys auch noch entschlossen, die freie Zeit zu nutzen und mit ihren Kindern nach Disney World zu fahren. Eine Katastrophe! Jack hatte gebettelt, gefleht und schließlich zu jammern angefangen, damit sie auch hinfahren würden.

Brody hatte versucht, seinem Sohn zu erklären, dass es im Moment einfach nicht möglich war. Geduldig, verständnisvoll. Irgendwann war er dann in den elterlichen Autoritätston verfallen – „Weil ich es sage!“ –, als alles Erklären und Verständnis keine Wirkung gezeigt hatte.

Endresultat war, dass er seit zwei Tagen mit einem schmollenden Kind und fürchterlichen Gewissensbissen lebte. Es war diese Kombination, die das Badezimmer noch kleiner erscheinen ließ, während er versuchte, Fliesen zu legen.

„Nie darf ich irgendwohin“, beschwerte Jack sich trotzig. Der Stapel Spielzeug, den er wie immer mit auf die Baustelle hatte nehmen dürfen, langweilte ihn zu Tode.

Normalerweise machte es ihm Spaß, mit seinem Dad zur Arbeit zu gehen. Aber nicht, wenn sein bester Freund in Disney World war und in einer Rakete fahren durfte. Das war eine Sauerei. Eine große Sauerei. Er wiederholte das Wort mehrmals in Gedanken. Er hatte es von einem der Männer aus dem Bautrupp aufgeschnappt. Es gefiel ihm.

Da sein Vater ihn immer noch ignorierte und nur Fliesen legte, schob Jack die Unterlippe vor. „Warum darf ich nicht zu Grandma?“

„Ich habe dir bereits erklärt, dass Grandma heute Vormittag etwas zu erledigen hat. In ein paar Stunden kommt sie und holt dich ab. Dann gehst du zu ihr."
Gott sei Dank.

„Ich will aber nicht da bleiben. Da ist es langweilig. Es ist unfair. Ich muss hier bleiben und darf nichts tun. Alle anderen unternehmen was und haben Spaß, nur ich nicht. Ich darf nie was tun."

Brody warf den Spachtel in den Eimer Fliesenkleber. „Jetzt hör mal gut zu. Ich habe hier eine Arbeit zu erledigen. Eine Arbeit, die dafür sorgt, dass du regelmäßig zu essen bekommst."

Verflucht, das waren die Worte seines Vaters! Wie kamen die in seinen Mund?

„Auf jeden Fall bin ich so lange hier festgenagelt, bis es fertig ist. Und du damit auch. Mach nur weiter so, Jack. Wenn du dich dranhältst, gehst du nirgendwohin." Brody musterte seinen Sohn streng.

„Grandpa hat mir fünf Dollar gegeben", entgegnete Jack aufmüpfig. „Du brauchst mir also kein Essen zu kaufen."

„Sehr gut. Dann gehe ich morgen in Rente."

„Grandma und Grandpa können mit mir nach Disney World fahren, das machen sie ganz bestimmt. Und dann darfst du nicht mitkommen."

„Sie fahren nirgendwo mit dir hin", knurrte Brody

böse. Die kindliche Wut traf ihn bis ins Mark. „Wenn du Glück hast, siehst du Disney World, wenn du dreißig bist. Und jetzt hör endlich auf!"

„Ich will Grandma! Ich will nach Hause! Ich mag dich nicht mehr!"

Das war der Moment, als Kate eintrat. Sie sah Brodys erschöpfte und frustrierte Miene, sah zu dem kleinen Jungen, der ausgestreckt auf dem Boden lag und heiße Tränen vergoss, und wagte sich in die Höhle des Löwen.

„Was ist denn los, hübscher Jack?"

„Ich will nach Disney World!"

Er stieß es zwischen Tränen und Schluckauf hervor. Brody richtete sich auf, aber Kate hockte sich zwischen Vater und Sohn.

„Oh Mann, ich will auch dorthin. Ich wette, jeder will nach Disney World."

„Dad nicht."

„Sicher will er dahin. Daddys sind überhaupt diejenigen, die am meisten dorthin wollen. Aber für sie ist es immer schwierig, weil sie arbeiten müssen."

„Kate, ich kann allein damit fertig werden."

„Hat jemand behauptet, du könntest es nicht?" murmelte sie, nahm Jack auf den Arm und stand auf. „Du hast bestimmt genug davon, hier herumzusitzen, oder, kleiner Mann? Warum gehen wir beide nicht für eine

Weile zu mir nach Hause und lassen Dad hier in Ruhe weiterarbeiten?“

„Meine Mutter kommt nachher, um ihn abzuholen. Hier, gib ihn mir …“ Er streckte die Arme nach seinem Sohn aus, der sich plötzlich fest an Kate klammerte. Und seinem Vater damit tief ins Herz schnitt.

Sie sah es auf Brodys Gesicht, am liebsten wäre sie mit Jack auf dem Arm an Brody herangetreten, damit sie sich alle umarmen konnten. Aber das war jetzt nicht angebracht. Im Moment war erst einmal Distanz nötig.

„Ich bin für heute fertig, Brody. Lass mich Jack doch einfach mit zu mir nehmen. Dann kann er mir Gesellschaft leisten.“ Und ein Nachmittagsschläfchen machen, sagte sie lautlos, damit Brody von ihren Lippen las. „Ich rufe deine Mutter an, damit sie Jack bei mir abholt.“

„Ich will mit Kate gehen“, schluchzte Jack an ihrer Schulter.

„Fein. Großartig.“ Mit einem lausigen Gefühl aus Wut und Schuld schnappte er sich den Spachtel. Wie ein schmollender, weinerlicher Junge, dachte Kate. „Danke sehr.“

Er ließ sich erschöpft auf einem umgekehrten Eimer nieder, hörte noch, wie Jack, während Kate ihn hinaustrug, herzzerreißend jammerte: „Mein Daddy hat mich angeschrien.“

„Ja, ich weiß.“ Sie küsste Jack auf die heiße, tränenüberströmte Wange und stieg die Treppe hinunter. „Aber du hast ihn auch angeschrien. Ich glaube, ihm geht es jetzt genauso schlecht wie dir."

Jack ließ einen kleinen Laut der Zustimmung hören und legte seinen Kopf mit einem schweren Seufzer an Kates Schulter. „Er fährt nicht mit mir nach Disney World, so wie Rods Vater."

„Wahrscheinlich bin ich daran schuld."

„Wieso?"

„Nun, weißt du, dein Dad macht diese Arbeit für mich, und er hat mir versprochen, dass er bis zu einem bestimmten Tag alles fertig hat. Und weil er es mir versprochen hat, habe ich anderen Leuten versprochen, dass ich für sie Dinge tue, und die verlassen sich jetzt darauf. Wenn dein Dad sein Versprechen brechen würde, dann kann ich meine den anderen Leuten gegenüber auch nicht halten. Das wäre doch nicht richtig, oder?"

„Nein, aber … aber vielleicht nur dieses eine Mal."

„Wenn dein Dad dir etwas verspricht, hält er das dann auch?"

Jack ließ den Kopf hängen. „Ja," kam es ganz leise.

„Sei nicht so traurig, hübscher Jack. Wenn wir bei mir sind, werde ich dir eine Geschichte vorlesen."

„Kann ich einen Keks haben?"

„Aber natürlich." Mit einem Lächeln drückte sie den Jungen fest an sich.

Er war schon eingeschlafen, noch bevor der Prinz von dem Fluch der bösen Hexe erlöst war und glücklich und zufrieden sein Königreich regierte.

Der arme Kleine, dachte sie und legte eine Decke über ihn. Armer Brody.

Erst jetzt fiel ihr auf, dass sie gar nicht wusste, was Brody alles leisten musste. Als Vater tobte man nicht nur auf dem Wohnzimmerteppich oder spielte Ball im Garten. Man musste auch Tränen, Wutanfälle und Enttäuschungen hinnehmen, und man musste die richtige Mischung aus Disziplin und Güte finden. Manchmal musste man ‚Nein' sagen, wenn das Herz laut ‚Ja' schrie.

„Du wirst so geliebt, hübscher Jack", murmelte sie und küsste ihn sanft auf die Stirn. „Er will, dass du es weißt."

Und dieser Mann wurde auch geliebt. Sie seufzte. Sie wünschte, er würde es endlich begreifen. Denn lange würde sie nicht mehr warten. Sie wollte beide, den Mann und den Jungen.

Als das Telefon klingelte, beeilte sie sich, den Hörer abzunehmen. „Hallo. Ah." Lächelnd nahm sie den Apparat und verließ den Raum, damit Jack nicht gestört wurde. „Davidov, der große Meister persönlich. Was verschafft mir die Ehre?"

Später frischte Kate ihr Make-up auf und kämmte sich ordentlich das Haar. Es war albern, sie wusste es, aber sie würde zum ersten Mal Brodys Eltern gegenübertreten. Und da sie vorhatte, sie zu ihren Schwiegereltern zu machen, war ein guter erster Eindruck wichtig.

Jack war voller Energie von seinem Mittagsschläfchen aufgewacht. Diese Energie fand ihr Ventil in einem Wettrennen im Garten, einem blutrünstigen Kampf mit Action-Figuren und einer zusätzlichen Massenkarambolage mit Spielzeugautos. Danach war ein Snack in der Küche notwendig.

„Mein Dad ist böse auf mich“, sagte Jack und starrte bedrückt auf die Apfelstücke und das Käsebrot.

„Nein, das glaube ich nicht. Er ist nur traurig, weil er dir nicht geben kann, was du dir wünschst. Eltern würden ihren Kindern am liebsten immer alle Wünsche erfüllen, aber manchmal geht das eben nicht.“

Sie erinnerte sich an ihre eigene Kindheit. Sie hatte beeindruckende Wutanfälle abgeliefert, gefolgt von sturem Schmollen. Und danach immer das Gefühl, kreuzunglücklich zu sein.

„Manchmal erfüllen Eltern die Wünsche ihre Kinder nicht, weil es für das Kind nicht das Beste wäre. Und manchmal können sie den Wunsch einfach nicht erfüllen. Wenn du mal selbst einen kleinen Jungen hast und er weint und schreit und mit den Füßen stampft, wirst du auch böse werden. Aber dir wird auch das Herz wehtun.“

Jack hob den Kopf, mit großen Augen und zitternden Lippen. „Das wollte ich nicht."

„Ich weiß. Ich wette, wenn du das deinem Dad sagst, werdet ihr euch beide gleich besser fühlen."

„Hat dein Dad dich mal angeschrien?"

„Ja, und dann war ich böse und auch traurig. Aber nach einer Weile habe ich mir dann überlegt, dass ich es verdient hatte."

„Habe ich es auch verdient?"

„Ich fürchte ja, hübscher Jack. Aber eines wusste ich immer: Auch wenn mein Dad mich angeschrien hat, er hatte mich sehr lieb. Und du weißt das von deinem Dad auch, nicht wahr?"

„Ja." Jack nickte ernst. „Wir sind ein Team."

„Ihr seid ein richtig gutes Team."

Jack spielte mit den Apfelstückchen, legte ein Muster auf dem Teller zusammen. Sie ist hübsch, dachte er. Und nett. Sie konnte spielen und sie las ihm Geschichten vor. Er mochte es sogar, wenn sie ihn küsste, auch wenn er so tat, als würde es ihm nicht gefallen. Dad küsste sie auch gern, das hatte er selbst gesagt. Und Dad log nie.

Also vielleicht … vielleicht könnte sie ja seinen Dad heiraten. Dann wäre sie Dads Frau und seine Mutter. Und sie würden alle zusammen in dem großen Haus leben. Dann wären Sie eine richtige Familie.

Irgendwann würden sie vielleicht sogar alle zusammen nach Disney World fahren.

„Worüber denkst du denn so angestrengt nach, hübscher Jack?"

„Ich habe gerade überlegt, ob …"

„Hoppla." Sie erhob sich, als es an der Haustür klingelte, und lächelte Jack zu. „Vergiss nicht, was du sagen wolltest, ja? Das wird deine Grandma sein."

Sie wuschelte Jack durchs Haar und eilte zur Tür. Als sie die Hand an den Türknauf legte, atmete sie noch einmal tief durch. Es ist albern, nervös zu sein, ermahnte sie sich. Dann zog sie die Tür auf und sah Mr. und Mrs. O'Connell draußen stehen.

„Hallo. Schön, dass Sie da sind." Sie ließ die beiden ein. „Jack ist in der Küche und isst etwas."

„Danke, dass Sie auf Jack aufpassen." Mary O'Connell blickte sich rasch um. Ihre Neugier sollte nicht zu auffällig sein. Auch sie hatte sich Mühe mit ihrem Make-up gegeben – sehr zum Missfallen ihres Mannes.

„Ich bin gern mit Jack zusammen. Kommen Sie doch herein, ich habe frischen Kaffee aufgebrüht."

„Wir wollen Ihnen keine Umstände machen", sagte Bob. Er war schon zig Mal in diesem Haus gewesen. Wenn man die Toiletten anderer Leute reparierte, war man nicht mehr sonderlich beeindruckt von deren restlicher Einrichtung.

„Es macht ganz bestimmt keine Umstände. Natürlich, wenn Sie es eilig haben …“

„Wir müssen noch …“

Bob brach ab, als seine Frau ihm leicht mit dem Ellbogen in die Seite stieß. „Für eine Tasse Kaffee bleibt immer Zeit. Danke für die Einladung.“

„Brody wird für meine Eltern die Küche renovieren“, erzählte Kate, während sie vorging. „Meine Eltern sind ganz begeistert von dem, was er im restlichen Haus schon für sie gemacht hat.“

„Er hat immer ein Händchen für handwerkliche Dinge gehabt“, sagte Mary und warf ihrem Mann einen kurzen Blick zu, als der die Lippen fest aufeinander presste.

„Ja, sein Haus hat er völlig verändert. He, Jack, sieh mal, wer hier ist.“

„Hi.“ Jack schlürfte seinen Kakao. „Ich habe mit Kate gespielt.“

Wie der Vater, so der Sohn, dachte Bob säuerlich, aber seine Laune hob sich wie immer, als er Jacks strahlendes Lachen sah. „Wo hast du denn die Kakaokuh gefunden, Partner?“

„Oh, wir halten uns eine im Garten und melken sie zwei Mal am Tag“, sagte Kate lachend und stellte zwei Kaffeetassen auf den Tisch.

„Kate hat Spielzeug. Ihre Mom hat einen ganzen Laden voll damit. Kate hat gesagt, dass ich mir zu meinem Geburtstag in dem Laden aussuchen darf, was ich will."

„Oh, das ist aber nett." Mary sah von Jack zu Kate. „Wie geht es Ihrer Mutter?"

„Sehr gut. Danke der Nachfrage."

Die Art, wie Kate den Kaffee servierte, gefiel Mary. Ruhig, geschickt, mit Stil, aber nicht affektiert. Und die Art, wie sie Jack ganz selbstverständlich einen Lappen reichte, damit er den verschütteten Kakaoklecks selbst aufwischen konnte.

Sie würde eine gute Mutter abgeben, dachte Mary. Der Himmel wusste, ihr kleines Lämmchen hatte das verdient. Was nun Kate als potentielle Ehefrau betraf – nun, man würde sehen.

„Jeder redet über Ihre Ballettschule." Als ihr Mann leise abfällig schnaubte, huschte verlegene Röte auf ihre Wangen. „Sie müssen doch ganz aufgeregt sein."

„Das bin ich auch. Es haben sich schon einige Schüler angemeldet, die ersten Unterrichtsklassen werden in ein paar Wochen beginnen. Falls Sie noch jemanden kennen sollten … Ich wäre Ihnen dankbar, wenn Sie ein gutes Wort für mich einlegen könnten."

„Shepherdstown ist nicht New York", brummte Bob und griff nach dem Zuckertopf.

„Stimmt." Kate blieb ruhig und freundlich, auch wenn ihr der Seitenhieb nicht entgangen war. „Ich habe gern in

New York gelebt und gearbeitet. Natürlich war es leichter für mich, weil ich dort Familie habe. Ich bin auch gerne gereist, es gefiel mir, andere Länder kennen zu lernen, auf den großen Bühnen zu tanzen. Aber hier ist mein Zuhause, und hier will ich sein. Meinen Sie, dass das Ballett nicht hierher passt, Mr. O'Connell?"

Er zuckte die Schultern. „Ich versteh nichts davon."

„Sehen Sie, ich verstehe sehr viel davon. Deshalb bin ich überzeugt, dass eine gute Schule hier ankommen wird. Wir leben in einer Kleinstadt", fuhr sie fort, „aber wir haben auch ein College. Das bringt sehr viele verschiedene Leute hier zusammen."

„Kann ich einen Keks haben?"

Kate erhob sich bereitwillig, um Jack Kekse zu bringen, und zuckte zusammen, als sie Brody plötzlich durch das Glas der Hintertür erblickte.

Sie ließ ihn ein. „Himmel, hast du mich erschreckt."

„'tschuldigung." Er sah zu seinen Eltern. „Ich habe versucht, euch anzurufen, um euch zu sagen, dass ich Jack selbst abholen kann. Aber ihr wart schon weg."

„Wir haben gesagt, um drei holen wir den Jungen ab, und um drei waren wir hier", brummte Bob.

„Nun ... bei mir hat sich eine kleine Änderung ergeben." Er sah zu seinem Sohn, der mit hängendem Kopf auf seinen Teller starrte, das Kinn fast auf der Brust. „Hast du Spaß bei Kate gehabt?"

Jack nickte und sah langsam auf. Tränen schwammen in seinen Augen. „Es tut mir Leid, dass ich so böse war. Ich wollte deinem Herzen nicht wehtun."

Brody ging vor ihm in die Hocke und nahm Jacks Gesicht in beide Hände. „Und mir tut es Leid, dass ich nicht mit dir nach Disney World fahren kann. Es tut mir Leid, dass ich dich angeschrien habe."

„Dann bist du nicht mehr böse auf mich?"

„Nein. Ich war auch nie wirklich böse auf dich."

Die Tränen trockneten schnell. „Das hat Kate auch gesagt."

„Kate hat Recht gehabt." Er nahm seinen Sohn auf den Arm und drückte ihn fest an sich.

„Darf ich wieder mit dir zurück zur Arbeit? Ich verspreche, ich werde auch ganz lieb sein."

„Nun, du könntest, aber für heute ist meine Arbeit erledigt."

„Nennt man das jetzt Verantwortungsbewusstsein, wenn ein Mann am frühen Nachmittag aufhört zu arbeiten?" Bobs Stimme klang vorwurfsvoll.

Brody sah zu seinem Vater hinüber und nickte fest. „Ja. Denn dieser Mann ist verantwortungsbewusst genug, um ein guter Vater zu sein und sich Zeit für seinen Sohn zu nehmen."

„Du hattest immer genug zu essen." Bob schob unwirsch mit den Stuhl zurück.

„Stimmt. Aber ich will, dass Jack später mehr von mir sagen kann. Ich habe etwas für dich“, wandte er sich an Jack und bemerkte das zitternde Kinn und den ängstlichen Blick, wie immer, wenn sein Vater und er aneinander gerieten. „Es hat nichts mit Disney World zu tun, aber ich wette, es wird dir mehr gefallen.“

„Ein neuer Action Man?“

„Nein.“

„Ein Auto? Ein Laster?“

„Ganz kalt. Und du kannst auch aufhören, in meinen Taschen zu wühlen, denn da wirst du nichts finden. Es ist draußen auf der Veranda.“

„Kann ich es sehen?“ Jack rannte schon zur Tür und rüttelte am Türknauf. Und als die Tür dann aufging und Jack nach unten sah, dann zu seinem Vater, hatte Brody in diesem einem glücklichen Moment alles, was er zum Leben brauchte.

„Ein Hündchen! Ein richtiges Hündchen!“

Jack hob das schwarze Fellknäuel hoch, das sofort begann, begeistert fiepend und schwanzwedelnd Jacks Gesicht abzuschlecken. „Ist der für mich? Kann ich ihn behalten?“

„Sieht aus, als wollte er dich behalten“, meinte Brody lächelnd.

„Sieh nur, Grandma, ich habe einen Hund! Er gehört ganz allein mir! Und er heißt Mike! So, wie ich es mir immer gewünscht habe!“ Mit strahlenden Augen betrachtete der Junge seinen neuen Spielgefährten.

„Der ist wirklich ein hübscher kleiner Kerl. Oh, sieh nur, die großen Pfoten. Der ist bestimmt bald größer als du. Aber du musst auch gut auf ihn aufpassen und dich um ihn kümmern, Jack.“

„Das werde ich, Ehrenwort! Sieh nur, Kate, das ist Mike!“

„Er ist wunderbar.“ Sie ging in die Hocke und wurde dafür mit nassen Hundeküssen belohnt. „So weich, so süß.“ Sie sah zu Brody auf, in seine Augen. „Unbeschreiblich süß.“

„Schon gut für einen Jungen, einen Hund zu haben.“ Bob war verletzt über die Bemerkung seines Sohnes. „Aber wer wird sich um das Tier kümmern, wenn Jack in der Schule ist und du den ganzen Tag arbeitest? Du überlegst nie vorher, du machst nur das, was du willst. An andere denkst du dabei nicht.“

Bestürzt legte Mary ihre Hand auf den Arm ihres Mannes. „Bob!“

„Unser Garten ist eingezäunt“, setzte Brody beherrscht an. „Und auf viele Baustellen kann ich den Hund mitnehmen. Bis er alt genug ist, allein zu bleiben.“

„Hast du den Hund für den Jungen gekauft, oder willst du nur dein Gewissen beruhigen, weil du ihm nicht das bieten kannst, was seine Freunde haben?“

„Ich will gar nicht nach Disney World“, sagte Jack weinerlich. „Ich will bei Dad und Mike bleiben.“

Kate setzte ihr freundlichstes Lächeln auf und legte Jack einen Arm um die Schultern. „Warum gehst du nicht mit Mike hinaus und spielst mit ihm im Garten, hm? Kleine Hunde rennen genauso gern wie kleine Jungen. Hier, zieh dir erst deine Jacke an.“

Brody hielt sich zurück, bis Kate den Jungen zur Tür hinausgeschoben hatte.

„Es geht dich nicht das Geringste an, wann und warum ich meinem Sohn einen Hund kaufe. Ich habe den Hund schon vor drei Wochen ausgesucht, musste aber warten, bis er alt genug und entwöhnt war. Ich wollte ihn Ostersonntag abholen, aber Jack braucht heute eine kleine Aufmunterung.“

„Du bringst ihm keinen Respekt bei, wenn du ihn mit Geschenken überhäufst, nachdem er frech zu dir war.“

„Respekt war das Einzige, das du mir beigebracht hast, und sieh dir an, wohin uns das geführt hat.“

„Bitte.“ Mary rang entsetzt die Hände. „Das müsst ihr doch nicht hier austragen …“

„Du sagst mir nicht, wann und wo ich meine Meinung sagen kann“, fuhr Bob seiner Frau über den Mund. „Es war ein Fehler von mir, ich hätte dich noch öfter den Stock spüren lassen sollen. Du hast immer nur das getan, was du wolltest. Es gab immer nur Ärger mit dir, du weißt gar nicht, wie viel Kummer zu deiner Mutter zugefügt hast. Rennst in die Stadt, noch nicht trocken hinter den Ohren, und vergeudest dein Leben."

„Es ging nicht um die Stadt, es ging darum, von dir wegzukommen."

Bobs Kopf zuckte herum, als wäre er geschlagen worden. „Aber jetzt bist du wieder hier, nicht wahr? Krebst herum, schiebst deinen Sohn zu Nachbarn ab, damit du überhaupt über die Runden kommst. Jagst Weiberröcken hinterher und wälzt dich in Betten, während dein Sohn im Zimmer nebenan liegt …"

„Moment mal!" Hätte die Wut ihr nicht den Blick vernebelt, wäre Kate aufgefallen, dass sie sich zwischen zwei Männer stellte, die kurz davor waren, sich mit Fäusten zu bearbeiten. „Zufälligerweise weiß ich, dass Brody nicht Weiberröcken hinterher jagt, sondern mir. Und selbst wenn es Sie überhaupt nichts angeht – wir haben uns nie im Bett gewälzt, wenn Jack nebenan schlief. Wenn Sie nicht wissen, dass Brody sich eher den rechten Arm abschneiden würde, bevor er dieses Kind verletzt, dann sind Sie nicht nur blind, sondern auch begriffsstutzig. Sie sollten sich schämen, so mit ihm zu reden, nur weil Sie nicht genug Mumm besitzen, ihm zu sagen, dass Sie stolz auf das sind, was er aus seinem Leben und dem Leben seines Sohnes macht."

„Spar dir deinen Atem", mischte Brody sich resigniert ein, „es nützt sowieso nichts."

„Du hältst dich da raus. Denn du bist weiß Gott auch nicht unschuldig. Du hast kein Recht, so zu deinem Vater zu sprechen. Kein Recht, ihm den Respekt zu verweigern. Und das vor deinem eigenen Kind. Siehst du denn nicht, wie sehr ihn das ängstigt, wenn er euch beiden zusehen muss, wie ihr euch gegenseitig an die Kehle geht?"

Wütende Pfeile schossen aus ihren Augen, als sie von einem zum anderen blickte. „Ihr zwei zusammen habt nicht einmal den Verstand einer Amöbe. Ich gehe jetzt raus zu Jack. Und von mir aus könnt ihr euch die Nasen blutig schlagen." Damit riss sie die Hintertür auf und segelte hinaus.

Es brodelte immer noch in ihr, als Brody kurze Zeit später neben sie trat.

„Ich möchte mich dafür entschuldigen, dass ich das in dein Haus gebracht habe."

„Mein Haus hat schon einige Familienstreitigkeiten erlebt. Das wird mit Sicherheit nicht das letzte Mal gewesen sein."

„Du hast Recht, es war falsch von uns, vor Jack damit anzufangen." Als sie schwieg, steckte er seufzend die Hände in die Hosentaschen und sah eine Weile zu, wie Jack mit Mike über den Rasen tobte. „Kate, so war es immer zwischen meinem Vater und mir."

„Muss es deshalb auch immer so bleiben? Brody, wenn du einen Aspekt deines Lebens ändern kannst, gelingt es dir auch bei einem anderen. Du musst es nur wollen."

„Wir geraten uns ständig in die Haare. Es ist besser, wenn wir Abstand voneinander halten. Ich will nicht, dass Jack einmal für mich solche Gefühle hat."

„Hör auf damit." Ungeduldig drehte sie sich zu ihm herum. „Sieh ihn dir an. Ist das ein glücklicher, gesunder, wohl erzogener Junge?"

„Ja." Brody lächelte unwillkürlich, als Jacks lautes Lachen durch die Luft schwang.

„Du bist ein guter Vater. Manchmal ist es anstrengend, aber meist ist es leicht für dich. Weil du ihn bedingungslos liebst. Als Sohn zu lieben ist viel schwieriger für dich. Weil du Bedingungen stellst, Forderungen. Ansprüche hast. Genauso ist es bei deinem Vater."

„Wir lieben uns nicht."

„Da irrst du gewaltig. Denn sonst könntet ihr euch nicht so verletzen."

Brody ging nicht darauf ein. Sie verstand es nicht. Wie sollte sie auch? „Es ist das erste Mal, dass ich ihn sprachlos gesehen habe. Noch nie hat eine Frau ihn so auseinander genommen. Ich muss sagen, ich habe mich mittlerweile daran gewöhnt."

„Umso besser. Also, wenn du nicht willst, dass ich

jetzt mit dir anfange, solltest du dich so schnell wie möglich bei deiner Mutter entschuldigen. Sie wäre vor Verlegenheit am liebsten im Boden versunken."

„Mann, du bist ganz schön streng. Darf ich wenigstens vorher mit meinem Hund spielen?"

Sie hob eine Augenbraue. „Wessen Hund?"

„Jacks. Aber Jack und ich, wir sind …"

„Ein Team", beendete sie den Satz für ihn. „Ich weiß."

10. KAPITEL

Kate machte einen Plan. Wartete ab, bis der richtige Moment gekommen war. Sicher, es war mit voller Absicht und kühl kalkuliert. Aber mal ehrlich, was war so falsch daran? Timing, Ansatzpunkt, Vorgehensweise – unerlässliche und grundlegende Faktoren für jeden Plan.

Freitagnacht war der richtig Zeitpunkt. Jack blieb über Nacht bei seinen Großeltern, und Brody war sehr entspannt und glücklich, nachdem sie sich leidenschaftlich geliebt hatten.

„Ich habe etwas für dich."

„Noch mehr?" Er war, wie Jerry es genannt hätte, völlig weggetreten. „Ich habe schon ein Abendessen, eine Flasche Wein und eine Nacht mit einer wunderschönen Frau bekommen. Etwas anderes kann es doch gar nicht mehr geben."

Mit einem leisen Lachen schlüpfte sie aus dem Bett. „Doch."

Er beobachtete sie. Er liebte es zu sehen, wie sie sich bewegte. Langsam dämmerte es ihm, dass da vielleicht doch mehr an dieser ganzen Ballettsache war, als er bisher vermutet hatte.

Es machte ihn glücklich, sie hier in seinem Zimmer zu sehen. Das Zimmer, in das er schon seit längerem abends immer noch ein paar Stunden Arbeit investiert hatte, damit es endlich fertig wurde. Schließlich tat er hier jetzt wesentlich mehr als nur schlafen.

Einmal hatte sie ihre Ohrringe auf der Kommode neben dem Bett liegen lassen. Als er aufgewacht war und sie gesehen hatte, war er regelrecht zusammengezuckt. Die Ohrringe sahen so ... so feminin aus.

Und dann war ihm der Platz auf dem Schrank leer vorgekommen, als Kate die Ohrringe genommen und wieder eingesteckt hatte.

Er würde sich genauer überlegen müssen, was diese seltsame Reaktion zu bedeuten hatte.

Sie zog sein Hemd über und ging zu ihrer Handtasche auf dem Stuhl.

„Ich werde dir ein Dutzend Flanellhemden kaufen, nur damit ich dich darunter nackt sehen kann."

„Ich nehme gerne an." Sie kam zum Bett zurück und ließ einen Umschlag auf seine bloße Brust fallen. „Die sind für dich."

„Was?" Verdutzt setzte Brody sich auf und öffnete den Umschlag. Zwei Flugtickets kamen zum Vorschein, was ihn nur noch mehr irritierte. „Was ist das?"

„Zwei Tickets nach New York. Für dich und Jack."

Argwöhnisch runzelte er die Stirn. „Wieso?"

„Weil ich euch beide dabei haben will. Warst du schon mal in New York?"

„Nein, aber …"

„Umso besser. Dann kann ich euch beiden die Stadt zeigen. Der Direktor meiner Company hat Anfang der Woche angerufen", erklärte sie. „Sie machen eine Sonderaufführung, nur eine Vorstellung, nächsten Samstag. Ein Wohltätigkeitsprojekt. Es werden verschiedene Ausschnitte aus den gängigsten Balletts gezeigt. Die Tänzerin, die den *pas de deux* tanzen sollte, ist wegen einer Verletzung ausgefallen. Nichts Schlimmes, glücklicherweise, es wird ihre Karriere nicht beenden, aber sie muss zwei Wochen pausieren. Deshalb hat er mich gebeten, für sie einzuspringen. Ich sollte eigentlich schon Montag hinfliegen, um zu üben, aber ich musste einiges umorganisieren, und so kann ich erst am Dienstag nach New York."

Das war doch ganz einfach und klar, oder nicht? Sie würde Brody keinen Raum lassen, sich herauszuwinden, das hatte sie sich fest vorgenommen.

Er fühlte den kleinen Stich, dass sie schon wieder wegmusste. „Ich weiß, du wirst exzellent sein. Aber Kate, ich kann mir nicht einfach Jack greifen und fürs Wochenende nach New York jetten."

„Warum nicht? Ihr fliegt Freitag nach der Schule und seid vor dem Abendessen in New York. Wir kommen bei meiner Schwester unter. Am Samstag siehst du dir die Stadt an, gehst mit Jack vielleicht aufs Empire State Building. Samstagabend Theater, die Ballettaufführung.

Am Sonntag ein kleiner Stadtbummel zusammen, dann Dinner bei meinen Großeltern. Wir nehmen den letzten Flug zurück, und am Montag ist jeder wieder pünktlich in der Schule und bei der Arbeit.“ Sie reckte die Schultern und musste Luft holen. „Oh, und Mike bringst du natürlich mit. Die Kinder meiner Schwester werden aus dem Häuschen sein.“

Er hatte das Gefühl, in einer Kiste zu sitzen, und jemand hämmerte Nagel für Nagel den Deckel zu. „Kate, Leute wie ich tun so etwas nicht. Mal eben nach New York …“

„He, du fliegst doch nicht zum Mars, O'Connell.“ Lachend küsste sie ihn. „Nur ein kleines Abenteuer. Jack wird vor Freude in die Luft springen, und …“, den entscheidenden Schlag hatte sie bis zum Schluss aufbewahrt, wie jeder gute General, „… dann kann er seinem Freund Rod wenigstens einen kleinen Dämpfer wegen Disney World versetzen. Immerhin kann er dann von sich behaupten, dass er auf dem Gebäude war, von dem King Kong in einen tragischen Tod stürzte.“

Das saß. Brody musste an sich halten, um nicht unruhig im Bett hin und her zu rutschen. Ach was, Kiste. Er kam sich vor wie ein Fisch an der Angel, der den Haken schon geschluckt hatte und nicht mehr loskam. „Versteh es bitte nicht falsch, aber ich habe wirklich nicht viel für Ballett übrig.“

„So?“ Sie lächelte zuckersüß und klimperte mit den Wimpern. „Welche hast du denn schon gesehen?“

„Ich habe auch noch keine öffentliche Hinrichtung gesehen, und trotzdem weiß ich, dass das nichts für mich wäre.“

„Sieh es doch mal so. Du ermöglichst Jack, New York kennen zu lernen. Du hast zwei volle Tage, um dich bestens zu amüsieren. Dagegen stehen zwei Stunden Flug, in denen du dich zu Tode langweilen wirst. Das ist doch kein schlechter Deal, oder? Außerdem hast du mich noch nie tanzen gesehen.“ Sie verschränke ihre Finger mit seinen. „Ich wünsche mir, dass du mich wenigstens einmal auf der Bühne siehst.“

Er blickte mit gerunzelter Stirn auf die Tickets in seinen Händen. „Du hast wirklich nichts ausgelassen, was?“

„Das hoffe ich doch. Also, abgemacht?“

„Wenn Jack hört, dass er zum ersten Mal mit einem Flugzeug fliegen darf, wird er völlig ausflippen.“

Jack flippte nicht nur aus, er überschlug sich vor Freude und war nicht mehr zu bremsen. Auch dann nicht, als sie am Freitagnachmittag das Flugzeug bestiegen.

„Dad, kannst du nicht fragen, ob Mike bei uns sitzen kann? Er hat Angst in dieser Kiste.“

„Jack, ich habe dir bereits erklärt, dass das nicht erlaubt ist. Außerdem sind da doch noch zwei andere Hunde. Die drei werden sich bestimmt bestens unterhalten und genauso viel Spaß haben wie wir."

„Na schön." Mit staunend aufgerissenen Augen sah Jack sich um, als sie durch die schmale Tür in die Maschine traten. „Dad, sieh nur!" flüsterte er aufgeregt. „Da sind die Piloten."

Der Steward begriff sofort. Jack bekam eine Führung durch das Cockpit und ein kleines Plastikflugzeug. Als die Startdurchsage kam, war Jack fest entschlossen, später einmal Pilot zu werden.

Während der nächsten fünfzig Minuten feuerte er eine Frage nach der anderen ab, meist die kleine Nase hartnäckig an die Fensterscheibe gedrückt. Als sie zur Landung ansetzten, klingelte es Brody in den Ohren, aber er musste zugeben, dass Jack einen Riesenspaß hatte.

Jetzt musste er nur noch die nächsten beiden Tage überstehen – bei Kates Familie. Und als ob das nicht reichen würde, einem Mann ernsthafte Kopfschmerzen zu bereiten, gab es da auch noch den Ballettabend.

Was treibst du hier eigentlich, O'Connell? fragte er sich in einem Anflug von Panik. Ein Wochenende in New York. Ein Abend im Theater. Warum, zum Teufel, bist du nicht zu Hause, schmirgelst Schränke ab und bereitest die freitagabendliche Pizza Spezial vor?

Die Frage konnte er sich selbst beantworten. Es war

wegen Kate. Nach dieser Erkenntnis flammte die Panik, bis jetzt noch verhalten, lichterloh auf. Irgendwie hatte sie alles verändert.

Die Reisetasche in der einen Hand, Jacks Hand fest in der anderen, ging er durch das Gate und befahl sich, ganz ruhig zu bleiben – schließlich waren es ja nur zwei Tage –, und sah sich nach Kate um. Als er den großen blonden Mann erblickte, der aufgeregt winkte, ging er hastig die Gesichter aller Leute, die er kannte, in Gedanken durch, bis er bei Kates Schwager ankam. Himmel, wie hieß der Mann nur noch?

„Nick LeBeck.“ Nick nahm Brody die Tasche aus der Hand. „Ihr kommt bei uns unter. Kate wollte euch selbst abholen, aber sie ist bei den Proben aufgehalten worden.“

„Danke für die Mühe. Wir hätten auch ein Taxi nehmen können.“

„Kein Problem, gern geschehen. Habt ihr noch mehr Gepäck?“

„Mike.“

„Ach ja.“ Lachend schüttelte Nick Jack die Hand. „Schön, dich wieder zu sehen. Max kann's kaum noch erwarten, bis ihr endlich bei uns seid. Ihr habt euch Silvester schon getroffen.“

„Ja, ich weiß, und Kate hat gesagt, ich kann bei ihm schlafen.“ Jack blickte Nick erwartungsvoll an.

„Richtig. Heute Abend veranstalten wir ein ganz großes Dinner. Magst du Fischkopfsuppe?“

Jacks Augen wurden tellergroß. Um nicht allzu unhöflich zu erscheinen, schüttelte er ganz langsam den Kopf.

„Das ist gut. Wir haben nämlich keine. Kommt, lasst uns Mike befreien.“

Es war lange nicht so unangenehm, wie er erwartet hatte, in einer fremden Stadt, in einem fremden Haus, mit Leuten, die er kaum kannte. Jack fand sich sofort zurecht und frischte seine kurze Freundschaft mit Max auf. Die beiden gluckten zusammen, als hätten sie sich erst gestern gesehen. Mike war bei allen der Hit, und vor lauter Aufregung pinkelte er mitten im Wohnzimmer auf den Teppich.

„Oh, entschuldigt, das tut mir wahnsinnig Leid. Dabei ist er schon fast stubenrein.“

„Wie unsere Kinder“, sagte Freddie ungerührt und reichte Brody einen Lappen. „Das sind wir gewohnt, nur der Himmel weiß, was dieser Teppich schon alles aushalten musste. Also, entspannen Sie sich wieder.“

Brody war erstaunt, aber er tat es tatsächlich. Es war interessant und faszinierend mit anzusehen, wie Jack mit Bruder und Schwester zurechtkam. Fast wie ein großer Bruder spielte er mit der dreijährigen Kelsey.

Was Brody zu dem Gedanken veranlasste, dass ein Einzelkind es vielleicht doch nicht immer so gut hatte, wie man glaubte.

„Brauchen Sie vielleicht eine kleine Pause?“ flüsterte Nick Brody zu und zeigte mit dem Kopf nach hinten zur Tür.

Diese Einladung nahm Brody nur zu gern an. Nick führte ihn in das Musikzimmer, in dem sich das alte Piano befand, das Nick schon seit über zehn Jahren aus reiner Sentimentalität behielt. In einem Regal blinkten mehrere polierte „Tonys“, auf der Bank lag ein Stapel Notenblätter. Mehrere tiefe, weiche Ledersessel standen herum.

Nick ging zu einem unauffällig in der Regalwand eingelassenen Minikühlschrank. „Bier?“

„Aber auf jeden Fall“, sagte Brody mit Inbrunst.

„Wenn man mit Kindern reist, weiß man, was man geleistet hat.“ Nick ließ Kronkorken springen, reichte Brody eine Flasche. „Kommen Sie, reden Sie es sich von der Seele.“

„Von dem Moment an, als ich ihn von der Schule abholte, hat er nicht mehr aufgehört zu reden. Er muss einen neuen Rekord im Dauerreden aufgestellt haben.“

„Warten Sie’s ab, wenn Sie erst mal auf einem Transatlantikflug sind. Neun Stunden eingesperrt auf engstem Raum mit Max und Kelsey.“ Nick schüttelte sich.

„Können Sie sich eigentlich vorstellen, wie viele Fragen man in neun Stunden stellen kann? Nein, lassen Sie uns schnell das Thema wechseln, sonst haben wir beide heute Nacht Albträume.“

Auf Nicks Einladung hin ließ Brody sich dankbar in einen der Sessel sinken. „Ein tolles Haus haben Sie hier. Wenn ich an New York gedacht habe, habe ich mir immer trostlose Mietshäuser vorgestellt, deren Fenster auf ein anderes trostloses Mietshaus blicken. Oder moderne Wolkenkratzer.“

„Davon haben wir hier auch genug. Als Freddie und ich zusammen zu schreiben begannen, lebte ich über der Bar meines Bruders, an der Lower East Side. Tolle Bar übrigens“, ließ er nebenbei einfließen. „Aber das ist nicht unbedingt der richtige Ort, um zwei Kinder großzuziehen.“ Er sah auf und begann zu grinsen. „Ah, da kommt unsere Ballerina.“

„Tut mir Leid, dass ich so spät dran bin.“ Kate rauschte in den Raum, drückte Nick ein schnelles Küsschen auf die Wange und ging dann zu Brody, um ihn wesentlich ausgiebiger und länger zu küssen. „Entschuldige, dass ich euch nicht abholen konnte. Aber Davidov hat mal wieder eine seiner Krisen. Der Mann kann einen zum Trinker machen. Nick, mein strahlender Held, ich werde dir ewig dankbar sein, wenn du mir ein Glas Wein beschaffen könntest.“

„Fein. Ich werde dich dran erinnern."

„Sag Freddie bitte, dass ich gleich komme. Ich muss erst mal Luft holen."

„Setz dich", ordnete er an und drückte sie in einen Sessel. „Gönne diesen Goldfüßen 'ne Pause."

„Die brauchen sie auch." Mit einem tiefen Seufzer der Erleichterung schlüpfte sie aus ihren Schuhen, als Nick den Raum verließ.

Prompt fluchte Brody und war sofort bei ihr, nahm ihre Füße in seine Hände. „Was, zum Teufel, hast du gemacht?" Ihre Füße waren bandagiert und blutig.

„Getanzt."

„Bis du blutest?"

„Wenn es nötig ist, ja. Bei Davidov kommt das häufiger vor."

„Er gehört erschossen."

Sie lehnte sich zurück und schloss die Augen. „Ich muss gestehen, in den letzten beiden Tagen habe ich diese Möglichkeit öfter in Betracht gezogen. Aber Schwächlinge haben beim Ballett nichts verloren. Schmerzende und blutige Füße gehören eben mit zur Arbeitsplatzbeschreibung eines Tänzers."

„Das ist doch Wahnsinn."

„Das ist das Leben, O'Connell." Sie beugte sich vor und küsste ihn. „Keine Sorge, sie heilen ja wieder."

„Und wie willst du damit morgen tanzen?"

„Ich werde großartig sein." Sie seufzte dankbar, als Nick mit dem gewünschten Glas Wein zurückkam. „Ach, mein edler Prinz, danke. Übrigens, Brody ist der Meinung, dass man Davidov erschießen sollte."

„Das hast du auch schon oft gesagt." Nick blickte auf ihre Füße, zuckte zusammen. „Sieht ja schlimm aus. Soll ich dir Eiswürfel bringen?"

„Nein, danke. Ich werde sie später verhätscheln."

„Das wirst du jetzt sofort machen!" Brody hob sie resolut aus dem Sessel auf seine Arme.

„Wirklich, Brody, jetzt stell dich nicht so an."

„Du hältst den Mund", befahl er barsch und trug sie hinaus.

Nick trank den letzten Schluck aus der Flasche. „Mann, der Typ ist erledigt." Dann ging er, um seine Frau zu finden und es ihr brühwarm zu berichten.

„Es war ja so romantisch." Noch jetzt, Stunden später im gemeinsamen Schlafzimmer, floss Freddies Herz über. „Plötzlich stand er in der Küche, mit diesem wunderbar mürrisch-besorgten Stirnrunzeln, Kate auf dem Arm, und verlangte nach einer Schüssel, damit er ihr ein Fußbad machen kann." Sie schmunzelte verträumt.

„Ich hab's dir doch gesagt." Abrupt schlug Nick mit der Faust mehrmals gegen die Wand zum angrenzenden Kinderzimmer. Allerdings hatte er wenig Hoffnung, dass das irgendeinen Einfluss auf den Lärm haben würde, der hinter dieser Wand ertönte. „Der Mann ist verloren."

„Und wie er sie angeschaut hat ... vor allem, wenn er glaubte, keiner würde es bemerken. Als ob er sie am liebsten mit einem einzigen großen Biss vernaschen würde. Es war wunderbar."

Nick hörte auf, sich den Bauch zu kratzen, und runzelte die Stirn. „Ich habe dich auch so angesehen."

Freddie schnaubte leicht und deckte das Bett auf. „Das war einmal."

„He." Er ging zu ihr, fasste sie bei den Schultern und drehte sie zu sich herum. „Hier. Sieh genau hin." Er zeigte auf seine Augen und versuchte, verführerisch zu gucken.

Sie lachte leise. „Ja, sicher. Ich zerfließe regelrecht."

„Willst du damit andeuten, dass ich nicht romantisch bin? Dass dieser hammerschwingende Goliath auf diesem Gebiet besser ist als ich?"

Freddie genoss jede Sekunde des ehelichen Geplänkels. „Also bitte ..." Sie ging zur Frisierkommode hinüber und nahm die Haarbürste auf. Im nächsten Moment fand sie sich hochgehoben, ihr erschreckter Aufschrei wurde erstickt durch einen sehr entschlossenen Mund.

„Ah, du willst also Romantik?" Ohne Freddie die Möglichkeit zu einer Reaktion zu geben, trug Nick seine Ehefrau zum Bett hinüber. „Die kannst du haben!"

Am anderen Ende des Korridors, nachdem die Kinder endlich vor lauter Erschöpfung eingeschlafen waren, zog Kate den Gürtel ihres Morgenmantels fester um die Taille. Sie hatte lange, harte Tage hinter sich, Tage, in denen sie sich völlig verausgabt hatte, die das Letzte von ihrem Körper und ihrem Geist gefordert hatten.

Aber zu wissen, dass Brody sich nur wenige Meter entfernt in seinem Zimmer befand, machte sie rastlos und unruhig.

Verlangen.

Sie hatte gehofft, dass er sich ohne Rücksicht auf Anstand und Höflichkeit in ihr Zimmer schleichen würde. Was er nicht getan hatte. Aber das hieß ja nicht, dass sie sich nicht in sein Zimmer schleichen konnte.

Sie schlüpfte zur Tür hinaus und ging auf Zehenspitzen zum Kinderzimmer. Selbst der Hund, so erkannte sie durch den Türspalt, schlief tief und fest vor Erschöpfung. Leise schloss sie die Tür wieder und ging weiter zu Brodys Zimmer.

Unter dem Türspalt schimmerte kein Licht hindurch. Nun, wenn sie ihn aufwecken musste, dann würde sie das eben tun. Sie schob die Tür auf, die Angeln knarrten leise, und trat in den Raum. Im gleichen Moment drehte Brody sich am Fenster zu ihr um.

Er hatte unentwegt an sie denken müssen – aber das war ja nichts Neues. Er trug nur noch seine Jeans, und jetzt stand er da und sah zu, wie sie hinter sich den Schlüssel im Schloss drehte. Sein Mund wurde trocken.

„Kate, die Kinder …"

„Die sind hinüber." Sie hatte diesen Morgenmantel erst gestern gekauft, in der einstündigen Pause. Eine sündhaft teure Anschaffung aus pfirsichfarbener Seide. Aber als sie jetzt Brodys Gesicht sah, hörte, wie die Seide raschelte, als sie auf ihn zuging, war sie überzeugt, die richtige Investition getätigt zu haben.

„Ich habe gerade nach ihnen geschaut. Und falls sie wider Erwarten aufwachen sollten, wird sich eben einer von uns um sie kümmern. Siehst du dir die Aussicht an?"

„Ziemlich beeindruckend." Er nahm ihre Hände. „Ich dachte gerade daran, dass ich heute Nacht wohl kein Auge zutun werde. Zu wissen, dass du so nah bist und dich nicht berühren zu können …"

„Berühre mich jetzt, und keiner von uns wird sich Gedanken über schlaflose Nächte machen müssen."

Er fragte sich, wie er je hatte glauben können, er könnte ihr widerstehen. Sie war die Verkörperung jeder Fantasie, die er je gehabt hatte, jedes Traums, jedes Wunsches. Seide und Schatten. Aber sie war echt, so echt wie dieser warme, verlangende Mund, diese langen schlanken Arme.

All die leeren Jahre, die einsamen Nächte zählten nicht mehr.

Er strich die Seide von ihren Schultern und fand nur Kate darunter. Rundungen und Muskeln, Seufzer und Zittern. Zusammen mit ihr schlüpfte er ins Bett und in die vertraute Welt, die sie sich erschaffen hatten. Duftende Haut, streichelnde Hände. Sie war ein Wunder für ihn, eine Sirene mit rauchgrauen Augen, die ihn mit einem einzigen Blick verführen konnte. Eine Frau mit eigenem Kopf und Charakterstärke, die keiner Schlacht auswich. Eine gute Freundin, immer bereit, die Schulter zu bieten, an die man sich anlehnen konnte.

Er konnte sich nicht mehr vorstellen, wie sein Leben ohne sie aussehen sollte.

Endlich hatte er es sich eingestanden. Er zog sie an sich und hielt sie einfach nur fest.

„Brody?“ Sie fuhr ihm durchs Haar. Er drückte sie so fest, dass sie fast entzweibrach. „Was ist?“

„Nichts.“ Er legte seine Lippen an ihren Hals und befahl sich, nicht zu denken. „Es ist nichts. Ich will dich. So wie ein Verdurstender sich nach Wasser verzehrt.“

Er küsste sie. Heiß, verlangend, wild. Damit alles Denken, alle Vernunft aufhören sollte.

Etwas geschah mit ihnen. Es war mehr, anders als sonst. Er trieb sie an, so schnell, mit einer stillen Intensität, die an Verzweiflung grenzte. Sie konnte nur noch fühlen, konnte nur noch reagieren. Ihr Herz, das sie schon vor langem an ihn verloren hatte, klopfte wild.

Ein Laut kam aus ihrer Kehle, ein lustvolles Stöhnen. Jetzt war sie es, die ihn antrieb, sich selbst antrieb, schnell, ungestüm, rückhaltlos. Geben und Nehmen, geballte Energie. Taumelnder Rausch, Ekstase bis an die Grenzen des Wahnsinns.

Bis sie einander erschöpft und zitternd in den Armen lagen.

Liebe mich, dachte Kate. Ihr Herz schmerzte vor Liebe zu ihm. Sage es mir. Warum willst du es mir nicht sagen?

Er schob sie ein wenig zur Seite, so dass sie sich an ihn schmiegen und er sie halten konnte. „Bleibst du?"

Kate schloss die Augen. „Ja."

Still lagen sie eng umschlungen beieinander, aber beide konnten lange nicht einschlafen.

Seine erste Bewegung galt ihr. Er griff nach ihr. Verwirrt versuchte er sich zu orientieren. Wo war er? Dann richtete er sich schlaftrunken auf und sah in die Richtung, aus der das leise Geräusch gekommen war. Kate, im schwachen Licht der Morgendämmerung, zog ihren Morgenmantel über.

„Was ist los?"

„Entschuldige, ich wollte dich nicht wecken", flüsterte sie und ging zu ihm, um ihn zu küssen. „Ich muss gehen. Tanzstunden."

„Was? Du gibst mitten in der Nacht Unterricht?"

„Nein, ich nehme Tanzstunden. Und es ist auch nicht mitten in der Nacht, es ist schon sechs Uhr früh."

Er schüttelte sich leicht, um einen klaren Kopf zu bekommen, aber nach nur vier Stunden Schlaf verweigerte sein Verstand den Dienst. „Du nimmst Unterricht? Ich dachte, du kannst tanzen."

„Haha, sehr witzig."

„Halt, warte." Er griff nach ihrer Hand, bevor sie gehen konnte. „Wieso nimmst du Tanzstunden? Und warum um sechs Uhr in der Früh?"

„Ich nehme Stunden, weil ich eine Tänzerin bin, und Tänzerinnen hören nie auf zu trainieren, vor allem nicht, wenn sie am Abend eine Aufführung haben. Das Training fängt um sieben an, um elf haben wir eine Kostümprobe. Und jetzt schlaf wieder weiter."

„Aha. Na schön."

„Nick und Freddie werden später mit Jack und dir etwas unternehmen und euch ein bisschen herumführen. Vielleicht könnt ihr ja auch beim Theater vorbeikommen."

Sie wartete auf eine Reaktion, doch nichts geschah. Er war längst wieder eingeschlafen.

„Ist das auch wirklich in Ordnung?" Brody ließ zweifelnd einen Blick über den bunt zusammengewürfelten

Haufen schweifen, der auf den Bühneneingang zuging. Drei Erwachsene, drei Kinder, ein Hund.

„Ganz bestimmt“, versicherte Freddie ihm. „Kate hat das vorher abgesprochen.“

Er war immer noch nicht überzeugt, aber mittlerweile hatte er auch festgestellt, dass man nur äußerst selten gegen eine der beiden Kimball-Schwestern eine Chance hatte.

Die Kinder waren aufgewacht, kaum eine Stunde später, nachdem Kate gegangen war. Unüberhörbar hatten sie die aufgetankte Energie wieder freigesetzt. Sie hatten einen solchen Lärm veranstaltet, dass ganz Manhattan es gehört haben musste. Und sollte tatsächlich jemand taub genug gewesen sein, um es nicht zu hören, den hatte bestimmt Mike mit seinem aufgeregten Gebell aus dem Bett geholt.

Zum Frühstück waren sie in ein typisches ‚Deli‘ gegangen. Danach kam der Gewaltmarsch. Empire State Building – Souvenirshop. Time Square – Souvenirshop. Grand Central Station – Himmel hilf! – Souvenirshop.

Vielleicht war es doch keine so üble Idee, bei Kates Probe hereinzuschneien. Soweit Brody sich erinnerte, gab es in einem Theater Stühle zum Sitzen.

„Jetzt seid mucksmäuschenstill“, warnte Nick, „oder sie werfen uns hochkant hinaus. Das gilt auch für dich,

Fellknäuel“, fügte er hinzu und kraulte Mike hinter den Ohren.

„Es gibt nichts Schöneres, als hinter der Bühne zu sein.“ Freddie ergriff die Hand ihres Mannes, als sie eintraten.

Die Frau in der Pförtnerloge sah ihnen über den Brillenrand entgegen, dann nickte sie lächelnd. „Schön, Sie wieder bei uns zu haben. Miss Kimball, Mr. LeBeck. Wie ich sehe, haben Sie das ganze Team mitgebracht.“

„Hat Kate uns angemeldet?“ fragte Freddie.

„Hat sie. Versteht eines von diesen Kindern Russisch?“ Fast besorgt musterte Sie die Kinder.

„Nein.“

„Gut. Davidov ist heute nämlich in Hochform. Lassen Sie den Hund besser bei mir, denn wenn der Kleine unruhig werden sollte, beißt der Meister ihm noch die Kehle durch.“

„Ah, so ein Tag ist es also?“ Nick grinste, und die Frau blickte ergeben zur Decke.

„Sie haben ja keine Ahnung, was da drinnen los ist. Wie heißt der Kleine denn?“

„Mike“, meldete sich Jack sofort.

„Fein, ich werde gut auf ihn aufpassen. Gehen Sie nur rein, Sie kennen sich ja hier aus.“

Selbst wenn sie den Weg nicht gekannt hätten, das donnernde Gebrüll hätte ihnen die Richtung zur Bühne gewiesen. Brody glaubte, noch nie jemanden so laut schreien gehört zu haben.

„Davidov." Freddie schüttelte sich theatralisch. „Lass uns besser vorne herum gehen, das ist sicherer."

„Isst er wirklich Hunde?" fragte Jack besorgt.

„Nein." Brody nahm die Hand seines Sohnes fest in seine. „Das war nur ein Scherz." Hoffte er zumindest.

Nein, Hunde aß er nicht, aber im Moment hätte Davidov jeden einzelnen Tänzer mit Messer und Gabel tranchieren können. Auf seine ungeduldige Handbewegung hin setzte die Musik aus. „Du! Und du!" Er zeigte mit dem Finger auf das Paar, das atemlos und schweißüberströmt zusammenstand. „Runter von meiner Bühne! Haltet den Kopf unter kaltes Wasser. In einer Stunde seid ihr wieder da, vielleicht könnt ihr dann endlich tanzen. Kimball! Blackstone!" schrie er. „Ihr seid dran!"

Er tigerte auf und ab, ein drahtiger Mann in einem grauen Trainingsanzug, mit einer dramatischen Mähne aus wallendem silbernen Haar. Sein Gesicht wirkte wie gemeißelt, starr und eiskalt.

„Er macht mir Angst", flüsterte Jack. Der Junge umklammerte die Hand seines Vaters fest.

„Pst!" flüsterte Brody zurück und zog Jack auf seinen Schoß, sobald sie sich in eine der hinteren Reihen gesetzt hatten. Vor ihnen saß eine einzelne Frau.

Und als Kate auf die Bühne kam, klappte Brody im wahrsten Sinne der Mund auf.

Ihr Haar hing offen über ihren Rücken herab. Sie trug ein leuchtend rotes Kostüm, das Top eng anliegend, der Rock fiel in zahllosen Falten bis knapp über ihre Knie, die endlos langen Beine endeten in Spitzenschuhen.

Sie marschierte auf Davidov zu, die Hände in die Hüften gestützt, bis sie direkt vor ihm stand. „Du hast mich von der Bühne geschickt. Tu das nie wieder!"

„Ich schicke dich von der Bühne, ich hole dich auf die Bühne. Das ist mein Job. Dein Job ist es, zu tanzen. Du!" Davidov deutete mit dem Finger auf den großen blonden Mann, der mit Kate herausgetreten war. „Geh wieder zurück. Du wartest. ‚Red Rose'. Wir fangen mit dem Eröffnungssolo an", sagte er zu dem Orchester gewandt. „Kimball, du bist Carlotta. Also sei gefälligst Carlotta."

Kate ging in Position, holte Luft. Als die Musik einsetzte, fühlte sie den Takt. Sie tanzte. Ein einzelner Scheinwerfer folgte ihr.

Es war ein verteufelt schwieriges Solo. Rasant, feurig, leidenschaftlich. Ihre Muskeln vibrierten, ihre Füße berührten kaum noch den Boden. Mit dem letzten Takt klappte sie in Pose zusammen, genau dort, wo sie angefangen hatte.

Ihr Puls raste von der Anstrengung. Sie hob den Kopf und warf Davidov einen trotzigen Blick zu, dann richtete sie sich auf und bewegte sich mit schnellen Pirouetten zurück zum Seiteneingang, um ihrem Partner die Bühne zu überlassen.

Brody saß wie erstarrt. So etwas hatte er noch nie gesehen. Hatte gar nicht gewusst, dass es so etwas gab. Es war wie Magie … sie war wie Magie.

Er versuchte diese neue Seite an ihr noch irgendwie einzuordnen, als sie auch schon wieder zurück auf die Bühne schwebte.

Jetzt tanzten sie zusammen, Kate und der Mann in Weiß. Brody hatte nie geahnt, dass Ballett so … so erotisch sein konnte. Es war wie der uralte Paarungstanz zwischen dem arroganten, selbstsicheren Männlichen und dem trotzigen, zögerlichen Weiblichen. Er sah nicht, wie viel Anstrengung es die Tänzer kostete, sah nur den Zauber, das mitreißende Tempo, die Anmut.

Und dann wurde er unsanft aus seiner träumerischen Betrachtung gerissen.

„Stopp! Stopp! Stopp!" Davidov warf aufgeregt die Hände in die Luft. „Was soll das sein? Habt ihr überhaupt Blut in den Adern? Soll das etwa Leidenschaft darstellen, oder macht ihr einen gemütlichen Sonntagsspaziergang durch den Park? Wo bleibt die Inbrunst, das Feuer?"

„Ich werde dir schon Feuer machen!" Kate wirbelte herum.

„Gut." Davidov griff sie um die Hüfte, noch während sie ihn erbost beschimpfte. „Zeig es mir."

Er warf sie in die Luft, mit einem Ruck kam sie wieder auf den Boden zurück. Er fing sie auf, drehte sie. Dreifache Pirouette, wieder hielt er sie, zog sie ruckartig an sich. Eckige, harte Bewegungen, herausfordernd, blitzende Augen, dann stand sie wieder *en pointe,* starrte ihn weiterhin böse an.

„Da, es geht doch. So machst du es. Bleib wütend."

„Ich hasse dich."

„Nicht mich, ihn." Nach einer Handbewegung spielte das Orchester wieder auf.

„Was will er denn? Will er Blut sehen?" Brody war außer sich.

Die Frau in der Reihe vor ihm drehte sich lächelnd um. „Ja, genau. Das wollte er immer. Davidov ist kein einfacher Mann."

„Mein Dad sagt, man sollte ihn erschießen", sprang Jack hilfreich ein.

Die Frau lachte. „Da ist dein Dad nicht der Einzige, der so denkt. Er ist umso strenger, je besser die Tänzer sind. Ich habe auch mit ihm getanzt."

„Hat er Sie auch so angebrüllt?"

„Oh ja. Und ich habe zurückgeschrien. Aber er hat

eine bessere Tänzerin aus mir gemacht, auch wenn ich oft sehr, sehr wütend war. Allerdings habe ich es ihm heimgezahlt."

„Was haben Sie getan?" Jacks Augen waren mittlerweile groß wie Untertassen. „Haben Sie ihm eins auf die Nase gegeben?"

Sie lachte. „Nein, viel besser. Ich habe ihn geheiratet." Sie lächelte Brody an. „Ich bin Ruth Bannion. Sie müssen ein Freund von Kate sein."

„Entschuldigen Sie. Da bin ich ja wirklich mit Anlauf ins Fettnäpfchen gesprungen."

„Machen Sie sich deswegen keine Sorgen." Sie lächelte. „Davidov holt aus jedem Tänzer das Beste heraus, allerdings auch die schlechten Seiten. Er vergöttert Kate und ist immer noch zutiefst verletzt, dass sie die Company verlassen hat. Sehen Sie selbst." Sie drehte sich wieder zur Bühne.

„Lassen wir es für heute genug sein." Auf der Bühne stieß Davidov einen lauten Seufzer aus. „Ruht euch aus. Vielleicht klappt es ja heute Abend bei der Vorstellung mit etwas mehr Energie."

Das Blut rauschte in Kates Ohren, ihre Füße schmerzten höllisch. Aber für eine kurze Tirade hatte sie noch genug Energie. Als sie fertig und jetzt völlig außer Atem war, hob Davidov ungerührt eine Augenbraue.

„Bildest du dir ein, nur weil ich Russe bin, verstehe

ich es nicht, wenn eine Ukrainerin mich einen Mann mit dem Herzen eines Schweins nennt?“

Ihr Kinn schoss hoch. „Nur damit du’s weißt: Ich habe dich einen Mann mit dem Gesicht eines Schweins genannt.“ Damit stolzierte sie zum Seitenausgang und ließ Davidov stehen, der ihr lächelnd nachsah.

„Sehen Sie?“ sagte Ruth. „Er vergöttert sie.“

11. KAPITEL

Kate küsste gerade den Russen, als Brody nach der Aufführung in ihre Garderobe kam. Sie trug immer noch das rote Bühnenkostüm und Theaterschminke. Ihr Haar war zu einem straffen Knoten zusammengebunden, so, wie sie es bei dem spanischen Tanz getragen hatte – zusammen mit dem sexy roten Tutu.

Das Publikum im Saal hatte ihr zu Füßen gelegen. Er auch.

Genau das hatte er ihr sagen wollen, und dann fand er sie in den Armen dieses Sklaventreibers, den sie heute Vormittag noch so lästerlich verflucht hatte.

„Tut mir Leid, wenn ich störe."

Kate strahlte ihn an und hielt ihm die Hand entgegen. „Brody."

Davidov allerdings rückte nur wenig von ihr ab, legte dafür aber einen Arm um ihre Schultern und beäugte den Neuankömmling kühl.

„Ist das der Tischler? Der, der mich erschießen will? Ihm gefällt es nicht, dass ich dich küsse."

„Ach, sei nicht albern."

Brody schaute sie mit zusammengekniffenen Augen an. „Der Mann hat Recht. Es gefällt mir nicht, dass er dich küsst."

„Das ist doch absurd. Das ist Davidov."

„Ich weiß, wer er ist." Brody schloss die Tür. Unschöne Szenen sollten besser hinter geschlossenen Türen stattfinden. „Ich habe Ihre Frau kennen gelernt."

„Ja, ich weiß. Sie findet Sie und Ihren kleinen Sohn sehr sympathisch. Ich habe auch einen Sohn. Und zwei Töchter." Da er nur selten einem Impuls widerstand und dieser Mann da vor ihm so wunderbar wütend dreinblickte, küsste Davidov Kate aufs Haar. „Meine Frau weiß, dass ich hier bin, um diese hier zu küssen. Diese Frau", er trat von Kate weg und ließ langsam seine Hände an ihren Armen herabgleiten, „die heute großartig war. Die perfekt war. Dieser Frau, der ich nie vergeben werde, dass sie mich verlassen hat."

„Ich habe mich auch großartig und perfekt gefühlt. Und ich bin glücklich."

„Glück!" Er rollte mit den Augen. „Als dein Ballettdirektor interessiert mich nur, dass du tanzt. Als dein Freund ...", er seufzte schwer und küsste galant ihre Hand, „... bin ich froh, dass du gefunden hast, was du wolltest."

„Wir wären alle noch glücklicher, wenn Sie sie endlich loslassen würden", knurrte Brody unfreundlich.

Kate runzelte die Stirn. „Eifersucht ist kein sehr schönes Gefühl – und in diesem Falle völlig unangebracht."

„Mord ist auch nicht schön. Aber manchmal reizt es

einen unheimlich.“ Brody funkelte Kate herausfordernd an, diese musterte ihn nicht weniger angriffslustig.

„Einen Moment“, ging Davidov zwischen die beiden. „Wenn ihr euch streiten wollt, dann wartet damit, bis ich ausgeredet habe. Ich habe ‚The Red Rose‘ für Ruth geschrieben“, sagte er an Kate gewandt. „Mein Herz. Es gibt keine andere, die die Carlotta so getanzt hat wie sie. Nur du.“

„Oh.“ Tränen schossen ihr in den Augen, flossen über. „Mist!“

„Du fehlst uns hier sehr. Deshalb rate ich dir: Sei sehr, sehr glücklich da unten in West Virginia, denn sonst komme ich und hole dich zurück.“ Er nahm ihr Gesicht in seine Hände und fragte liebevoll auf Russisch: „Willst du diesen Mann?“

Sie nickte. *„Da.“*

„Ja dann …“ Er küsste sie auf die Stirn und drehte sich dann zu Brody um. „Ich bin ein Mann, der seine Frau liebt. Sie haben sie gesehen, also müssen Sie wissen, dass sie mein größter Schatz ist. Diese hier“, er blickte Kate an, „ist auch ein Schatz. Deshalb küsse ich sie. Wenn Sie Augen im Kopf haben, wissen Sie selbst, was für ein Schatz sie ist.“ Ein herausforderndes Lächeln trat auf sein Gesicht. „Allerdings … sollte ich einen anderen Mann küssen sehen, was meins ist, breche ich ihm die Beine. Schließlich bin ich Russe.“

„Und ich fange normalerweise bei den Armen an. Ich bin Ire.“

Davidov lachte herzhaft auf. „Er gefällt mir! Gut.“ Bevor er die Garderobe verließ, versetzte er Brody einen kameradschaftlichen Schlag auf die Schulter.

„Ist er nicht ein großartiger Mensch?“

„Vor ein paar Stunden hast du ihn noch gehasst.“

„Oh, das.“ Sie winkte ab und setzte sich, um sich abzuschminken „Das war während der Probe. Bei Proben hasse ich ihn immer.“

„Und nach der Vorführung küsst du ihn immer?“

„Wenn es ein so überwältigender Erfolg ist, immer. Er ist ein Sklaventreiber, ein Genie. Eben Davidov“, sagte sie einfach, als würde das alles erklären. „Ohne ihn wäre ich nicht die Tänzerin, die ich bin. Wahrscheinlich wäre ich noch nicht einmal die Frau, die ich bin. Ja, wir stehen uns sehr nahe, aber wir haben nichts miteinander. Niemals gehabt. Er vergöttert seine Frau.“

„Willst du sagen, dass es eine Sache zwischen Künstlern ist?“

„Genau.“ Sie drehte sich auf dem Stuhl zu ihm um. „Es war gut, nicht wahr? Hat es dir gefallen?“

„Du warst unglaublich. Ich habe noch nie so etwas gesehen, ich habe noch nie jemanden wie dich gesehen.“

„Oh.“ Sie sprang auf und lief zu ihm, schlang die Arme um seinen Hals. „Ich bin ja so glücklich!“ Sie lachte und wischte die Creme von seiner Wange. „Entschuldige. Ich wollte, dass es unvergesslich wird. Ich war so nervös, als ich merkte, dass die ganze Familie gekommen ist. Mama und Dad, Grandma und Grandpa und alle Tanten und Onkel und Cousins und Cousinen. Brandon hat Blumen geschickt."

Sie griff ein Kleenex und setzte sich wieder. „Ich hab gedacht, ich schaffe es nicht. Mir war so schrecklich übel." Sie presste die Hand auf den Bauch. „Aber dann habe ich nur noch die Musik gefühlt. Wenn das passiert, ist alles okay. Du weißt es einfach."

Brody sah sich in dem kleinen Raum um. Überall rote Rosen, Hunderte von roten Rosen. Champagner im Eiskübel, exotische Kostüme. All dieser Glamour und Luxus, die neben ihrer Freude verblassten.

Wie konnte sie das alles aufgeben? Warum sollte sie das tun?

Er wollte die Frage gerade aussprechen, als die Tür aufgestoßen wurde und ihre ganze Familie hereinströmte. Damit war der Moment vorbei.

Am nächsten Tag im Haus ihrer Großeltern in Brooklyn war sie genauso in ihrem Element wie auf der Bühne. Die verführerische Sirene von gestern Abend hatte sich in eine liebenswerte junge Frau verwandelt, die barfuß und in Jeans umherging.

Brody versuchte diese beiden Personen in Einklang zu bringen, aber es blieb ein Rätsel für ihn. Wenn er wieder Ruhe hatte, würde er noch mal gründlicher ansetzen. Für den Moment musste das warten. Das Haus war voll mit Menschen, dass er sich schon fragte, wie lange wohl noch genug Sauerstoff in den Zimmern vorhanden sein würde. Der Geräuschpegel musste inzwischen ein gesundheitsschädliches Level erreicht haben.

An der Wand stand ein Klavier, und irgendjemand spielte immer. Alles, von Bach bis Rock. Verlockende Düfte wehten aus der Küche herüber, Wein wurde großzügig ausgeschenkt, und niemand schien länger als fünf Minuten still zu stehen.

Sein Sohn ging völlig darin auf. Er sah ihn mit Max zusammen auf einem abgenutzten Teppich liegen, wo sie ‚Karambolage' mit ihren Autos spielten. Beim letzten Mal, als er ihn gesehen hatte, saß er auf Yuris Schoß und unterhielt sich ernsthaft mit ihm, wobei es sich um so etwas Wichtiges wie Weingummidrops gehandelt haben musste, die während des Gespräch verteilt wurden. Und davor war Jack mit ein paar Teenagern die Treppe heruntergestürmt gekommen. Brody hatte gar nicht mitbekommen, dass Jack nach oben gegangen war. Da hatte er beschlossen, seinen Sohn besser im Auge zu behalten.

„Ihm geht's gut." Eine Frau mit dem typischen Stanislaski-Aussehen – ungezähmt und schön – ließ sich neben ihn auf das Sofa fallen. „Hi, ich bin Rachel“, stellte sie sich lächelnd vor. „Kates Tante. Ist nicht so leicht, uns auseinander zu halten, was?“

„Es gibt ziemlich viele von euch hier.“ Rachel also. Verzweifelt versuchte er sich an die Details zu erinnern. Richterin, genau. Die Schwester von Kates Mutter. Verheiratet mit … dem Typ, dem die Bar gehörte. Der Nicks Halbbruder war.

War es da ein Wunder, wenn ein Mann durcheinander kam?

„Sie werden's schon noch ausknobeln. Der da drüben, der gehört zu mir.“ Sie zeigte auf einen großen Mann, der gerade einen hochgeschossenen Teenager in den Schwitzkasten nahm. „Der, der gerade unseren Sohn Gideon erwürgt, während er sich mit Sydney unterhält. Der Rotschopf ist mit meinem Bruder Mik verheiratet. Laurel ist Miks und Sydneys Jüngste. Mik steht da drüben mit meinem anderen Bruder Alex zusammen, während Alex' Frau Bess – noch ein Rotschopf – scheinbar gerade etwas sehr Wichtiges mit ihrer Tochter Carmen und Nicks und Freddies Kelsey zu bereden hat. Der große hübsche junge Mann, der da gerade aus der Küche kommt, ist Griff, Miks Ältester. Anscheinend hat er etwas zu essen von Nadia, meiner Mutter, ergattert. Haben Sie alles behalten?“

„Äh …“

„Verdauen Sie das erst mal.“ Sie lachte und tätschelte sein Knie. „Denn es gibt noch eine ganze Menge mehr von uns. Also, Ihrem Sohn geht es bestens – und Sie haben nichts mehr zu trinken. Noch Wein?“

„Sicher, warum nicht.“

„Bleiben Sie sitzen, ich besorge Ihnen ein Glas.“ Damit war sie schon fort.

Prompt setzte sich Griff neben ihn und begann ein Gespräch über das Tischlerhandwerk.

Zumindest damit befand Brody sich auf sicherem Grund.

Kate schob sich durch die Menge, zwei Gläser Wein in der Hand, von dem sie eines Brody reichte. Dann setzte sie sich auf die Sofalehne. „Alles in Ordnung hier?“

„Ja, bestens. Alte Pfadfinderregel: Wenn du dich verlaufen hast, beweg dich nicht von der Stelle. Dann finden sie dich schon. Hier kommen alle möglichen Leute vorbei, setzen sich, plaudern ein paar Minuten, dann sind sie wieder weg. So langsam bekomme ich auf diese Art einen Durchblick.“

Noch während er redete, setzte Alex sich dazu und legte die Füße auf den Kaffeetisch. „Also, Bess und ich überlegen uns gerade, ob wir nicht noch zwei Räume an unser Wochenendhaus anbauen sollen.“

„Siehst du jetzt, was ich meine?" sagte Brody grinsend zu Kate.

Sie überließ ihn Alex und schlenderte zur Küche. Ihre Mutter legte gerade letzte Hand an eine riesige Schüssel mit frischem Salat. Nadia stand am Herd und überwachte, wie Miks jüngster Sohn Adam etwas in einem Topf umrührte.

„Braucht ihr noch Hilfe?"

„Wir haben schon zu viel Hilfe in der Küche", antwortete Nadia. Ihr Haar war jetzt schlohweiß, lag in sanften Wellen um ein immer noch markantes Gesicht. Ihre Augen funkelten vergnügt, als sie Adam lobend auf den Rücken klopfte. „Das hast du gut gemacht. Jetzt geh."

„Gibt es bald was zu essen? Wir sterben nämlich schon alle vor Hunger."

„Ja, bald. Sag deinen Geschwistern und deinen Cousins und Cousinen schon mal Bescheid, dass der Tisch gedeckt werden muss."

„Okay!" Schon während er aus dem Raum flitzte, rief er laut seine Befehle.

„Das ist einer, der immer den Ton angeben muss."

Natasha lachte. „Mama, sie alle wollen immer den Ton angeben. Wie hält Brody sich, Kate?"

„Er unterhält sich mit Onkel Alex." Sie fischte sich einen Crouton aus der Schüssel. „Ist er nicht süß?"

„Er hat klare Augen", sagte Nadia. „Direkt, warmherzig. Und er erzieht seinen Sohn gut. Du hast Geschmack bewiesen."

„Ich habe ja auch von den Besten gelernt." Sie küsste Nadia auf die Wange. „Danke, dass ihr ihn willkommen heißt."

Nadia fühlte ihr Herz seufzen. „Geh und deck den Tisch mit den Kindern. Sonst denken dein junger Mann und sein Sohn noch, bei uns gäbe es nichts zu essen."

„Sie werden sich schon bald vom Gegenteil überzeugen können." Sie naschte noch einen Crouton, küsste ihre Mutter auf die Stirn und huschte aus der Küche.

„Nun ..." Nadia guckte in einen Topf. „Bald werden wir wohl auf ihrer Hochzeit tanzen können. Du bist zufrieden mit ihm?"

„Aber ja." Natasha konnte kaum erkennen, was sie da mit dem Salat tat. „Er ist ein guter Mann, und er macht sie glücklich. Ehrlich gesagt, wenn ich jemanden für sie hätte aussuchen müssen, wäre ich auch bei Brody angekommen. Ach, Mama ..." Mit tränenfeuchten Augen blickte sie zum Herd hinüber. „Sie ist mein Baby."

„Ich weiß, ich weiß." Nadia eilte zu ihrer Tochter und bot ihr eine Ecke ihrer Schürze an, während sie die andere dazu benutzte, die eigenen Tränen abzutupfen.

Die kommende Woche arbeitete Kate hart, sie freute sich darauf, die Türen für ihre ersten Schüler öffnen zu können. Das Tanzstudio war fertig, die Böden glatt und schimmernd, an den Wänden hingen blitzende Spiegel. Ihr Büro war eingerichtet und durchorganisiert, die Umkleideräume mit allem Nötigen ausgestattet.

Und jetzt war auch die Schrift auf dem Vorderfenster angebracht:

Kimball School of Dance

Sie stand auf dem Bürgersteig, die Handflächen aneinander gepresst und las. Las noch einmal. Und noch mal.

„Entschuldigung, Miss ...?"

„Hm?" Gedankenverloren blinzelte Kate und drehte sich langsam um. Eine Frau kam über die Straße. Oh nein, die Frau, die vorbeigekommen war, als Brody sie wie einen Sack auf seiner Schulter getragen hatte ...! „Oh. Ja. Hallo."

„Hallo. Wir haben uns noch nicht richtig vorgestellt." Man sah der Frau an, dass sie sich genauso unwohl fühlte wie Kate. „Ich bin Marjorie Rowan."

„Kate Kimball."

„Ja, ich weiß. Ihren Freund kenne ich auch schon. Der Vermieter hat ihn mal wegen einer Reparatur vorbeigeschickt."

„Aha."

„Nun, ich habe im Geschäft Ihrer Mutter eine Broschüre mitgenommen. Meine Tochter – Audrey, sie ist acht – redet schon die ganze Zeit darüber, dass sie Ballettunterricht nehmen will."

Zuerst kam die Erleichterung. Diese Unterredung drehte sich also nicht um Erregung öffentlichen Ärgernisses, sondern nur um eine potenzielle neue Schülerin.

„Wir können uns gern darüber unterhalten. Oder wenn Sie möchten, rede ich auch erst mit Ihrer Tochter. Nächste Woche fangen die ersten Klassen an. Möchten Sie hereinkommen, sich das Studio ansehen? Kommen Sie, dann können Sie mir von Ihrer Audrey erzählen."

„Danke. Sie kommt bald aus der Schule zurück. Das wird eine wunderbare Überraschung für sie sein." Marjorie folgte Kate ins Haus. „Wissen Sie, als kleines Mädchen wollte ich auch immer Ballettunterricht haben. Aber wir konnten es uns damals nicht leisten."

„Warum holen Sie das jetzt nicht nach?"

„Jetzt?" Marjorie lachte leise auf. „Ich bin zu alt für Ballettunterricht."

„Es ist eine gute Übung, hält fit und in Form. Und es macht Spaß. Dafür ist niemand zu alt. Sie scheinen doch eine ganz passable Figur zu haben."

„Man tut, was man kann." Marjorie sah sich mit einem verträumten Lächeln in dem Studio um, sah die Ballettstangen, die Spiegel, die gerahmten Fotos. „Ich kann mir vorstellen, dass es großen Spaß machen würde. Aber ich kann mir keinen Unterricht für uns beide leisten."

„Kommen Sie mit durch in mein Büro. Darüber werden wir uns bestimmt einig werden."

Eine knappe Stunde später spurtete Kate nach oben. Sie musste ihr Glück mit jemandem teilen, und Brody war der Auserkorene. Sie hatte nicht nur zwei neue Schüler – ihr erstes Mutter-Tochter-Team –, sondern auch eine neue Idee für ihr Angebot.

Familienkurse.

Sie rannte durch das kleine Wohnzimmer und blieb plötzlich mitten in der Bewegung stehen. Drehte sich einmal um die eigene Achse.

Es war fertig. Böden und Wände waren glatt, das Holz glänzte wie Seide.

Vor lauter Aufregung und Arbeit hatte sie es gar nicht bemerkt. Die Vollendung war völlig an ihr vorbeigerauscht.

Erstaunt ging sie in die Küche. Auch hier glänzte und schimmerte alles. Die Schränke warteten nur darauf, gefüllt zu werden. Die Fensterbank schrie förmlich nach Blumentöpfen.

Sie strich mit einem Finger über den Frühstückstresen. Brody hatte Recht gehabt, nein, verbesserte sie sich in Gedanken, sie beide hatten Recht gehabt. In allem.

Die Wohnung wie auch der Rest des Gebäudes war eine gemeinschaftliche Anstrengung gewesen. Und es war perfekt geworden.

Sie eilte ins Schlafzimmer, wo Brody vor dem Einbauschrank hockte und das Schloss montierte. Jack saß daneben auf dem Boden, die Zunge zwischen die Zähne geklemmt, und schraubte konzentriert einen Messinggriff an eine der Schubladen. Mike lag zwischen den beiden und schnarchte zufrieden vor sich hin.

„Es gibt doch nichts Schöneres, als anderen bei der Arbeit zuzusehen." Beide sahen auf und brachten ihr Herz zum Klingen. „Hallo, hübscher Jack."

„Ich darf mithelfen, weil Rod und Carrie zum Zahnarzt müssen. Ich war schon. Keine Löcher."

„Das ist gut. Brody, ich war so mit dem Erdgeschoss beschäftigt, dass ich gar nicht gemerkt habe, wie weit hier oben schon alles ist. Es ist wunderschön geworden, genau richtig."

„Da sind noch ein paar Kleinigkeiten. Draußen muss natürlich auch noch einiges gemacht werden, aber ansonsten ... alles ist bereit." Trotzdem spürte er nicht die Befriedigung, die ihn sonst überkam, wenn ein Auftrag fast vollendet war. Im Gegenteil, seit Tagen war er deprimiert.

„Ich liebe es!" Sie ging in die Hocke und ließ sich von einem aufgewachten und begeisterten Mike begrüßen. „Gerade haben sich zwei neue Schüler angemeldet. Wenn ich jetzt noch zwei gut aussehende Männer finden könnte, die mit mir feiern ... das würde den Tag zu einem runden Abschluss bringen."

„Wir können doch mitgehen!"

„Jack, morgen ist Schule. Du musst früh zu Bett."

„Ich dachte an ein frühes Abendessen", improvisierte Kate, als sie Jacks langes Gesicht sah. „Hamburger und Pommes frites bei ‚Chez McDo'."

„Sie meint McDonald's", erklärte Jack, sprang seinem Vater auf den Rücken und drückte ihn fest. „Bitte Dad, können wir nicht gehen?"

Und schon wieder mit dem Rücken zur Wand, dachte Brody. „Ziemlich schwer, ein so ausgefallenes Mahl auszuschlagen."

„Das heißt ‚Ja'!" übersetzte Jack und umarmte Kates Beine. „Können wir jetzt sofort gehen?"

„Ich muss hier noch was zu Ende machen." Brody strich sich das Haar aus der Stirn. Und schaute sie einfach nur an.

Das hatte er jetzt schon öfter gemacht, seit sie aus New York zurück waren. Etwas war anders an diesem Blick. So anders, dass die Frösche wieder in Kates Magen zu hüpfen begannen.

„Eine Stunde ungefähr. Einverstanden?" fragte er.

„Sicher. Kann ich dir deine rechte Hand entführen?

Ich möchte es meiner Mutter sagen. Dann können wir auch gleich mit Mike Gassi gehen."

„In Ordnung. Jack, es wird nicht gebettelt, verstanden?" Brody musterte seinen Sohn streng.

„Er meint, ich soll nicht nach Spielzeugen fragen. Ich hole Mikes Leine. Dad, kann ich …" Den Rest flüsterte er seinem Vater ins Ohr.

„Ja, klar", erlaubte dieser.

„Wir sind in einer Stunde wieder zurück."

„Gut." Brody wartete, bis er die drei die Treppe hinuntertoben hörte, dann setzte er sich auf seine Fersen.

Er würde ein paar Entscheidungen treffen müssen. Es war schlimm genug, dass er nicht von Kate loskam, aber Jack war völlig verrückt nach ihr.

Ein erwachsener Mann überlebte die paar Beulen und Kratzer an seinem Herzen. Aber das durfte er dem Herzen seines Kindes nicht zumuten. Ihm blieb nur eins: Er musste sich mit Kate zusammensetzen und ernsthaft reden. Es wurde Zeit, dass sie die Dinge zwischen sich klärten.

Und er musste mit Jack reden. Er musste wissen, was der Junge dachte, was er fühlte. Schließlich würde auch sein Leben davon betroffen sein.

Jack zuerst, entschied Brody. Vielleicht sah der Junge in Kate ja nur eine gute Freundin, vielleicht würde es ihn verstören, sollte sie eine größere Rolle in ihrem Leben einnehmen. Schließlich hatte es für Jack immer nur ihn und seinen Dad gegeben.

Er zuckte zusammen, als er aus den Augenwinkeln eine Bewegung wahrnahm.

„Wenn du diesen Krach abstellen würdest, würdest du etwas hören können und dich nicht so erschrecken", brummte Bob O'Connell.

„Ich höre gern Musik bei der Arbeit." Brody richtete sich auf. „Brauchst du etwas?"

Seit jenem Tag in der Küche der Kimballs hatten die beiden Männer nicht mehr miteinander gesprochen. Jetzt sahen sie sich argwöhnisch an.

„Ich habe dir etwas zu sagen", setzte Bob an.

„Dann sag es."

„Ich habe mein Bestes getan für dich. Immer. Es ist nicht richtig von dir, dass du das nicht anerkennen willst. Vielleicht war ich zu hart mit dir, aber du warst ein wildes Kind und brauchtest eine starke Hand. Ich hatte eine Familie zu ernähren, und ich habe es auf die einzige Weise getan, die ich kenne. Vielleicht habe ich nicht genug Zeit mit dir verbracht ..." Er steckte die Hände in die Hosentaschen. „Ich war einfach nicht der Typ dazu, so wie du mit Jack. Tatsache ist, wenn man mit dir Zeit verbracht hat, war es nicht so einfach und angenehm wie mit Jack. Dass Jack so ist, ist dein Verdienst. Vielleicht hätte ich es dir schon früher sagen sollen, aber ich sage es jetzt."

Brody schwieg lange, versuchte den Schock zu verarbeiten. „Weißt du“, hob er schließlich an, „das ist die längste zusammenhängende Rede, die du je an mich gerichtet hast.“

Bobs Gesicht wurde hart. „Nun, dann bin ich fertig.“ Er wandte sich zum Gehen.

Brody legte den Bohrer beiseite. „Dad … danke.“

Bob stieß den Atem aus und drehte sich wieder um. Er schien mit den Worten zu kämpfen. „Dann kann ich wohl weitermachen. Wahrscheinlich hätte ich dich an dem Tag nicht so anfahren sollen, nicht vor deinem Jungen und deiner … der Kimball-Tochter. Deine Mutter hat mir eine anständige Gardinenpredigt gehalten.“

Brody war fassungslos. „Mom?“

„Ja.“ Ärgerlich und frustriert trat Bob leicht gegen die Türschwelle. „Das tut sie nicht oft, aber wenn, dann Gnade einem Gott. Auch jetzt redet sie kaum mit mir. Sagt, ich hätte sie beschämt.“

„Da habe ich von Kate auch zu hören bekommen. Sie ist auch nicht schlecht in Gardinenpredigten.“

„Ich kann nicht gerade behaupten, es hätte mir gefallen, dass sie mich so angegiftet hat. Aber ich muss gestehen, sie hat Mumm. Sie wird dich auf dem richtigen Weg halten.“

„Darauf achte ich selbst.“

Bob nickte. Der Druck, der seit Tagen auf seiner

Brust lastete, löste sich ein bisschen. „Du hast deinen Job gemacht. Gute Arbeit. Für einen Tischler."

Es war das erste Mal seit langer Zeit, dass Brody seinen Vater anlächelte und es ernst meinte. „Du hast auch gut gearbeitet. Für einen Klempner."

„Was dich aber nicht davon abgehalten hat, mich zu feuern."

„Du hast mich wütend gemacht."

„Verflucht, wenn du jeden Arbeiter feuerst, der dich wütend macht, kriegst du bald keinen Bautrupp mehr zusammen. Wie geht es deiner Hand?"

Brody spreizte die Finger. „Ist wieder in Ordnung."

„Gut. Da keine bleibenden Schäden zurückgeblieben sind, könntest du ja vielleicht mal zum Telefon greifen und deine Mutter anrufen. Ihr sagen, dass man die Luft zwischen uns wieder atmen kann. Mir wird sie es wohl nicht glauben."

„Einverstanden, mache ich. Ich weiß, dass ich eine Enttäuschung für dich war …"

„He, jetzt warte aber …"

„Nein, ich weiß es." Brody ließ sich nicht unterbrechen. „Vielleicht war ich selbst auch über mich enttäuscht. Aber ich habe es wieder gutgemacht. Für Connie. Für Jack. Und für mich auch. Zum Teil habe ich es sogar für dich getan. Ich wollte dir zeigen, dass ich etwas wert bin."

„Das hast du mir gezeigt.“ Bob war nie gut darin gewesen, den ersten Schritt zu tun, aber jetzt tat er es. Er kam mit ausgestreckter Hand auf seinen Sohn zu. „Ich denke, ich kann stolz darauf sein, was du aus dir gemacht hast.“

„Danke.“ Brody nahm die Hand seines Vaters und drückte sie fest. „Ich habe da einen neuen Auftrag, soll eine Küche renovieren. Hast du Lust, die Installationen zu übernehmen?“

Bobs Lippen zuckten. „Kann schon sein.“

12. KAPITEL

Während Vater und Sohn die Kluft zwischen sich überbrückten, schlenderte Kate mit dem jüngsten O'Connell über die Straße.

„Ich habe doch nicht gebettelt, oder?"

„Aber nein!" Sie sah ihn gespielt schockiert an. „Mama und ich mussten dich ja praktisch zwingen, das Flugzeug anzunehmen. Nein, hübscher Jack, wir haben dich angebettelt."

Jack grinste verschmitzt. „Wirst du es Dad auch so erzählen?"

„Natürlich. Er wird bestimmt damit spielen wollen. Dieser Jet ist ziemlich cool."

„Wie der, mit dem wir nach New York geflogen sind." Er drehte sich im Kreis und machte das laute Motorengebrumm nach. „Das war super! Ich habe allen eine Karte geschrieben, als Dankeschön. Gefällt dir meine Karte?"

Sie tippte auf die Tasche, wo eine in ordentlicher Druckschrift geschriebene Postkarte steckte. „Ich finde sie ganz toll. Es war sehr höflich und sehr gentlemanlike, dass du Freddie und Nick und meinen Großeltern eine Karte geschickt hast."

„Sie haben gesagt, ich darf wiederkommen. Yuri will sogar, dass ich dann in seinem Haus übernachte."

„Würde dir das gefallen?"

Er nickte. „Er kann mit den Ohren wackeln."

„Ich weiß."

„Kate?"

„Hm?" Sie bückte sich, um Mike aus der Leine zu befreien, mit der er sich fast erwürgte. Als sie sich wieder aufrichtete, bemerkte sie Jacks Blick. Ein sehr ernster, sehr nachdenklicher Blick. Genau wie sein Vater vorhin. „Was gibt es denn, hübscher Jack?"

„Können … können wir uns da auf die Mauer setzen und reden?"

„Sicher." Das war wirklich ernst. Kate hob Jack auf die halbhohe Mauer, setzte ihm Mike auf den Schoß und zog sich ebenfalls hoch. „Also, worüber willst du reden?"

„Ich hab mich nur gefragt, ob …" Er hatte mit seinen besten Freunden darüber geredet. Mit Max in New York und mit Rod in der Schule. Es war ein Geheimnis. Sie hatten es mit Spucke und Handschlag besiegelt. „Du magst meinen Dad doch, oder?"

„Aber ja, sehr sogar."

„Und du magst Kinder, so wie mich?"

„Vor allem Kinder wie dich." Sie legte ihm einen Arm um die Schultern und drückte ihn an sich. „Wir sind Freunde."

„Mein Dad und ich mögen dich auch. Auch sehr sogar. Deshalb dachte ich mir …" Er sah zu ihr auf, das kleine Gesichtchen so jung und so ernst. „Willst du uns heiraten?"

„Oh." Ihr Herz stockte, machte einen Sprung, fiel mit einem lauten Pochen wieder auf seinen Platz zurück und floss über. „Oh, Jack."

„Weißt du, wenn du es tust, dann kannst du mit uns in unserm Haus leben. Dad macht es richtig schön. Und wir haben auch einen Garten, und dann können wir den Garten bepflanzen. Morgens könntest du mit uns frühstücken, dann zu deiner Schule fahren und den Leuten das Tanzen beibringen. Und dann kommst du wieder nach Hause. Es ist nicht weit."

Gerührt legte sie die Wange an seinen Kopf. „Ach, Herzchen."

„Dad ist wirklich nett. Er schreit nur ganz selten", fuhr Jack hastig fort. „Er hat keine Frau mehr, weil sie in den Himmel gehen musste. Ich wünschte, sie wäre bei uns geblieben, aber sie musste weg."

„Ich weiß."

„Vielleicht traut sich Dad ja nicht, dich zu fragen, weil du vielleicht auch in den Himmel musst. Rod glaubt das. Aber das wirst du nicht tun, oder?"

„Jack." Sie kämpfte die Tränen zurück und nahm sein Gesicht in ihre Hände. „Ich habe vor, noch sehr lange hier zu bleiben. Hast du mit deinem Vater darüber gesprochen?"

Er schüttelte den Kopf. „Nein, weil der Junge das Mädchen fragen muss. Hat Max gesagt. Ich und Dad werden dir auch einen Ring kaufen, weil Mädchen einen brauchen. Und du darfst mich auch küssen, und ich werde ganz brav sein. Du und Dad, ihr könnt auch Babys machen. Das tun Leute doch, wenn sie verheiratet sind. Ich hätte ja lieber einen Bruder, aber eine Schwester geht auch. Wir können uns lieb haben und alles. Also, wirst du uns bitte heiraten?"

Selbst in ihren wildesten Träumen hätte sie sich nie vorstellen können, einen Heiratsantrag von einem sechsjährigen Jungen zu bekommen, auf einer kleinen Mauer an einem sonnigen Frühlingsnachmittag. Nichts hätte schöner sein können.

„Jack, ich verrate dir jetzt ein Geheimnis. Ich habe dich schon lieb."

„Wirklich?"

„Ja. Und deinen Dad auch. Ich werde ganz gründlich nachdenken über das, was du mir gesagt hast. Wenn ich dann ‚Ja' sage, dann weißt du, dass ich es mir mehr als alles andere auf der Welt wünsche. Wenn ich ‚Ja' sage, dann bist du aber nicht mehr nur Dads kleiner Junge. Du wärst dann auch mein kleiner Junge. Verstehst du das?"

Er nickte, sein Gesicht bestand nur noch aus Augen. „Du würdest meine Mom sein, richtig?"

„Ja, ich würde deine Mom sein."

„Das ist in Ordnung."

„Schön. Ich werde also darüber nachdenken." Sie küsste ihn auf die Stirn und hüpfte von der Mauer.

„Wird es lange dauern, bis du fertig nachgedacht hast?"

Sie hob ihn herunter und hielt ihn fest, bevor sie ihn auf den Boden stellte. „Nein, diesmal nicht. Aber so lange soll es noch unser Geheimnis bleiben, ja?"

Sie gab sich fast volle vierundzwanzig Stunden Zeit. Schließlich war sie eine Frau, die wusste, was sie wollte. Vielleicht war das Timing nicht gerade perfekt, aber das ließ sich eben nicht ändern.

Die Dinge liefen ja auch nicht in den logisch geordneten Bahnen, wie sie es vorgezogen hätte. Aber sie war flexibel. Ja, wenn sie etwas nur stark genug wollte, konnte sie auch flexibel sein.

Sie hatte überlegt, ob sie Brody zu einem romantischen Dinner zu zweit einladen sollte. Und den Gedanken verworfen. Ein Antrag in einem Restaurant mit hundert anderen Leuten würde es schwierig machen, ihn festzunageln, falls es nötig werden sollte.

Sie spielte mit dem Gedanken, bis zum Wochenende zu warten. Ein romantisches Dinner bei Brody. Kerzenlicht, Wein, Musik.

Nein, das ging auch nicht. Wenn Jack bis dahin nicht längst mit der Neuigkeit herausgeplatzt war – sie würde es bestimmt nicht so lange für sich behalten können.

Es würde nicht so werden, wie sie es sich vorgestellt hatte. Kein Mondschein, keine Geigen am Himmel. Brody würde ihr nicht tief in die Augen schauen und ihr seine ewige Liebe erklären.

Na schön, es würde also nicht perfekt sein, aber es war richtig. Richtig und gut. Zu diesem Zeitpunkt war nicht die Atmosphäre wichtig, sondern nur das Ergebnis. Also warum noch warten?

Einmal zu diesem Entschluss gekommen, war sie schrecklich enttäuscht, als sie die Räume über dem Studio leer vorfand.

„Wo, zum Teufel, bist du?“ murmelte sie vor sich hin, steckte die Hände in die Taschen und marschierte auf und ab.

Der Schulbus! Sie rannte zur Tür. Er holte Jack vom Bus ab. Sie sah auf ihre Uhr, als sie die Treppe hinunterstürmte. Er konnte nur wenige Minuten Vorsprung haben.

„He! Wo brennt's denn?“ Spencer fing sie auf, als sie die letzten drei Stufen hinuntersprang.

„Dad! Entschuldige, aber ich muss mich beeilen. Ich muss Brody einholen.“ Sie küsste ihn hastig auf die Wange. „Ich muss ihn fragen, ob er mich heiraten will.“

„Oh, nun …" Sie war schneller als er, jünger, aber der Schock reichte aus, um ihn so schnell zu machen, dass er sie abfing, bevor sie zur Haustür hinausrennen konnte. „Was hast du da gerade gesagt?"

„Ich werde Brody fragen, ob er mich heiratet. Ich habe alles genau durchdacht."

„Katie."

„Ich liebe ihn, und ich liebe Jack, Dad. Ich habe jetzt keine Zeit, es dir zu erklären, aber ich habe alles genau geplant. Vertrau mir."

„Jetzt hol erst mal Luft und dann …" Er sah in ihr Gesicht, ihre Augen. Sterne. Sein kleines Mädchen hatte Sterne in den Augen. „Er hat keine Chance."

„Danke." Sie warf ihrem Vater die Arme um den Hals. „Wünsch mir trotzdem Glück."

„Viel Glück." Er sah ihr nach, als sie davoneilte. „Leb wohl."

Brody hielt unterwegs an, um Milch, Eier und Brot zu besorgen. Jack hatte eine Manie für French Toast entwickelt. Als er in die Straße einbog, sah er auf seine Uhr. Zehn Minuten zu früh. Er hatte zu viel Zeit für den Einkauf eingeplant.

Also stieg er aus und ließ Mike auf dem Hügel herumtollen. Der Frühling hielt Einzug, mit Riesenschritten. Die ersten Knospen öffnete sich schon, ein Hauch von

Grün, wirklich nur eine Andeutung, zog sich über die Landschaft. Etwas lag in der Luft.

Vielleicht war es Hoffnung.

Das Haus sah mehr und mehr aus wie ein Zuhause. Schon bald würde er sich eine Hängematte im Garten aufhängen können. Ein Schaukelstuhl auf der Veranda wäre auch nicht schlecht. Oder eine Hollywood-Schaukel. Und er würde für Jack ein Planschbecken besorgen. An den langen, milden Sommerabenden könnte Jack mit Mike auf dem Rasen herumtollen. Und er würde auf der Veranda sitzen und zusehen. Zusammen mit Kate.

Schon seltsam. Ohne Kate konnte er sich dieses Bild nicht vorstellen. Wollte es auch nicht.

Er würde sich Zeit lassen. Erst einmal ausloten, wie Jack zu dem Ganzen stand. Danach musste er herausfinden, ob Kate bereit war, einen Schritt weiter zu gehen.

Vielleicht sollte er ihr einen kleinen Tipp in die Richtung geben. Nichts im Leben war perfekt, es war ein stetiges Projekt in Arbeit.

Es war genau wie bei einem Haus. Man brauchte ein gutes solides Fundament, darauf konnte man aufbauen. Dieses Fundament hatten sie. Er sah es genau vor sich. Er, Kate, Jack und die Kinder, die noch kommen würden. Ein Haus brauchte Kinder. Es war an der Zeit, das Gerüst aufzustellen, es zu etwas Solidem zu machen.

Vielleicht war sie noch nicht bereit für eine Ehe. Immerhin hatte sie gerade erst ihr Tanzstudio eröffnet. Vielleicht brauchte sie auch mehr Zeit, um sich an den Gedanken zu gewöhnen, plötzlich die Mutter eines Sechsjährigen zu sein. Er konnte geduldig sein, er würde ihr Zeit lassen.

Er sah zu dem Haus auf dem Hügel empor. Es sah aus, als würde es auf etwas warten.

Aber nicht zu viel Zeit, beschloss er im Stillen. Wenn er erst mal mit dem Bauen angefangen hatte, wollte er weiterarbeiten. Und er wollte Kate mit dabei haben, bei dem wichtigsten Projekt seines Lebens. Sie sollte mit ihm zusammen daran arbeiten.

Also, so beschloss er, während er zum Briefkasten ging, als Erstes würde er mit Jack darüber reden. Sein Sohn sollte sich sicher fühlen. Jack hatte einen Narren an Kate gefressen, aber vielleicht würde er sich Sorgen machen, welche Veränderungen sich ergeben würden, wenn er, Brody, und Kate heirateten. Diese Sorgen musste Brody schon vorab ausräumen.

Direkt heute Abend würden sie darüber reden, nach dem Abendessen. Und wenn Jack und er sich einig waren, würde er ausknobeln, was er zu Kate sagen konnte, damit sie alle für den nächsten Schritt bereit waren.

Er nahm die Post aus dem Briefkasten und sah die Briefe durch, als Kate mit ihrem Wagen neben seinem Pick-up parkte und ausstieg. „Hi." Überrascht warf er die Briefe durch das offene Fenster in die Fahrerkabine. „Dich hatte ich hier nicht erwartet." Aber jetzt wusste er, dass er nicht mehr lange warten konnte.

„Ich muss dich im Studio wohl gerade verpasst haben." Ihr Blick war unergründlich.

„Gibt's ein Problem?"

„Nein. Es gibt überhaupt keine Probleme." Sie ging zu ihm und legte ihre Hände auf seine Brust, eine Angewohnheit, die ihm wie immer den Puls hochjagte. „Du hast mir keinen Kuss gegeben, bevor du gegangen bist."

„Deine Bürotür war geschlossen. Ich dachte mir, du seist beschäftigt."

„Dann küss mich jetzt." Sie strich mit ihren Lippen über seinen Mund, hob kritisch eine Augenbraue, als er den Kuss kurz hielt und sich zurückziehen wollte. „Das kannst du aber besser."

„Kate, der Bus kommt gleich ..."

„Mach es besser." Sie schmiegte sich an ihn, und die Stimmung änderte sich sofort. Er legte eine Hand auf ihren Rücken, die andere schob er in ihr Haar. Und dann vergaßen sie beide alles um sich herum.

„Mmh, das meinte ich. Es ist Frühling", fügte sie hinzu und legte den Kopf zurück, um ihn anschauen zu können. „Weißt du, was einen jungen Mann im Frühling beschäftigt? Außer Baseball natürlich?"

Er grinste sie an. „Dass die Felder gepflügt werden müssen?“

Sie lachte und verschränkte ihre Finger mit seinen. Ja, die Frösche waren wieder da, hüpften wild, aber es gefiel ihr. „Na schön. Was, glaubst du, beschäftigt eine junge Frau im Frühling? Im Speziellen diese junge Frau, die vor dir steht?“

„Bist du hier, um es mir zu sagen?“

„Ja, ich denke schon …“ Sie kaute an ihrer Unterlippe, dann ließen sich die Worte nicht länger zurückhalten. „Brody, heirate mich.“

Er zuckte zusammen, dann erstarrte er zu Stein. In seinen Ohren summte ein wild gewordener Hornissenschwarm. Er hatte Halluzinationen, das musste es sein. Es war unmöglich, dass sie hier vor ihm stand und genau das aussprach, worüber er die letzten fünf Minuten nachgedacht hatte. Wie er es sagen sollte, wie er sie fragen sollte.

Um seine Fassung wiederzuerlangen, trat er einen Schritt zurück.

„Mit diesem heruntergeklappten Unterkiefer siehst du weder sonderlich attraktiv noch intelligent aus.“

Vielleicht träumte er ja nur. Aber sie sah so echt aus. Sie schmeckte auch echt. Sein rasender Herzschlag war bestimmt echt. Außerdem hatte er sie ja auch in seinen Träumen gefragt. Verflucht. „Eine Frau kommt nicht einfach mitten am Tag zu einem Mann und sagt ihm, dass er sie heiraten soll."

„Wieso nicht?"

„Weil ..." Wie sollte er einen klaren Gedanken fassen können, wenn diese Hornissen in seinem Kopf schwirrten? „Weil sie es einfach nicht macht."

„Ich habe es doch gerade getan." Sie spürte Ärger in sich aufwallen und drängte ihn zurück. Ihre Finger zitterten leicht, als sie begann, Gründe aufzuführen und an ihnen abzuzählen. „Seit Monaten treffen wir uns. Wir sind keine Kinder mehr. Wir sind gerne zusammen. Wir respektieren uns. Da ist es doch nur der nächste logische Schritt, wenn man an eine Heirat denkt."

Er musste die Zügel wieder in die Hand nehmen. Jetzt, sofort. „Du hast aber nicht gesagt: an eine Heirat denken, oder? Du hast nicht gesagt: Lass uns darüber reden, oder?" Was er vorgehabt hatte, wenn sie ihm überhaupt die Chance dazu gelassen hätte. „Es gibt noch eine Menge andere Faktoren, die wichtig sind, nicht nur zwei Menschen, die gerne zusammen sind und sich respektieren."

Sich lieben, zum Beispiel. Gott, wie sehr er sie liebte. Aber er musste wissen, wie es weitergehen sollte. Mit der Zukunft. Getrennt oder gemeinsam. Als Familie. Es gab da Dinge, die vorher geklärt werden mussten.

„Natürlich, aber ..."

„Fangen wir bei dir an“, unterbrach er sie. „Im Moment hast du die Wahl, deine Ballettkarriere zu jedem Zeitpunkt wieder aufzunehmen. Nichts hält dich davon ab, nach New York zurückzukehren, auf die Bühne.“

„Mein Tanzstudio hält mich davon ab. Diese Entscheidung habe ich getroffen, bevor ich dich kannte.“

„Kate, ich habe dich gesehen, da oben auf der Bühne. Der Unterricht wird dir das nie geben können.“

„Stimmt, denn er wird mir etwas anderes geben, und das ist das, was ich will. Brody, ich bin kein Mensch, der Entscheidungen aus einer Laune heraus fällt. Ich wusste genau, was ich tue. Was ich zurücklasse, wohin ich aufbreche. Wenn du mir nicht zutraust, dass ich mich an eine Abmachung halte, dann kennst du mich nicht.“

„Damit hat das gar nichts zu tun. Ich kenne keinen anderen Menschen, der so konzentriert auf ein Ziel hinarbeitet wie du.“ Und er hatte gedacht, alles im Griff zu haben. Wie er vorgehen wollte. Wie er auf dem Fundament aufbauen wollte. Diese Frau feierte schon Richtfest. Sie würde sich gedulden müssen, denn was er baute, hielt das ganze Leben.

„Ich habe wesentlich mehr zu bedenken als nur den nächsten Karriereschritt. Ich habe Jack. Alles, was ich tue oder nicht tue, hat mit Jack zu tun.“

„Brody, das weiß ich doch. Und du weißt, dass ich es weiß.“

„Er mag dich sehr gern, aber er braucht Sicherheit. Stabilität. Er muss wissen, dass er sich auf mich verlassen kann, dass ich immer für ihn da sein werde. Kate … Gott, er hat in seinem ganzen Leben nur mich gehabt. Connie ist krank geworden, da war er erst ein paar Monate alt. Ihr blieb kaum Zeit mit ihm, bei all den Arzt- und Behandlungsterminen, den Krankenhausaufenthalten … Sie konnte sich nicht um ihn kümmern, und ich habe nur versuchen können, alles zusammenzuhalten. Unsere Welt stürzte ein, und ich konnte Jack nichts bieten. Die ersten beiden Jahre seines Lebens waren ein Albtraum."

„Oh Brody." Sie konnte es sich nur zu gut vorstellen, die Angst, die Panik, die Trauer. „Aber du hast es geschafft. Du hast ihm ein glückliches und normales Leben gegeben. Verstehst du denn nicht, wie sehr ich dich dafür bewundere? Respektiere?"

Er starrte sie an. Der Gedanke, dass allein erziehende Väter bewundernswert waren, wäre ihm nie gekommen. „Kate, das musste ich doch tun. Zuerst an ihn denken. Es geht hier nicht nur um dich und mich, Kate. Wenn solch eine wichtige Entscheidung getroffen wird, eine, die das ganze Leben verändert, muss er mitreden können."

„Behaupte ich etwas anderes?"

Brody fluchte leise. „Ich kann nicht einfach zu ihm gehen und ihm sagen, dass ich heirate. Ich muss erst mit ihm darüber reden, ihn vorbereiten. Du übrigens auch. Er muss sich deiner genauso sicher sein können wie meiner,er muss sich auf uns verlassen können."

„Herrgott noch mal, O'Connell, meinst du denn, ich hätte all das nicht längst bedacht? Du kennst mich jetzt seit Monaten, du solltest eine höhere Meinung von mir haben!"

„Das hat doch damit nichts ..."

„Jack hat mich längst gefragt, ob ich dich heiraten will."

Brody sah ungläubig in ihr erhitztes, wütendes Gesicht, dann hob er abwehrend die Hände. „Ich muss mich setzen." Ein Baumstumpf hielt als Sitzgelegenheit her. Mike kam angerannt und legte Brody die Leine in den Schoß. Er warf sie weit den Hügel hinauf, und der Hund rannte los, um sie zu holen. „Was hast du gesagt?" brachte er schließlich hervor.

„Sag mal, spreche ich Chinesisch? Jack hat mir gestern einen Antrag gemacht. Offensichtlich fällt es ihm nicht so schwer, zu entscheiden, was er will, wie seinem Vater. Er mich gebeten, euch zu heiraten. Euch beide. Und ich habe nie ein schöneres Angebot gehört. Aber von dir werde ich wohl keins hören."

„Du hättest deinen Antrag bekommen, wenn du zwei Tage gewartet hättest", murmelte er in sich hinein, dann, lauter: „Tust du das nur, um Jack glücklich zu machen?"

„Eines lass dir gesagt sein: So sehr ich dieses Kind auch liebe, ich würde seinen begriffsstutzigen, sturen Vater nicht heiraten, wenn ich es nicht wollte. Jack ist der Meinung, dass wir gut füreinander sind und ein gutes Leben zusammen haben können. Ich stimme ihm da zu. Und du … du sitzt einfach da wie ein Holzklotz.“

Nicht nur Kate hatte ihm die Pointe verdorben, sein sechsjähriger Sohn war vor ihm über die Ziellinie gelaufen. Er wusste nicht, ob er eingeschnappt oder begeistert sein sollte. „Vielleicht wäre ich nicht ganz so erschlagen, wenn du dich nicht so von hinten an mich herangeschlichen hättest.“

„Von hinten? Angeschlichen? Hast du denn keine Augen im Kopf? Ich habe doch alles getan! Hätte ich es mir auf die Stirn schreiben sollen? Warum wohl bin ich noch nicht in die fertige Wohnung über der Schule eingezogen, Brody? Eine durchorganisierte, praktische Frau wie ich lässt so etwas nicht schleifen. Es sei denn, sie hat gar nicht die Absicht, dort zu wohnen.“

Er stand auf. „Weil … Ich weiß nicht.“

„Warum habe ich jede freie Minute mit dir verbracht, oder mit dir und Jack? Warum komme ich hierher, unterdrücke meinen Stolz und bitte dich, mich zu heiraten? Warum sollte ich überhaupt irgendetwas von diesen Dingen tun, wenn ich dich nicht lieben würde? Du Idiot!“ Sie machte auf dem Absatz kehrt und stapfte wütend zu ihrem Wagen. Tränen der Wut und der Qual liefen ihr über die Wangen.

Ein Schraubstock legte sich um sein Herz, drückte zu, unerträglich. „Kate, wenn du in diesen Wagen einsteigst, werde ich dich mit Gewalt herauszerren! Wir sind noch nicht fertig!"

Die Hand am Türgriff, drehte sie sich zum ihm um. „Ich bin zu wütend, um mit dir zu reden."

„Du brauchst nichts zu sagen. Setz dich." Er deutete auf den Baumstumpf.

„Ich will aber nicht sitzen."

„Kate!"

Sie warf die Hände in die Luft, stolzierte zum Stumpf und setzte sich. „Da! Zufrieden?"

„Erstens: Ich heirate niemanden, nur um Jack eine Mutter zu geben. Zweitens: Ich heirate niemanden, der keine Mutter für Jack sein will. So, da das nun klar ist, können wir über dich und mich reden. Ich weiß, du bist wütend, aber höre bitte mit dem Weinen auf."

„Wegen dir würde ich keine einzige Träne vergießen darauf kannst du dich verlassen!"

Er zog ein Taschentuch hervor und ließ es in ihren Schoß fallen. „Mach sie weg, ja? Ich habe auch so schon genug Schwierigkeiten."

Sie rührte sein Taschentuch nicht an und wischte sich unwirsch die Tränen mit der Hand fort.

„Gut. Das ist eine Kiste.“ Er zeigte auf den Boden vor seinen Füßen. „Alles, was wir bisher gesagt haben, geht in die Kiste, und ich nagle die Kiste zu. Wir können sie später noch öffnen. Jetzt fangen wir noch mal ganz von vorne an.“

„Von mir aus kannst du diese Kiste in den tiefsten Abgrund werfen.“ Kate schniefte unwirsch und warf Brody einen trotzigen Blick zu.

„Ich wollte heute Abend mit Jack reden“, begann er. „Herausfinden, wie er über ein paar Änderungen denkt. Ich ging davon aus, dass ihm die Idee gefallen würde. Ich kenne meinen Sohn ziemlich gut, aber offensichtlich nicht gut genug, um ihm zuzutrauen, dass er hinter meinem Rücken meiner Frau einen Antrag machen würde.“

„Deiner Frau?“

„Halt den Mund“, sagte er warm. „Wenn du nur ein Weilchen länger den Mund gehalten hättest, wäre dieses spezielle Gespräch folgendermaßen abgelaufen.“ Er trat näher, legte seine Hand unter ihr Kinn. „Kate, ich liebe dich. Nein, bleib sitzen“, befahl er, als sie sich erheben wollte. „Ich habe die ganze Zeit darüber nachgedacht, wie ich es anfangen soll, bevor du hier aufgetaucht bist.“

„Bevor ich hier …? Oh.“ Sie stieß die Luft aus und blickte auf den Boden „Ist dieser Deckel auch wirklich dicht?“

„Vertrau mir, absolut dicht.“

„Gut.“ Sie schloss für einen Moment die Augen, wollte einen klaren Kopf bekommen, aber die Euphorie, die sie ergriffen hatte, verhinderte das. Und das, so entschied sie, war perfekt. So und nicht anders musste es sein.

„Würde es dir etwas ausmachen, noch mal anzufangen? Bei diesem Teil mit ‚Ich liebe dich‘?“

„Kein Problem. Ich liebe dich, Kate. Schon vom ersten Augenblick an, als ich dich sah, kam ich ins Schlingern. Aber ich dachte immer daran, dass ich mein Gleichgewicht behalten müsste. Dass du dich nie mit jemandem wie mir abgeben würdest. Und jedes Mal, wenn ich stärker schlingerte, zog ich mich wieder zurück, weil ich eine Menge guter Gründe zu haben glaubte. Jetzt sehe ich keine mehr, aber damals war es eben so.“

„Ich bin für dich geschaffen worden, Brody, so wie du für mich.“

„An diesem Abend im Haus deiner Schwester, da konnte ich mich nicht mehr zurückziehen. Ich bin genau auf der Klippe gelandet. Und als ich dich dann am nächsten Abend auf der Bühne gesehen habe, da bin ich abgestürzt, über den Rand gestürzt. Ich wusste, dass ich dich liebe. Es war ein so starkes Gefühl. Das hat mich wieder völlig durcheinander gebracht.“

Er ging vor ihr in die Hocke. „Kate, vor ein paar Minuten habe ich hier gestanden und mir überlegt, wie es sein würde. Ich habe dieses Bild gesehen – du und ich zusammen auf der Veranda, in einer Hollywoodschaukel, die ich noch kaufen muss."

Die Tränen wollten wieder fließen, aber sie kämpfte sie entschlossen zurück. „Das Bild gefällt mir."

„Mir auch. Siehst du, ich habe mir vorgestellt, wir bauen ein Haus. Nicht wie das da oben auf dem Hügel, sondern so eine Art Beziehungshaus. Ich lasse mir dabei lieber Zeit, denn es ist wichtig, dass es richtig und gründlich gebaut wird. Damit es länger hält."

„Und ich habe dich gedrängt."

„Ja, genau. Aber mir ist auch klar geworden, dass zwei Leute nicht immer mit dem gleichen Tempo planen, aber am Ende trotzdem am gleichen Platz ankommen. Am richtigen Platz."

Eine Träne stahl sich nun doch aus ihrem Auge. „Ich bin genau da, wo ich sein will." Sie nahm sein Gesicht in beide Hände. „Brody, ich liebe dich. Ich will …"

„Nein, jetzt bin ich an der Reihe." Er zog sie hoch. „Siehst du das Haus da oben auf dem Hügel?"

„Ja."

„Da muss noch einiges dran getan werden, aber es hat Potenzial. Dieser Hund, der gerade seinen eigenen Schwanz jagt, ist fast stubenrein. Ich habe einen

Sohn, der gleich mit einem verspäteten Schulbus hier ankommt. Er ist ein guter Junge. All das will ich mit dir teilen. Ich will auch ab und zu bei der Ballettschule vorbeikommen und zusehen dürfen, wie du tanzt. Ich will Kinder mit dir haben. Ich glaube, ich mache mich ganz gut als Vater."

„Oh, Brody!"

„Ruhe, ich bin noch nicht fertig. Im Sommer möchte ich draußen im Garten sitzen, den wir gemeinsam angelegt haben. Du bist die Einzige, mit der ich das alles teilen will."

„Himmel, frag mich endlich, bevor ich in Tränen aufgelöst bin und dir noch nicht einmal eine Antwort geben kann."

„Du drängelst schon wieder. Aber das mag ich an dir. Heirate mich, Kate." Er küsste sie leicht. „Heirate mich."

Sie konnte nicht antworten, konnte nur ihre Arme um seinen Nacken schlingen und all ihre Gefühle in ihren Kuss legen, der mehr sagte als jedes Wort. Der Hund rannte aufgeregt bellend um sie herum. Noch an Brodys Lippen begann Kate zu lachen.

„Ich bin ja so glücklich."

„Ich hätte nichts dagegen, wenn du endlich ‚Ja' sagen würdest."

Sie lehnte den Kopf zurück, schaute ihm in die Augen und sagte etwas, das in den laut quitschenden Bremsen des Schulbusses unterging. Die Tür öffnete sich, und Jack kam herausgesprungen. Mike stürzte mit freudigem Gebell auf ihn zu.

„Bitte, lass mich“, murmelte Kate, dann drehte sie sich zu Jack um. „Hallo, du Hübscher.“

„Hi.“ Er sah die Tränen auf ihren Wangen und warf seinem Vater einen argwöhnischen Blick zu. „Hast du dir wehgetan?“

„Nein. Manchmal weinen die Leute auch, wenn sie so glücklich sind, dass alles in ihnen zu explodieren scheint. So glücklich bin ich im Moment. Weißt du noch, was du mich gestern gefragt hast, Jack?“

Er biss sich auf die Lippen, schaute wieder besorgt zu seinem Vater und nickte.

„Nun, ich habe die Antwort. Für euch beide.“ Sie hielt Brodys Hand und legte die andere an Jacks Wange. „Sie heißt ‚Ja‘.“

Jack riss die Augen auf. „Ehrlich?“

„Ganz ehrlich.“

„Dad! Rate mal!“

„Was?“

„Kate wird uns heiraten. Das ist doch okay, oder?“

„Das ist absolut okay. Und jetzt lass uns nach Hause gehen.“

Sie ließen den Pick-up und den Wagen stehen, wo sie

waren, und ging zu Fuß zum Haus hinauf. Jack rannte voraus, den übermütig bellenden Mike auf den Fersen. Auf dem Rasen blieb Brody stehen, drehte sich zu Kate und küsste sie.

Nein, es ist nicht nur einfach okay, dachte Kate.

Es ist perfekt.

EPILOG

„Dad, wie lange noch?"

„Nur noch ein paar Minuten. Komm her, lass mich dieses Ding gerade ziehen." Brody hob Jack auf einen Stuhl und richtete die schwarze Krawatte, zupfte die rote Rose an seinem Revers zurecht. „Meine Hände sind ganz feucht." Brody lachte leise.

„Hast du auch kalte Füße? Grandpa sagt, dass manche Männer an ihrem Hochzeitstag kalte Füße bekommen."

„Nein, keine kalten Füße. Ich liebe Kate, ich will sie heiraten."

„Ich auch. Du bist der Bräutigam, und ich darf Trauzeuge sein."

„So." Brody trat zurück und musterte seinen Sohn. Ein Sechsjähriger im schwarzen Anzug. „Du siehst richtig schick aus, Jack."

„Wir beide, hat Grandma gesagt. Und sie hat geweint. Max sagt, dass alle Mädchen auf Hochzeiten weinen. Warum eigentlich?"

„Keine Ahnung. Wir werden nachher ein Mädchen fragen." Er drehte Jack herum, damit dieser sich im Spiegel ansehen konnte. „Heute ist ein großer Tag. Wir drei werden eine Familie."

„Ich kriege eine Mom und noch mehr Großeltern und ganz viele Onkel und Tanten und Cousins und Cousinen. Und wenn du die Braut geküsst hast, dann gibt's eine ganz große Party mit ganz viel Kuchen. Hat Nana gesagt." Kates Mutter hatte ihm erlaubt, sie Nana zu nennen. Das gefiel ihm.

„So ist es."

„Und dann fährst du mit Kate in die Flitterwochen, damit ihr euch küssen könnt."

„Das ist der Plan. Wir rufen dich jeden Tag an. Und schicken Postkarten", fügte er noch an. Trotzdem war ihm mulmig bei dem Gedanken, ohne seinen Sohn wegzufahren.

„Ja, und wenn ihr zurückkommt, wohnen wir alle zusammen. Rod hat gesagt, dass ihr in den Flitterwochen ein Baby machen werdet. Stimmt das?"

Brody räusperte sich. „Darüber müssen Kate und ich noch reden."

„Ich darf sie doch Mom nennen, oder?"

„Ja, sie hat dich nämlich ganz doll lieb, Jack."

„Das weiß ich." Jack rollte mit den Augen. „Deswegen heiratet sie uns ja auch."

Brandon öffnete die Tür und sah Bräutigam und Trauzeuge einander angrinsen. „Na, seid ihr so weit?"

„Los, komm schon, Dad. Lass uns heiraten gehen."

Kate trat aus dem Brautraum und reichte ihrem Vater die Hand.

„Du bist so schön.“ Er führte ihre Hand an seine Lippen. „Mein Baby.“

„Bring du mich nicht auch noch zum Heulen. Ich habe mich gerade wieder gefangen, nachdem Mama mich schon so weit hatte.“ Sie strich fahrig über sein Jackettrevers. „Ich bin so glücklich, Daddy. Und ich will nicht mit verheulten Augen vor den Altar treten.“

„Frösche im Bauch?“

„Die tanzen eine wilde Polka. Ich liebe dich, Dad.“

„Und ich liebe dich, Katie.“

Der Hochzeitsmarsch setzte ein. „Das ist für uns.“ Sie nickte ihrem Vater zu.

Am Arm ihres Vaters wartete sie, bis der Brautzug, bestehend aus ihrer Schwester und ihren Cousinen, voranschritt. Ihre kleine Nichte ging ganz vorne und warf rote Rosenblätter in den Gang.

Als sie in das Mittelschiff trat, in einem wallenden weißen Kleid, die lange Schleppe hinter sich herziehend, war alle Nervosität vergessen. Es war nur noch Raum für das pure Glück.

„Sieh sie dir nur an, Daddy. Sind meine beiden Männer nicht wunderbar?“

Ihr Vater war ganz ruhig, als er ihre Hand in Brodys legte.

„Kate.“ Wie ihr Vater führte Brody ihre Finger an seine Lippen. „Ich werde sie glücklich machen“, sagte er zu Spencer, dann sah er Kate in die Augen. „Du machst mich glücklich."

„Du siehst hübsch aus." Jack vergaß sich und hüpfte aufgeregt herum. „Richtig hübsch, Mom."

Ihr Herz, schon zum Bersten voll vor Glück, floss über. Sie beugte sich vor und küsste ihn auf die Wange. „Ich liebe dich, Jack. Jetzt gehörst du zu mir." Sie richtete sich auf und traf Brodys Blick. „So wie du."

Sie reichte ihrer Schwester den Brautstrauß, nahm Jack bei der freien Hand, und dann heiratete sie ihre beiden Männer.

– ENDE –

Nora Roberts
Die Stanislaskis 2
Verführung in Manhattan
Band-Nr. 25125
6,95 € (D)
ISBN: 3-89941-164-1

Nora Roberts
Die Stanislaskis 3
Gegen jede Vernunft
Band-Nr. 25132
6,95 € (D)
ISBN: 3-89941-171-4

Nora Roberts
Die Stanislaskis 4
Heißkalte Sehnsucht
Band-Nr. 25144
6,95 € (D)
ISBN: 3-89941-183-8

Nora Roberts
Die Stanislaskis 5
Der lange Traum
vom Glück
Band-Nr. 25152
6,95 € (D)
ISBN: 3-89941-191-9

Nora Roberts
Nachtgeflüster 2
Der geheimnisvolle Fremde
Band-Nr. 25133
6,95 € (D)
ISBN: 3-89941-172-2

Nora Roberts
Nachtgeflüster 3
Die tödliche Bedrohung
Band-Nr. 25146
6,95 € (D)
ISBN: 3-89941-185-4

Nora Roberts
Nachtgeflüster 4
Das verhängnisvolle Rendezvous
Band-Nr. 25153
6,95 € (D)
ISBN: 3-89941-192-7

Nora Roberts
Nachtgeflüster 5
Die riskante Affäre
Band-Nr. 25161
6,95 € (D)
ISBN: 3-89941-200-1

Nora Roberts
Das Geheimnis
von Orcas Island
Band-Nr. 25134
6,95 € (D)
ISBN: 3-89941-173-0

Deutsche Erstveröffentlichung

Tess Gerritsen
Verrat in Paris
Band-Nr. 25135
6,95 € (D)
ISBN: 3-89941-174-9

Sandra Brown
Unbestechliche Herzen
Band-Nr. 25136
6,95 € (D)
ISBN: 3-89941-175-7

Sandra Brown
Nur wer Liebe lebt
Band-Nr. 25154
6,95 € (D)
ISBN: 3-89941-193-5